WORLD
토브욘
헤닝
카말 대사막
군나르
리안강
수도
아르네
스벤센
토레
부쿤 대산맥
바야크
바야크 저지선
홀리랜드
발루아
카롤

룬드
에룬
요르겐
맥클라우드
위그
마고
N

하라간

ORIGINAL FANTASY STORY & ADVENTURE

쥬논 판타지 장편소설

dream books
드림북스

하라간 2 거미의 권능

초판 1쇄 인쇄 2017년 2월 23일
초판 1쇄 발행 2017년 3월 6일

지은이 쥬논
발행인 오영배
기획 박성인
책임편집 이대용
일러스트 엑저
표지 · 본문 디자인 권지연
제작 조하늬

펴낸 곳 (주)삼양출판사 · 드림북스
주소 서울시 강북구 도봉로 173
대표 전화 02-980-2112 **팩스** 02-983-0660
편집부 전화 02-980-2116 **팩스** 02-983-8201
블로그 blog.naver.com/dreambookss
출판등록 1999년 3월 11일 제9-00046호

ISBN 979-11-313-0656-7 (04810) / 979-11-313-0654-3 (세트)

+ 이 도서의 국립중앙도서관 출판시도서목록(CIP)은 서지정보유통지원시스템홈페이지(http://seoji.nl.go.kr)와 국가자료공동목록시스템(http://www.nl.go.kr/kolisnet)에서 이용하실 수 있습니다. (CIP제어번호: 2017004633)

하라간
쥬논 판타지 장편소설
ORIGINAL FANTASY STORY & ADVENTURE
2
거미의 권능
dream books
드림북스

목차

사대신수

『성혈의 바하문트』

—신수: 날개 달린 사자

—상징: 공포

—속성: 흙(土), 피(血)

『둠 블러드 이탄』

—신수: 냉혹의 뱀

—상징: 파멸

—속성: 금속(金), 빛(光)

『불과 어둠의 지배자 샤피로』

—신수: 광기의 매

—상징: 탐욕

—속성: 불(火), 어둠(暗), 나무(木)

『포식자 하라간』

—신수: 투명 마수

—상징: 타락, 나태

—속성: 얼음(氷), 균(菌), 물(水)

영멸을 원하는 자여
검푸른 마해(魔海)를 들여다보라
끝을 가늠할 수 없는 그 깊은 심해저 밑바닥에
괴물이 산다

제1화

축하연

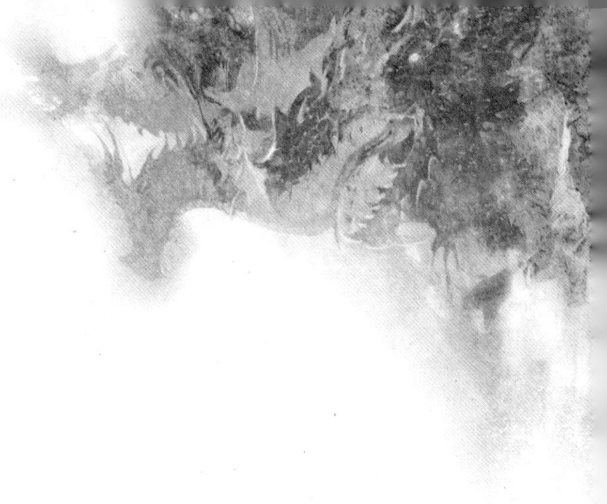

Chapter 1

하라간은 꿈을 꾸었다. 일전에 꾸었던 것과 동일한 꿈이었다. 벌써 몇 번째 같은 꿈을 되풀이하는 것인지 몰랐다.

하라간의 눈앞에 컴컴한 심해저가 펼쳐졌다. 빛 한 점 들지 않는 심해 밑바닥은 너무나 비현실적이었다.

수우욱—

거대한 생명체가 하라간의 머리 위를 스치며 지나갔다.

괴생명체의 크기가 어찌나 거대했던지 하라간의 시야에 다 들어오지도 않았다. 이 거대한 존재는 오른쪽 수평선 끝부터 왼쪽 수평선 끝까지 온 세상을 가득 채웠다. 눈으로 다 볼 수가 없으니 이 녀석이 대체 어떤 형태를 가졌는지 파악할 길이 없었다. 괴생명체의 등판은 우툴두툴한 돌기가 산처럼 돋아 있어 마치 등에 대륙을 짊어지고 다니는 것 같았다.

수평선 전체를 다 채운 어마어마한 괴생명체가 수우욱 지나가다가 말고 몸체를 뒤틀었다. 거대한 몸통을 지나 까마득한 저 멀리, 머리에 해당하는 부분이 하라간을 향해 고개를 뒤로 돌렸다. 뱀처럼 기다란 목이 꿈틀 움직이고, 이어서 시뻘건 3개의 안광이 하라간을 노려보았다.

'크윽!'

하라간이 얼굴을 찌푸렸다. 괴생명체의 세 눈에서 뿜어지는 광채가 얼마나 강렬했던지 하라간은 두 눈이 타 버리는 듯한 고통을 느꼈다. 눈을 감아도 눈꺼풀 안에 시뻘건 태양 3개가 동시에 떠 있는 느낌이었다.

슈와아악—

괴생명체가 갑자기 속도를 내었다. 녀석은 방향을 틀며 하라간을 향해 아가리를 쩍 벌렸다. 금속보다 밀도가 더 높은 심해저의 검은 바닷물이 녀석의 아가리 안으로 쭈와악 빨려 들어갔다. 하라간의 조그만 몸뚱어리도 녀석의 아가리 속으로 무섭게 딸려 갔다.

'안 돼! 이대로 잡아먹힌다!'

하라간은 두 눈을 질끈 감았다.

그때 심해가 크게 요동쳤다. 온 사방으로 검고 끈적끈적한 물보라가 튀고 물거품이 세차게 일었다. 해저 밑바닥엔 검은 기둥 같은 것들이 투창처럼 콰콰콱! 내리꽂혔다. 그 기둥 하나하나가 신전을 떠받치는 석주보다 훨씬 더 굵었다. 하라간이 얼핏 느끼기에는, 거대한 괴생명체의 등에서 이 기둥들이 돋아나 쏘아지더니 그대로 해저에 내리꽂히는 것 같았다. 소리 없는 아우성이 온 세상천지를 뒤흔들었다.

시커먼 바닷물이 갑자기 시뻘겋게 물들었다. 크게 몸을 뒤틀던 괴생명체는 한순간에 거짓말처럼 사라졌다. 눈에 보이지 않는 그 어떤 존재에게 잡아먹히기라도 하는 것처럼 괴생명체의 몸뚱어리의 절반이 투확! 사라지고, 이어서 나머지 절반도 투확! 자취를 감추었다.

시뻘겋게 변한 심해에서 비릿한 피 냄새가 올라왔다. 핏물은 이내 소용돌이를 치면서 심해 밑바닥으로 빨려 들었다.

심해가 다시 검은색으로 돌아왔다.

고요해진 바다에 범고래처럼 생긴 생명체가 살랑살랑 꼬리를 치며 헤엄쳤다. 녀석은 조금 전 사라진 괴생명체에 비하면 상당히 작은 크기였다. 하지만 바다에 사는 진짜 범고래보다는 수만 배, 아니 수십만 배나 더 몸집이 컸다.

게다가 이 녀석은 단순히 범고래라고 부를 수도 없었다.

적록색 몸체를 가진 범고래의 머리 위에는 거대한 나무가 한 그루 자라고 있었는데, 그 나뭇가지 한 가닥 한 가닥마다 이빨이 무시무시하고 온몸에서 형광색을 내뿜는 상어들이 열매처럼 매달려 스윽스윽 바다를 유영했다.

나뭇가지에 매달린 상어의 수는 헤아릴 수 없이 많았다. 그 많은 상어들이 형광색을 뿜어 대자 깜깜한 바다에 찬란한 별이 한가득 뜬 것 같았다.

'이것도 또 꿈이겠지? 그런데 이 장면은 여러 번 봐도 질리지가 않네? 검은 바다에 찬란한 별이 하나 가득 뜬 것 같은 저 광경! 볼 때마다 황홀해.'

하라간은 꿈을 꾸는 와중에 황홀함을 느꼈다.

'여기까지 진행되었으니 이제 곧 꿈에서 깨겠지? 아아함!'

이어서 이런 생각이 들었다.

하라간은 하품을 하느라 입을 쩍 벌렸다.

꾸어어엉—!

깊은 심해 밑바닥이 쩌어억! 아가리를 벌렸다.

심해저가 지진으로 몸살을 앓았다.

"또 이 꿈이야?"

하라간이 잠에서 깼다.

오늘도 어김없이 새벽 3시.

침대에서 일어난 하라간은 기지개를 쭈욱 켠 다음, 벽을 향해 손을 뻗었다.

선반에 걸린 검 한 자루가 휘리릭 날아와 하라간의 손아귀에 착 감겼다. 검이 하라간의 손 안에서 우우웅웅! 기분 좋게 울었다.

"녀석!"

하라간은 애완동물을 쓰다듬듯이 검날을 손바닥으로 한 번 훑은 뒤, 자세를 잡았다.

하라간이 현재의 이 몸에 적응을 한 지도 벌써 2년.

그동안 하라간은 꾸준히 검을 수련했다. 이미 한 번 밟아 보았던 길이라 그런지 검술이 발전하는 속도는 아찔할 정도로 빨랐다.

하지만 하라간은 만족하지 못했다.

'너무 느려. 답답해. 이러다 언제 1단계의 벽을 넘겠어?'

더 빨리 발전하려면 노력밖에는 답이 없다. 이렇게 생각한 하라간은 근육이 파열될 정도로 지독하게 검을 휘둘렀다.

그렇게 한 시간이 흘렀다.

"에고, 지친다. 잠깐만 쉬었다가 할까?"

하라간은 침대에 털썩 앉아 손등으로 이마의 땀을 훔쳤

다. 그러곤 소스라치게 놀랐다.

“지금 내가 무슨 짓을 하는 거야?”

지금까지 하라간은 검을 한번 손에 잡으면 3시간 이전에 내려놓은 적이 없었다. 시간이 넉넉할 때는 한숨도 자지 않고 24시간 넘게 검을 휘두른 적도 많았다. 하라간은 말 그대로 검에 미친 사람이었다.

‘그러던 내가 고작 한 시간 만에 쉰다고? 내가 왜 쉬고 싶다는 생각을 했지?’

하라간은 얼굴을 찌푸렸다.

“뭔가 이상하고 어색해. 어쩐지 내가 나 같지 않아. 나 자신이 굉장히 나태하고 게을러진 기분이라고나 할까?”

짜악!

하라간은 손으로 자신의 양 뺨을 힘껏 때렸다.

“정신 차리자! 이래선 안 돼.”

그다음 다시 일어나 검을 쥐었다. 나태해진 마음을 채찍질하려는 듯 하라간의 얼굴에 살벌한 기운이 감돌았다.

방 안에 휘휙! 검풍이 불었다. 하라간의 몸에선 아지랑이처럼 수증기가 피어올랐다. 땀방울이 증발하면서 발생한 수증기였다. 하라간은 나태해지려는 마음을 다잡으며 단 1초도 쉬지 않았다. 과격한 훈련에 팔 근육이 푸들푸들 떨리고 근섬유 사이에 젖산이 잔뜩 쌓였다. 금방이라도 몸이 부서질 것 같았다.

'이 고통을 즐겨야 해! 나태해지는 것은 나답지 않아.'

하라간은 이를 악물었다. 그의 피부에서 돋아난 땀방울이 물안개처럼 증발했다.

창문 너머로 벌겋게 동이 터 왔다.

Chapter 2

아침 7시가 되자 문밖에서 기척이 들렸다.

"하라간 님, 일어나셨습니까?"

"목욕 시중을 들 아이들을 들여보낼까요?"

대머리 환관들이 경쾌한 톤으로 물었다.

"들여보내."

하라간은 검을 손에서 놓았다. 검이 허공에 둥실 떠서 선반 위로 돌아갔다.

잠시 후, 방문에 드리운 대나무 발이 들리며 시녀 3명이 들어왔다. 속옷이 훤히 비치는 튜닉(Tunic: 가슴에서 허벅지까지 이어진 통옷으로, 어깨끈으로 고정하는 여성 의복)을 입고, 까만 머리카락을 허리까지 늘어뜨린 시녀들이었다.

"하라간 님을 뵈옵니다."

시녀들은 하라간 앞에 무릎을 꿇고 한목소리로 아뢰었다. 복장이 똑같아서 그런지 3명의 시녀가 세쌍둥이 자매인 것처럼 보였다.

하라간은 상의는 입지 않았고, 허리에 장방형의 천을 둘러 하체를 가린 상태였다. 군나르 왕국에선 이 복장을 로인클로스(Loincloth)라고 불렀다.

하라간은 그 차림 그대로 욕실로 향했다.

시녀들이 종종걸음으로 쫓아왔다. 시녀들은 하라간의 등에 잡힌 오밀조밀한 잔근육을 힐끗힐끗 곁눈질했다.

'어쩜!'

'저 근육 좀 봐.'

시녀들의 볼이 발그레 달아올랐다.

벽난로 옆에 위치한 문을 통과하자 수증기가 뿌옇게 올라오는 커다란 욕조가 나타났다. 대리석으로 만든 욕조 둘레엔 군나르 왕국 특유의 조각상들이 늘어서 있었다. 주로 사람의 몸에 주둥이가 뾰족한 개의 머리를 가진 검은색 조각상들이었다. 일부 사람의 몸에 새의 머리를 한 조각상도 보였다. 하라간은 성큼 걸어 욕조로 들어갔다.

물의 온도는 사람이 몸을 담갔을 때 약간 뜨겁다고 느낄 정도였다. 이건 하라간이 가장 선호하는 수온이었다.

세 시녀가 하라간을 쫓아 욕조에 함께 들어왔다. 하라간이 다리를 약간 벌리고 서자 시녀들은 하라간의 로인클로스를 풀어 주었다.

시녀 한 명이 입에 대롱을 물고 하라간의 등 뒤에 엎드렸다.

"앉으시옵소서."

다른 2명의 시녀가 하라간을 엎드린 시녀의 등에 앉혀 주었다. 의자가 된 시녀는 머리까지 물속에 푹 잠긴 상태에서 대롱을 이용해 숨을 쉬었다. 다행히 물의 부력 덕분에 하라간이 그렇게 무겁게 느껴지지는 않았다.

인간 의자의 높이는 딱 적당했다. 시녀의 등에 앉자 하라간의 가슴까지 물에 잠겼다.

나머지 2명의 시녀가 항아리로 물을 퍼서 하라간의 목욕 시중을 들었다. 그녀들은 식물 기름을 굳혀서 만든 비누로 하라간의 가슴과 등, 배, 팔과 어깨를 차례로 씻겨 주었다. 이어서 하라간이 일어서자 그의 사타구니와 엉덩이, 허벅지, 종아리, 발가락의 순서로 씻겼다. 하라간의 몸에 흥건하던 땀이 시원하게 씻겨 내려갔다.

몸을 씻고 나자 또 한 명의 시녀가 대롱을 물고 물속에 들어가 의자 등받이 역할을 했다.

하라간은 2인 1조의 인간 의자에 기대어 누웠다. 하라간의 머리카락이 물 위에 뜬 해초처럼 일렁거렸다. 홀로 남은 시녀가 비누 거품을 손에 묻혀 하라간의 머리를 감겨 주었다.

하라간은 손가락 하나 까딱하지 않았다. 2년 전 하라간이 처음 이 방식의 목욕 시중을 받았을 때는 무척 어색하고 난감했었다.

하지만 지금은 익숙해졌다.

하라간의 손이 물속에서 스윽 움직였다. 그 손이 시녀의 부푼 엉덩이를 쓰다듬었다.

'어맛!'

물속의 시녀가 움찔 놀랐다.

하지만 그리 싫어하는 기색은 아니었다. 오히려 시녀는 고개를 숙이고 배시시 웃었다.

하라간이 깜짝 놀라 손을 떼었다.

'뭐야? 내가 왜 이러지?'

지난 2년간 하라간은 거의 매일같이 시녀들에게 목욕 시중을 받았지만, 그래도 그녀들의 몸에 손을 댄 적은 한 번도 없었다. 그런데 오늘은 무의식중에 손이 움직였다. 손뿐만이 아니라 하체에도 수컷의 반응이 왔다.

시녀들이 하라간의 사타구니를 힐끗거리며 배시시 웃었다.

하라간은 얼굴을 잔뜩 찌푸렸다.

'나, 뭔가 변했어!'

이런 변화는 마해에서 복귀한 이후로 생겼다. 그 전에는 분명히 없었던 증상이다.

'대체 내가 왜 이럴까?'

하라간의 표정이 심각하게 굳었다.

7월 25일.

한여름의 뙤약볕은 피부를 관통해 뼈까지 뚫어 버릴 듯이 강렬하게 내리쬐었다. 사막 인근에 위치한 군나르 왕국의 수도는 낮이면 쥐 죽은 듯이 조용했다. 살인적인 더위 때문에 사람들이 거리에 나올 수가 없기 때문이었다.

대신 해가 지고 바람이 살살 부는 저녁이 되면 도시에 활기가 돌았다. 사막 지역이라 습도가 높지 않아 직사광선만 피하면 제법 살 만했다.

오늘은 왕궁에서 중요한 축하연이 열리는 날.

군나르는 화려한 연회를 열어 성인식을 무사히 마친 신임 솔샤르들을 축하해 줄 생각이었다. 또한 이 축하연을 통해 하라간을 정식 후계자로 공표할 결심을 했다.

그동안 군나르는 가급적 하라간의 존재를 외부에 드러내지 않았다. 혹시라도 적대 세력이 하라간에게 해를 끼칠까 봐 걱정해서였다.

하지만 이제는 그런 걱정이 없었다. 군나르는 오늘의 축하연을 하라간의 데뷔 무대로 만들기로 마음먹었다.

물론 하라간은 원치 않는 일이었다.

"귀찮아."

하라간은 의무적으로 연회에 참석하는 것이 마음에 들지 않았다. 하지만 군나르의 기대를 저버릴 수 없어 억지로 따라 주었다.

덕분에 대머리 환관들만 흥이 올랐다. 그들은 뛸 듯이 기뻐하며 하라간의 치장에 매달렸다.

하라간은 우선 통풍이 잘되는 리넨(아마) 재질의 의상을 입었다. 하얀 바탕에 검은 줄무늬를 세로로 수놓은 헐렁한 통옷을 입자 시원한 느낌이 들었다.

"칠보관이옵니다."

대머리 환관은 조심스러운 동작으로 하라간의 머리에 칠보관을 올려 주었다. 새끼손가락 굵기의 황금 띠에 일곱 색깔 유리를 녹여 붙여 만든 칠보관은 하라간의 밋밋한 은빛 가면과 잘 어울렸다.

"칠보 팔찌를 채워드리겠나이다."

하라간은 팔에도 칠보 팔찌를 착용했다.

"신발을 신겨드리겠나이다."

그사이 또 다른 대머리 환관이 하라간의 신발 착용을 도왔다. 통풍이 잘되는 리넨 재질로 마무리를 한 가죽신이었다.

"이제 마지막으로 칼라시리스를 걸치시면 됩니다."

대머리 환관이 공손히 아뢰었다.

칼라시리스란 중앙에 둥그런 구멍이 뚫린 직사각형의 천을 의미했다. 하라간은 황금빛 칼라시리스의 구멍에 머리를 집어넣어 로브처럼 어깨에 둘렀다.

의복 착용을 마치자 대머리 환관이 보라색 융단을 가져와 높이 들었다. 융단 위에는 60 센티미터 길이의 지팡이 2개가 나란히 놓여 있었다.

하나는 검은 바탕에 은색 줄무늬가 새겨진 지팡이었다.

다른 하나는 하얀 지팡이였는데, 손잡이 부분에 어린아이 주먹 크기의 커다란 다이아몬드가 박혀 있었다. 다이아몬드는 은은한 핑크빛을 발산했다.

하라간이 2개의 지팡이를 들고 일어섰다.

대머리 환관들은 황급히 허리를 굽혀 자세를 낮추었다. 이곳 왕궁에서는 아랫것들이 윗사람을 위에서 내려다보는 것은 법도에 어긋난 일이었다.

하라간의 키는 174 센티미터.

마해에 들어가기 전보다 2 센티미터가 더 자랐다.

환관 한 명이 전신 거울을 가져와 하라간 앞에 세웠다.

“하라간 님, 정말 멋지십니다. 정말 황홀해서 눈이 멀 지경입니다.”

“이 모습으로 연회에 참석하시면 모두들 넋을 놓고 하라간 님만 바라볼 거랍니다. 홀홀홀홀!”

대머리 환관들은 손뼉을 치며 호들갑을 떨었다.

하라간의 생각은 달랐다. 그는 거울에 비친 자신의 모습을 물끄러미 바라보았다.

마른 듯하면서도 잔근육이 고르게 발달한 몸매!

고급스러운 의상!

신비로운 느낌을 풍기는 은빛 가면!

묻어날 듯이 새하얀 피부!

거울 속에 서 있는 인물은 사교계에 잘 어울리는 미끈한 왕족 소년이었다. 피땀을 흘려 가며 검을 휘두르는 기사의 모습은 전혀 보이지 않았다.

‘한심스럽구나! 그동안 훈련이 부족했나 봐.’

하라간은 자신의 외모가 불만족스러웠다.

‘검에 폭발적인 힘을 담으려면 지금보다 팔뚝이 두 배는 더 두꺼워야 한다. 전쟁터에서 지구력을 발휘하려면 지금보다 허벅지 둘레가 세 배는 늘어나야만 해. 그리고 허리! 이따위 가냘픈 허리로 무슨 싸움을 하겠어? 내일부터는 훈련의 수위와 양을 더 늘려야겠어.’

하라간은 입술을 질겅 씹었다.

Chapter 3

축하연이 열리기 한 시간 전.

칼리프가 하라간을 찾아왔다.

"응? 오늘은 수업이 없잖아?"

"허허허! 수업 때문에 온 것이 아닙니다. 오늘 하라간 님께 소개시켜 드릴 사람이 있어서 이렇게 불쑥 찾아왔습니다."

칼리프가 너털웃음을 웃었다.

하라간은 고개를 갸웃거렸다.

"소개? 누구?"

지금까지 칼리프가 하라간에게 누군가를 소개시켜 준 적은 없었다. 이 왕궁에서 하라간과 접촉이 허용된 사람은 극도로 한정되어 있었다. 군나르는 하나뿐인 직계 혈육을 보호하기 위해서 하라간에 대한 접근을 철저하게 차단시켜 놓았다.

칼리프는 군나르의 속마음을 헤아릴 줄 아는 현명한 신하였다. 그래서 지난 2년간 하라간을 가르치면서도 아무에게도 이 사실을 알리지 않았다. 이곳에 누군가를 데려온 적도 없었다.

그렇게 입이 무거운 칼리프가 오늘은 이곳에 타인을 데려왔다.

'대체 누구지?'

하라간은 어리둥절할 수밖에 없었다. 감각을 확장해 주변을 탐색하자 방문 밖에서 대기 중인 솔샤르 2명이 잡혔다. 특이하게도 둘 다 여자였다.

칼리프가 방문 밖으로 고개를 돌렸다.

"둘 다 이리 들어오너라, 와서 하라간 님께 인사를 올려야지."

"네, 할아버님."

밖에서 낭랑한 여자 목소리가 들렸다. 대나무 발이 위로 들리고, 하라간 또래의 소녀 2명이 안으로 들어왔다.

한 명은 두 갈래로 머리를 딴 소녀.

다른 한 명은 생머리를 엉덩이까지 길게 늘어뜨린 소녀.

두 소녀 모두 발목까지 길게 덮이는 튜닉을 입었고, 싱싱한 매력이 넘쳤다. 또한 두 소녀는 얼굴이 판박이처럼 똑같았다.

'쌍둥이구나.'

하라간은 소녀들을 위아래로 훑어보았다.

"하라간 님을 뵙게 되어서 영광입니다. 저는 칼리프의 손녀 라티파입니다."

긴 생머리 소녀가 먼저 무릎을 꿇고 인사를 올렸다. 라티파는 성격이 얌전하고 고상해 보였다.

라티파에 비해 상대적으로 말괄량이처럼 보이는 소녀가 동생 레다였다. 레다는 무릎을 꿇지 않고 딴청을 피웠다. 그러다 칼리프가 눈을 부라리자 마지못해 무릎을 꿇고 인사했다.

"하라간 님을 뵙게 되어서 영광입니다. 저는 칼리프의 손녀 레다입니다."

'호오!'

하라간이 눈을 살짝 빛냈다. 하라간의 날카로운 감각은 소녀들의 가슴으로 파고들어 마정석 안에 결합된 마물을 들여다보았다.

이건 원래 없던 능력이다. 하라간의 예민한 감각은 주변에 잠복한 솔샤르들을 찾아낼 수는 있지만, 그 솔샤르가 어떤 마물과 결합했는지 파악하는 것은 불가능했다. 하지만 마해에서 복귀한 이후 마물의 진체를 꿰뚫어 보는 능력이 생겼다.

말괄량이 레다와 결합한 마물은 막레르!

한 손엔 24개의 투창, 다른 한 손엔 19개의 방패를 든 막레르는 마물들 가운데 상당히 강한 축에 속한다.

막레르의 주 서식지는 해구 1층!

과거 루잉 백작과 맞서 싸운 뿔 달린 흑표범이 바로 막레르와 결합했었다.

이번 성인식에서 해구 레벨의 마물과 결합한 솔샤르가 무려 2명이나 된다고 했다. 하라간은 미세하게 고개를 끄덕였다.

'이 말괄량이가 바로 그중 하나구나!'

이어서 하라간의 눈길이 라티파에게 돌아갔다.

'그리고 나머지 한 명이 바로 라티파야.'

레다뿐 아니라 그녀의 쌍둥이 언니인 라티파도 해구 레벨의 마물과 결합했다. 하라간은 라티파의 마정석을 자세히 관찰했다.

'어디 보자. 이 아이는 브디스구나! 여성형 마물 가운데 하나인 브디스!'

브디스는 물을 자유롭게 다루는 마물로, 가냘픈 외모와 달리 공격 범위가 넓어 적을 대량으로 죽일 수 있는 강자였다.

브디스의 주 서식지도 막레르와 마찬가지로 해구 1층!

일대일로 싸우면 막레르가 브디스보다 강하지만, 집단 전투에서는 브디스의 능력이 더 뛰어났다.

하라간의 눈이 칼리프에게 향했다.

'허어! 앞으로 이 노인네의 발언권이 한층 강화되겠는걸! 손녀 2명이 모두 해구 레벨의 솔샤르가 되었으니까 말이야.'

하라간이 이런 생각을 하고 있을 때 말괄량이 레다가 톡 쏘아붙였다.

"하라간 님, 저희 자매의 얼굴에 뭐라도 묻었나요? 왜 그렇게 위아래로 훑어보십니까?"

"레다!"

"레다야!"

라티파와 칼리프가 동시에 소리를 질렀다. 라티파는 여동생의 무례함에 눈을 찌푸리는 정도였지만, 칼리프는 험악하게 얼굴을 일그러뜨렸다.

주변에서 뭐라고 하건, 레다는 하고 싶은 말을 쏟아 내었다.

"칫! 제가 뭐 못 할 말을 했나요? 하라간 님께서 저와 언니의 가슴 부위를 노골적으로 보시니까 좀 그렇잖아요."

레다가 입술을 삐쭉거렸다.

"레다!"

"어허! 그 입 다물지 못할까?"

이번에도 라티파와 칼리프가 동시에 소리쳤다. 하지만

라티파의 목소리는 칼리프의 고함에 묻혀 들리지도 않았다. 칼리프는 진짜로 크게 화를 내었다.

"하, 할아버지!"

깜짝 놀란 레다가 눈을 동그랗게 떴다.

"할아버지!"

라티파도 화들짝 놀라 칼리프를 쳐다보았다.

칼리프가 어금니를 꽉 물었다. 방 안 공기가 쌩하게 얼어붙었다.

하라간은 손바닥으로 귀를 탁탁 쳤다.

"아, 뭐야. 고막 터지는 줄 알았네. 노인네가 목청도 좋지. 그렇게 목소리에 자신이 있으면 이때 연회에서 노래라도 한 가락 부르든가 하지, 왜 여기서 소리를 질러?"

하라간의 말이 떨어지기 무섭게 칼리프가 무릎을 꿇었다.

"죄송합니다, 하라간 님. 제가 손녀를 잘못 키웠습니다. 당장 데려가서 저 못된 버릇을 고쳐 놓을 것이니 노여움을 푸소서."

칼리프는 남 앞에서 쉽게 무릎을 꿇는 사람이 아니었다. 상대가 왕족이라고 해도 마찬가지였다. 하라간 앞에서 쩔쩔매는 칼리프의 모습에 라티파와 레다가 동시에 놀랐다.

하라간이 휘휘 손을 저었다.

"그건 노인네가 알아서 하고, 정신 사나우니까 그만 나가 봐."

"죄송합니다, 하라간 님."

칼리프는 거듭 머리를 숙인 뒤 하라간 앞에서 물러 나왔다.

라티파와 레다도 어쩔 수 없이 칼리프의 뒤를 따라 방에서 쫓겨났다.

방문턱을 넘으면서 칼리프는 레다를 향해 낮게 으르렁거렸다.

"이노옴! 밖에 나가서 보자!"

"히잉! 할아버지, 내가 뭘 잘못했다고?"

레다가 울상을 지었다.

"그래도 이놈이!"

칼리프는 레다의 귀를 확 잡아끌었다.

레다가 꽤액! 비명을 질렀다.

'후후! 재미있는 녀석이네.'

아옹다옹하는 조손을 바라보면서 하라간은 빙그레 웃었다.

Chapter 4

축하연이 열리는 장소는 왕궁 내부 호수 옆 정원이었다.

석양이 하늘을 벌겋게 물들일 즈음, 축하연장은 연회 준비로 한창이었다. 화덕 위에선 통돼지 수십 마리가 갈고리에 거꾸로 매달려 지글지글 익어 갔고, 기름이 부글부글 끓는 솥단지에선 요리사들이 타아미야를 만들었다.

타아미야는 푹 삶은 콩을 갈아서 마늘, 소금, 후추로 양념한 다음 기름에 튀겨서 만드는 음식이었다. 요리사들은 타아미야를 초벌로 먼저 튀겨 놓은 다음, 연회가 시작되었을 때 한 번 더 튀겨서 제공할 생각이었다. 이렇게 두 번 튀기면 식감이 더 좋아지고 고소함이 배가 되었다.

시녀들은 대나무 바구니를 머리에 이고 피타(Pita)를 내왔다. 피타는 밀가루를 반죽해 납작하게 구운 빵으로, 매콤한 소스를 뿌려서 먹으면 맛이 일품이었다. 혹은 피타 사이에 야채와 타아미야를 끼워서 먹어도 좋았다.

피타에 이어서 생선찜이 등장했다. 군나르 왕국의 수도를 관통해서 흐르는 리안(Lian) 강은 왕국의 젖줄이라고 불리는데, 그 이유는 이 리안 강을 끼고 왕국의 문명이 번성했기 때문이었다. 리안 강은 군나르 백성들에게 영양가 높은 생선을 제공하고, 가축을 키울 수 있게 만들어 주었으며, 넓은 곡창지대를 선사했다. 오늘의 메인 요리인 생선찜도 바로 이 리안 강에서 잡아 온 민물고기로 만들었다. 궁전의 요리사들은 어른 팔뚝 크기의 생선에 칼집을 내고 마늘과 실파, 각종 양념을 얹어 찜통에서 쪄 내었다.

연회장 한편에선 악사들이 각자의 악기를 조율하는 중이었다. 군나르 왕국은 전통적으로 손으로 두드리는 타악기가 많았고, 그 밖에 하프와 나팔, 심벌즈 등이 고르게 발달했다. 악장은 악사들을 부채꼴로 배치한 다음, 조화롭게 음을 맞췄다.

웃전의 환관들은 연회장 중앙에 황금빛 융단으로 길을 내었다.

이 융단 위를 걸을 수 있는 사람은 단 한 명! 이 땅의 군주인 군나르 아르네 솔샤르만이 황금빛 융단을 밟을 수 있었다.

융단 앞에는 단상을 놓고 그 위에 2개의 화려한 의자를 배치했다.

'응?'

나란히 놓인 의자를 보면서 사람들은 고개를 갸웃거렸다.

저 으리으리한 의자 가운데 하나는 분명 군나르를 위한 것이다.

'그렇다면 나머지 하나의 의자는 어느 분을 위한 거지?'

이 땅에서 군나르와 어깨를 나란히 할 수 있는 인물은 없었다.

'그렇다면 외부에서 귀한 손님이 오시나?'

북부에는 9개의 왕국이 있고, 이 아홉 왕국을 다스리는 9명의 군주가 있다. 군나르와 나란히 앉으려면 최소한 이 군주들 가운데 한 명일 것이다. 사람들은 대부분 그렇게 예상했다.

틀린 생각이었다.

오늘 군나르가 자신의 옆자리에 앉힐 사람은 다름 아닌 하라간이었다.

연회 시작 15분 전.

환관들은 축하연장 둘레에 청동 향로를 일정한 간격으로 배치해 놓고, 불을 지폈다. 청동 향로에서 그윽한 향이 피어올랐다.

태양은 서쪽 구릉 너머로 넘어갔으나, 아직도 하늘은 붉었다.

시녀들은 요리사가 준비한 음식을 날라 원형 테이블에 배치했다. 황금빛 융단 오른쪽 테이블에는 대신들이 모여 앉았고, 왼쪽엔 신임 솔샤르들이 자리했다.

연회 시작 10분 전.

가느다란 끈으로 가슴과 하체만 가린 육감적인 미녀 4명이 단상 뒤에서 걸어 나왔다. 목줄이 채워진 얼룩무늬 표범 4마리가 미녀들과 함께 어슬렁어슬렁 걸었다.

4명의 미녀는 단상 바로 아래에 준비된 원형 침대에 비스듬히 누웠다. 표범들은 주인의 발밑에 엎드려 혀로 자신의 앞발을 핥았다.

연회 시작 5분 전.

연보랏빛 튜닉을 입고, 머리에 칠보관을 쓰고, 어깨에 황금색 숄을 두른 중년의 여인이 단상 뒤에서 걸어 나왔다. 40대 정도로 보이는 중년 여인은 단상 위에 마련된 침대에 비스듬히 누웠다.

이 여인의 이름은 마이림.

그녀는 군나르의 친딸이자 하라간에게는 고모할머니가 되는 지체 높은 왕족이었다. 외모는 40대로 보이지만 실제 그녀의 나이는 82세였다.

마이림 옆에는 여섯 살 정도 되어 보이는 귀여운 꼬마 아가씨가 따라붙었다. 까만 머리카락에 눈 화장을 곱게 한 꼬마 아가씨는 마이림과 같은 침대 모서리에 걸터앉아 두 발을 까딱까딱 흔들었다. 황금 갈기 수사자가 그녀들과 함께

등장하더니, 마이림의 침대 바로 밑에 엎드려 꼬리를 살랑살랑 흔들었다.

마이림의 등장에 대신들이 일제히 일어났다.

신임 솔샤르들도 눈치껏 일어나 경건한 태도를 취했다.

"마이림 님을 뵙습니다."

대신들은 마이림을 향해 허리를 70도 각도로 수그렸다. 마이림이 손을 슬쩍 들자 대신들이 다시 자리에 착석했다.

연회 시작 1분 전.

의관을 갖춰 입은 친위병들이 단상 뒤에서 두 줄로 걸어나와 단상 밑에 부채꼴로 늘어섰다.

윗도리는 입지 않고 하반신에 장방형의 천 로인클로스만 두른 근육질의 사내가 크게 징을 울렸다.

데에에엥!

구불구불 흔들리는 징의 여운이 가시기도 전에 또 한 번 징소리가 울렸다.

데에에엥!

두 번째 징이 울리자 대신들이 일제히 일어섰다.

981명의 신임 솔샤르들도 침을 꼴깍 삼키며 기립했다. 그들 가운데는 칼리프이 쌍둥이 손녀 라티파와 레다도 섞여 있었다.

단상 아래 침대에 누운 미녀들도 모두 일어나 앞쪽을 향했다. 그녀들이 데려온 표범 네 마리도 벌떡 일어나 앞을 바라보았다. 요리사들은 요리를 멈추고 일어섰고, 악공들도 악기를 손에서 놓고 몸과 마음을 경건하게 가다듬었다.

머리에 뾰족한 모자를 쓴 수석 환관이 목청을 높였다.

"위대하시고 또 위대하신 분께서 등장하십니다."

이제는 마이림이 기립할 차례.

마이림은 침대에서 일어나 옷매무새를 고쳤다.

"헤에, 이제 오시나 보다. 헤헤헤!"

귀여운 꼬마 숙녀가 마이림의 손을 붙잡고 일어섰다. 황금 갈기의 수사자도 느긋하게 일어나 꼬마 숙녀의 어깨에 뺨을 비볐다.

"히히! 간지러워."

꼬마 숙녀가 조그맣게 키득거렸다.

"쉿!"

마이림이 그녀에게 주의를 주었다.

꼬마 숙녀는 장난기를 버리고 진지하게 앞을 바라보았다.

Chapter 5

데에에엥!

징이 크게 울렸다.

수석 환관이 한 번 더 소리쳤다.

“위대하시고 또 위대하신 분께서 등장하십니다.”

황금빛 융단을 밟고 군나르가 등장했다.

군나르는 황금빛 의상에 황금빛 칼라시리스를 어깨에 두르고, 머리에 황금 관을 얹었다. 두 손엔 지팡이 2개를 쥐고 있었는데, 그중 하나는 금색과 흑색 줄무늬가 교대로 새겨진 지팡이였고, 다른 하나는 흰색 바탕에 커다란 다이아몬드 3개가 박힌 지팡이였다. 이 가운데 금색과 흑색 줄무늬는 군주를 의미하는 상징이었다. 이 왕국에서 오직 군나르만이 이 상징을 사용할 수 있었다. 군나르는 2개의 지팡이들을 X자로 교차해서 가슴 높이로 들었다.

군주가 모습을 드러내자 모든 사람들이 그 자리에서 무너지듯 주저앉았다.

“위대하시고 또 위대하신 분을 뵙습니다.”

대신들이 무릎을 꿇고 고개를 숙인 다음, 이렇게 외쳤다.

신임 솔샤르들도 서둘러 무릎을 꿇었다. 하지만 바짝 긴장한 탓에 목소리가 나오지 않았다.

"위대하시고 또 위대하신 분을 뵙습니다."

성격이 괄괄한 레다가 먼저 입을 열었다.

나머지 솔샤르들도 그제야 "위대하시고 또 위대하신 분을 뵙습니다."라고 복창했다.

표범의 목줄을 잡은 여인들도 사뿐히 무릎을 꿇고 군나르를 맞았다. 심지어 표범들도 땅에 머리를 처박고 군나르에게 경의를 표했다.

마이림은 군나르의 등장에도 무릎을 꿇지 않았다. 꼬마 숙녀도 마이림의 손을 꼭 잡고 두 눈을 귀엽게 깜빡이며 군나르를 바라보았다.

그러다 군나르가 단상에 접근하자 마이림이 사뿐히 무릎을 꿇었다.

"아버님."

마이림은 군나르를 향해 머리를 살포시 숙였다.

꼬마 숙녀도 마이림을 똑같이 흉내 내었다.

"왔느냐?"

군나르는 마이림과 꼬마 아가씨를 향해 희미하게 웃어 보인 다음, 단상 위의 화려한 의자에 착석했다.

대신들은 그제야 자리에서 일어섰다.

데에에엥!

그때 또다시 징이 울렸다.

사람들이 어리둥절한 표정을 지었다.

수석 환관이 서둘러 목청을 높였다.

"위대하시고 또 위대하신 분의 후계자, 하라간 님께서 등장하십니다."

"으응?"

"후계자라고?"

사람들 사이에서 웅성거림이 발생했다.

군나르의 후계자라니!

의외의 발표에 다들 멍했다. 대신들도, 요리사들도, 악공들도 모두 어찌할 바를 몰랐다. 나른한 표정의 마이림도 눈을 부릅떴다.

"이것들이!"

신하들이 우왕좌왕하자 군나르의 얼굴에 노여움이 스몄다.

칼리프가 앞장서서 무릎을 꿇었다.

"위대하시고 또 위대하신 분의 과업을 이어받으실 분, 하라간 님을 뵈옵니다."

칼리프의 음성은 굵고 쩌렁쩌렁했다.

눈치 빠른 대신들이 서둘러 무릎을 꿇었다.

"위대하시고 또 위대하신 분의 과업을 이어받으실 분, 하라간 님을 뵈옵니다."

대신들은 칼리프의 말을 그대로 좇아 했다.

신임 솔샤르들도 서둘러 다시 무릎을 꿇었다. 하지만 다들 머리가 멍해 뭐라고 인사를 올려야 할지 몰랐다. 특히 레다는 멍한 얼굴로 하라간의 등장을 바라보았다.

'아까 만났던 그 건방진 왕족 소년이 위대하신 분의 후계자라고?'

왕족이라고 모두 힘이 있는 것은 아니다. 레다는 상대가 왕족이라고 해서 머리를 굽실거릴 생각은 없었다.

하지만 상대가 군나르의 후계자라면 이건 경우가 달랐다.

장차 이 땅의 주인이 될 분!

이 왕국에 존재하는 모든 만물의 주인이 될 분!

'아이고, 난 망했다!'

레다는 금세 울상이 되었다.

영특한 라티파가 먼저 선수를 쳤다.

"위대하시고 또 위대하신 분의 과업을 이어받으실 분, 하라간 님을 뵈옵니다."

라티파는 칼리프가 했던 인사말을 기억해 두었다가 그대로 좇아 했다.

신임 솔샤르들이 서둘러 라티파의 뒤를 따랐다.

하라간이 융단 위를 걸었다.

오직 한 명!

군나르만이 사용할 수 있는 황금빛 융단 길을 하라간도 걸었다.

하라간은 하얀 바탕에 검은 줄무늬가 세로로 염색된 의복을 입고 황금 칼라시리스를 어깨에 둘렀다. 얼굴엔 은빛 가면을 썼다. 머리엔 칠보관을 얹었고 팔에는 칠보 팔찌를 착용했다. 하라간은 양손에 2개의 지팡이를 들었는데, 그 중 하나는 흑색과 은색 줄무늬가 교대로 새겨진 지팡이였고, 다른 하나는 흰 바탕에 커다란 핑크빛 다이아몬드가 박힌 지팡이였다. 하라간은 이 지팡이들을 X자로 교차해 가슴 높이로 들었다.

융단 길 좌우의 모든 인파가 하라간을 향해 무릎을 꿇고 머리를 조아렸다.

하라간은 당당하게 걸어 단상으로 향했다.

4명의 미녀가 사뿐히 절을 했다.

마이림은 허리를 꼿꼿이 세우고 하라간을 바라보았다. 마이림의 눈초리가 미세하게 흔들렸다.

마이림의 치마 뒤에서 꼬마 숙녀가 고개를 빼꼼 내밀었다. 꼬마는 하라간과 눈이 마주치자 배시시 웃었다.

"마이림!"

군나르의 입에서 나직한 음성이 흘러나왔다.

마이림은 퍼뜩 정신을 차리고는 하라간을 향해 살짝 고개를 숙였다.

"마이림!"

군나르가 한 번 더 경고했다. 군나르의 음성엔 무지막지한 기세가 실려 있어 마이림의 몸이 휘청거렸다.

"큿!"

마이림은 입술을 꼭 깨물고는 하라간을 향해 무릎을 꿇었다.

"히잉!"

꼬마 숙녀도 울먹거리는 표정으로 주변의 눈치를 보다가 마이림과 함께 꿇어앉았다.

하라간은 마이림 앞을 스치듯 지나쳤다. 그러면서도 짧은 와중에 마이림의 눈빛을 읽어 두었다.

'이 아줌마, 마음은 굴복하지 않았어. 내게 억지로 무릎을 꿇은 것이 무척 분한가 보지?'

하라간은 이렇게 생각했지만 겉으로는 아무런 내색도 하지 않았다. 그저 묵묵히 걸어가 단상 위에 준비된 의자에 기대앉았다.

어깨를 나란히 하고 앉은 군나르와 하라간!

이 장면이 의미하는 바는 컸다.

'왕국의 후계자가 정식으로 결정되었다.'

'저렇게 나란히 앉는다는 것은, 조만간 왕위 승계가 이루어질지도 모른다는 뜻?'

대신들이 데굴데굴 눈알을 굴렸다.

축하연을 준비한 환관들도 빠르게 머리를 회전시켰다.

'아아! 드디어 지각 변동이 시작되었다.'

'지난 몇십 년간 꿈쩍도 않던 권력의 중심이 본격적으로 움직이기 시작했어.'

이 변화의 물결에 무사히 올라타면 크게 성공할 수 있다. 반대로 삐끗 실수라도 하면 그대로 몸이 찢겨 사자 밥이 된다.

사람들은 침을 꿀꺽 삼켰다.

단상 위에 나란히 앉은 군나르와 하라간을 바라보면서 레다는 두 눈을 질끈 감았다.

'아! 이런 망할!'

레다는 마음속으로 육두문자를 쏟아 내었다.

Chapter 6

갈리프가 굵은 음성으로 아뢰었다.

"위대하시고 또 위대하신 분이시여, 우선 이토록 훌륭한 후계자를 세우신 것을 감축드리옵니다."

"음!"

군나르가 미소로 칼리프의 말에 화답했다.

칼리프의 청이 이어졌다.

"이제 하라간 님은 위대하시고 또 위대하신 분의 뒤를 이어 모든 과업을 물려받으실 후계자로 선정되셨습니다. 하오니 간청 드리건대, 저희 대신들에게 하라간 님의 본모습을 확인시켜 주시옵소서. 장차 위대하시고 또 위대하신 분의 뒤를 이어 저희의 주인이 되실 분을 저희가 저희의 두 눈으로 볼 수 있도록 윤허해 주십시오."

오늘 칼리프는 신내림이라도 받은 모양이었다. 그는 마치 군나르의 마음속에 들어갔다 나온 사람처럼 군나르의 가려운 곳을 쏙쏙 긁어주었다.

'얼씨구? 칼리프 이거 큰일 낼 사람일세?'

'어쩜 저렇게 상황에 딱 맞는 말을 뽑아낼 수 있지?'

눈치 빠른 대신들이 위기감을 느꼈다. 그들은 바닥에 털썩 엎드려 고했다.

"위대하시고 또 위대하신 분이시여, 저희도 간청 드리옵니다. 장차 저희의 주인이 되실 분을 저희가 저희의 두 눈으로 볼 수 있도록 윤허해 주십시오."

"윤허해 주십시오."

남보다 앞서 나가지 못한다면 뒷북이라도 제대로 쳐야 한다. 그럴 능력이 없으면 이 살벌한 정치판에서 살아남기 어렵다. 노회한 대신들은 민첩하게 칼리프의 행동을 뒤쫓았다.

칼리프가 속으로 쓴웃음을 삼켰다.

"자, 자! 그만."

군나르가 만족스럽게 손을 들었다.

병아리처럼 짹짹거리던 대신들이 일제히 입을 다물었다.

군나르의 말이 이어졌다.

"대신들이 그렇게 원한다면 들어줘야지. 나 군나르 아르네 솔샤르의 후계자 하라간 아르네 솔샤르여, 그만 가면을 벗으라."

대신들의 귀에 '하라간 아르네 솔샤르' 라는 명칭이 천둥처럼 들렸다.

'아르네' 라는 성을 물려받았다는 것은, 하라간이 군나르의 적통과 가문을 승계한다는 점을 의미했다. 이름 뒤에 '솔샤르' 가 따라붙었다는 것은, 하라간이 이미 성인식을 치르고 정식 솔샤르가 되었다는 점을 나타내었다.

'도대체 언제?'

대신들은 어리둥절한 가운데 고개를 높이 들었다.

마이림도 주먹을 꼭 쥐고 하라간을 바라보았다.

라티파와 레다 자매를 비롯한 신임 솔샤르들도 반쯤 넋을 놓고 하라간을 응시했다.

하라간이 의자에서 일어났다.

좌중의 이목이 하라간 한 사람에게 쏠렸다.

하라간은 사람들 앞에서 은빛 가면을 천천히 벗었다. 솔직히 하라간은 더 이상 가면을 쓸 필요가 없었다. 이 밋밋한 은빛 가면의 용도는 도플갱어의 능력을 억제하는 것이었다. 그런데 하라간은 얼마 전 심해저의 마물을 복사하는 데 도플갱어의 능력을 사용했다.

도플갱어의 능력은 일회용!

단 한 번뿐인 능력을 사용했으니 이제 더 이상의 복제는 불가능하다.

마침내 하라간의 얼굴에서 은빛 가면이 떨어져 나갔다. 하라간의 본모습이 모두에게 드러났다.

"어쩜!"

라티파의 눈이 몽롱하게 풀렸다.

"뭐, 뭐야?"

레다의 눈도 휘둥그레졌다.

"으응?"

마이림도 흠칫했다.

마이림의 곁에서 고개를 빼꼼 내민 꼬마 숙녀가 입을 헤

벌쭉 벌렸다.

"와아! 저 오빠, 진짜 예쁘다!"

꼬마 숙녀의 말은 사실이었다. 단상에 우뚝 선 하라간의 얼굴은 군나르 왕국 최고의 미녀에 견줄 만큼 어여쁘고 아름다웠다. 비록 사내다움은 현저하게 떨어지지만, 그 대신 하라간은 세상 모든 소녀들의 마음을 뒤흔들 만큼 치명적인 미모를 갖추었다. 게다가 나이 든 여자들에게는 모성애를 물씬 불러일으킬 외모였다.

하라간의 본모습을 보자 칼리프의 가슴이 쿵 내려앉았다.

'이만 님!'

칼리프뿐 아니라 수많은 대신들이 입을 딱 벌렸다. 그들의 머릿속에 한 여인이 떠올랐다.

이만!

20년 전 군나르 왕국을 발칵 뒤집어 놓았던 전설적인 미녀!

이만의 미모는 군나르 왕국을 넘어 북부 전체를 술렁이게 만들 정도로 대단했다. 당시 수많은 젊은 귀족들이 이만을 짝사랑했다. 왕족들 사이에선 그녀를 차지하려고 피바람이 불었다. 그러다 결국 군나르의 피를 물려받은 직계 혈통끼리 죽고 죽이는 참사가 벌어졌다. 여자 하나 때문에 서로를 죽인 이들은 어이없게도 사촌 간이었다.

마침내 군나르의 입에서 불호령이 내렸다.

다들 바짝 얼어붙어 머리를 숙였다. 군나르는 직접 나서서 이만의 배필을 정해 주었다. 그 상대가 바로 하라간의 선친이었다.

안타깝게도 이만은 16년 전에 하라간을 출산하다가 죽었다. 이만을 너무나 사랑했던 하라간의 부친은 죽은 아내의 곁에서 식음을 전폐하다가 따라 죽었다. 태어나자마자 고아가 된 하라간은 증조부인 군나르의 손에서 컸다.

"하라간 님께선 모친을 꼭 빼어 닮으셨구나!"

칼리프는 하라간을 올려다보면서 이렇게 중얼거렸다.

또 한 사람.

머리에 터번을 쓰고 입 둘레에 금빛의 수염을 기른 단정해 보이는 노인이 두 눈을 부들부들 떨면서 하라간을 바라보았다.

"어어어! 으어어어어!"

노인의 눈에서 눈물이 흘러내렸다.

노인의 이름은 카팁!

지위는 재정 대신.

카팁은 궁궐에서 세 손가락 안에 꼽히는 권력자이자 군나르 왕국 남쪽에 넓은 영토를 소유한 토후였다. 카팁은 왕국의 대신들 가운데 가장 부유한 것으로도 유명했다. 하지만 그보다 더 중요한 것은, 카팁이 바로 이만의 부친이라는 점이었다.

이만의 아버지가 카팁.

이만의 아들이 하라간.

다시 말해서 카팁은 하라간의 외할아버지였다.

"어허헝! 내 딸 이만아! 너를 쏙 닮은 네 분신이 저기 저 높은 곳에 우뚝 서 있구나! 위대하신 분의 곁에 당당하게 서 있구나! 으허허허헝!"

카팁은 죽은 딸을 회상하며 소리 죽여 울었다.

카팁의 등 뒤에선 범 같은 사내 2명이 눈시울을 붉혔다. 이 건장한 중년인들은 카팁의 아들이자 죽은 이만의 친오빠들로, 현재 군나르 왕국에서 주요 직책을 맡고 있었다.

첫째 아들 메렌레는 왕궁의 수비대장!

둘째인 페피는 리안 강의 치수관!

이들이 바로 하라간의 외심촌들이었다.

'외척 세력들…….'

군나르의 눈이 카팁과 그의 아들들을 날카롭게 훑고 지나갔다.

Chapter 7

축하연은 밤이 깊도록 계속되었다. 혀를 자극하는 맛난 음식과 코를 자극하는 향기 그윽한 과실주, 귀를 자극하는 음악이 함께 어우러져 연회에 흥겨움을 더했다. 반라 차림의 무희들은 경쾌한 음악에 맞춰 춤을 추었다.

대신들이 술잔을 비우면 뒤에서 대기 중이던 시녀들이 곧바로 술을 채워 주었다. 접시가 비면 요리사들이 새로운 음식을 대령했다.

대신들의 탁자엔 향초가 2개씩 꽂혀 있었는데, 이 가운데 왼쪽 초를 끄면 음식을 그만 먹겠다는 뜻이고, 오른쪽 초를 끄면 술을 그만 따르라는 의미였다. 초가 타오르는 동안엔 음식과 술이 무제한으로 제공되었다.

"와, 이거 정말 맛있다."

레다는 손에 기름 범벅을 해 가며 통돼지 바비큐를 뜯었다.

라티파가 동생의 위장을 걱정했다.

"레다, 너 벌써 몇 접시째 먹는 줄 알아? 그러다 배탈 날라."

라티파는 소식가였다. 음식을 종류별로 맛만 조금 보았고, 과실주도 아주 조금씩 음미하면서 마셨다.

반면 대식가인 레다는 쉴 새 없이 배를 채우고 과실주를 목구멍에 들이부었다. 군나르 왕국에선 열여섯 살이 되어 성인식을 마치기 전까진 엄격하게 음주를 금했다. 레다는 그 한풀이라도 하듯이 술을 들이켰다.

레다가 음식물을 입에 한가득 문 채 언니에게 말대꾸를 했다.

"어? 언니는 벌써 향초를 껐어? 말도 안 돼! 이 귀한 음식들을 고작 한 접시만 먹고 끝낸단 말이야? 와아! 언니 너무한다. 이건 요리에 대한 예의가 아니지."

"그래도 어떻게 해. 난 이미 배가 부른걸."

라티파가 손으로 자신의 배를 문질렀다.

레다가 언니의 복부를 힐끗 곁눈질했다.

"아직 홀쭉한데 뭘 그래? 나처럼 빵빵하게 채워야지."

레다는 자신의 배를 불쑥 내밀어 자랑했다.

라티파가 얼굴을 붉혔다.

"얘는! 다 큰 숙녀가 어디서 이런 행동을 해?"

"히히히!"

레다가 선머슴처럼 머리를 긁었다.

단상 위의 하라간이 그런 레다를 보며 슬그머니 미소를 지었다.

하라간은 이미 2개의 향초를 모두 끈 상태였다. 그는 단

백질 위주로 딱 한 접시만 먹었고, 술은 입에도 대지 않았다.

'과식은 안 돼. 술에 취하는 것도 금지야. 그런 것들은 검술 훈련에 방해만 될 뿐.'

하라간은 속으로 이렇게 되뇌었다.

얼마 전까지만 해도 하라간은 굳이 이런 내용을 마음속으로 되새길 필요가 없었다. 규칙적인 식사와 절제가 습관처럼 몸에 배어 있기 때문이었다.

그런데 마해에 다녀온 이후로 뭔가 변했다.

술?

생각만 해도 침이 꿀꺽 넘어갔다.

맛있는 음식?

상상만 해도 허기가 졌다.

여자?

이건 기본이었다.

하라간의 가슴 깊숙한 곳에서 타락을 갈구하는 유혹의 목소리가 들렸다.

—뭐 어때? 나는 좀 더 나태해져도 돼.

—뭐 어때? 나는 좀 더 타락해도 괜찮아.

이런 속삭임들이 자꾸 하라간을 괴롭혔다.

'안 돼! 그럴 순 없어!'

하라간은 굳건한 정신력으로 해이해지려는 마음을 다잡았다.

무희들의 춤이 끝나고, 사람들이 가장 기대하는 시간이 돌아왔다. 군나르는 갓 성인식을 마친 신임 솔샤르들에게 각자의 무력을 뽐낼 기회를 주었다.

방식은 간단했다.

먼저 지원자 한 명이 앞에 나온다.

그다음 메뚜기를 날려서 도전자를 뽑는다. 메뚜기가 날아간 방향에 머물던 사람이 도전자가 되는 것이다.

지원자와 도전자는 서로 무력을 겨뤄 승자와 패자를 가른다.

그다음 승자가 새로운 도전자와 계속 싸우는 방식이다.

물론 무기도 사용 가능했다. 하지만 마물을 끄집어내는 것은 금지!

신임 솔샤르들은 아직 마물과의 결합이 완전하지 않아서 함부로 마물을 끄집어내었다가는 통제 불능 상태에 빠질 가능성이 컸다.

군나르가 앉아 있는 단상 아래 가로세로 30미터 크기의 무대가 마련되었다. 수석 환관이 지원자를 받았다.

"저요!"

그 말이 떨어지기 무섭게 레다가 벌떡 일어났다. 레다는 바비큐 갈빗대를 내팽개치고는 손에 묻은 기름을 옷에 슥슥 닦았다. 그러곤 수석 환관이 지명하기도 전에 무대로 나갔다.

"와아!"

"용감하다!"

아름다운 소녀가 첫 번째 지원자로 나오자 대신들 사이에서 박수가 터졌다.

군나르도 껄껄 웃었다.

"어떤 무기를 드릴까요?"

수석 환관의 물음에 레다는 1초의 망설임도 없이 대답했다.

"창을 주세요."

뒤에서 대기 중이던 환관들이 10종의 창이 꽂힌 무기 진열대를 대령했다. 레다는 창을 하나씩 뽑아 무게와 길이를 가늠해 보더니 그 가운데 하나를 선택했다. 길이 2.7 미터에 창날이 구불구불한 기형 창이었다.

레다는 자신의 키보다 훨씬 큰 창을 능숙하게 붕붕 돌리다가 바닥에 쿵 소리 나게 찍었다.

"다 덤벼!"

레다가 신임 솔샤르들을 도발했다.

"뭐야?"

신임 솔샤르들이 얼굴을 험악하게 구겼다.

이 자리에 초청된 신임 솔샤르들은 다들 16세의 혈기왕성한 나이이었다. 게다가 이들은 마물과의 결합에 성공하면서 자신감이 하늘을 찌르는 와중이었다. 다들 무대에 올라가고 싶어서 몸이 근질근질하던 참이었는데, 건방지게 계집아이가 도발을 한다.

"비켜 봐. 내가 나가게."

"나, 말리지 마라."

신임 솔샤르들은 서로 나가려고 안달을 했다.

수석 환관이 대나무 통을 하나 가져왔다. 그가 뚜껑을 조심스레 열자 대나무 통 안에서 메뚜기가 폴짝 뛰어올라 정면으로 날아갔다.

"낙점!"

수석 환관은 메뚜기와 가장 근접한 신임 솔샤르를 레다의 상대로 선택했다.

Chapter 8

레다의 상대는 머리에 터번을 두르고 한쪽 귀에 구리 빛깔 귀걸이를 착용한 꺽다리 소년이었다. 도전자가 한 발 앞으로 나왔다.

수석 환관이 도전자에게 물었다.

"소년 용사께는 어떤 무기를 드릴까요?"

"그물과 삼지창을 주세요."

귀걸이 소년의 말에 레다가 비웃었다.

"푸훗! 너, 리안 강에서 물고기 잡던 어부였냐? 깔깔깔!"

"뭣?"

귀걸이 소년의 입술이 험악하게 일그러졌다.

소년의 이름은 융!

그는 군나르 왕국의 동부 전선을 지휘하는 군단장 뮬러의 손자로, 어린 나이에도 불구하고 동부 일대에서 무술의 천재로 이름을 날리는 인물이었다. 더군다나 융은 이번 성인식에서 당당하게 연해 3층의 마물과 결합해 자존심이 하늘을 찌르는 상태였다.

"이런 천방지축 계집! 혼을 내 주마."

융은 오른손에 그물, 왼손에 삼지창을 들고 레다 앞에 섰다.

레다도 발끈 성을 내었다.

"뭐? 나한테 계집이라고? 너 죽었어!"

레다는 튜닉 옆을 터서 허벅지까지 부욱 찢고는, 오른손으로 창대를 휘감아 그 끝을 융에게 겨눴다. 꺽다리 융이 오만하게 레다를 내려다보았다.

레다는 날카로운 눈으로 융을 노려보았다.,

수석 환관이 두 사람에게 한 번 더 주의를 주었다.

"규칙은 알고 있지요? 무술을 겨루는 중간에 마물을 끄집어내는 것은 금지입니다. 그 즉시 실격 처리하겠습니다."

"네."

"알고 있습니다."

레다와 융이 동시에 고개를 끄덕였다.

징이 울렸다.

시합이 시작되기 무섭게 융이 레다의 왼쪽으로 파고들었다. 그러면서 융은 레다의 몸이 아니라 눈을 관찰했다.

순간적으로 레다의 시선이 융의 움직임을 좇아 왼쪽으로 돌아갔다.

'걸렸다!'

레다의 눈을 확인한 순간, 융은 벼락처럼 방향을 바꿨다. 왼쪽을 공략하는 척한 것은 페인트 모션일 뿐! 융이 진짜로 노린 것은 레다의 오른손이었다. 융은 단숨에 상대의 무기를 떨궈 이 시건방진 계집에게 망신을 주려고 마음먹었다.

푸슛!

융의 삼지창이 굴에서 빠져나오는 독사처럼 빠르게 뻗어 레다의 오른쪽 어깨를 공격했다.

"흥! 얕은 수작!"

레다는 창끝으로 정확하게 융의 삼지창을 쳐 냈다. 그다음 교묘하게 창대를 안으로 밀어 넣어 융의 목젖을 공격했다.

이게 다가 아니었다. 목젖을 공격하는 중간에 레다가 엄지를 딱 튕기자 그녀의 손아귀 안에서 창이 무섭게 자전했다.

콰르르르!

소용돌이처럼 회전하는 창은 허공에서 곡선을 그리며 뚝 떨어져 융의 배꼽을 찔렀다.

레다의 창술은 발군이었다. 뾰족한 창끝으로 상대의 삼지창을 정확하게 밀쳐 내는 동작도 놀라웠지만, 바로 이어서 상대의 몸통을 공격하는 기술도 여간이 아니었다. 거기에 더해서 창에 회전을 줘서 공격 목표를 바꾸는 솜씨까지!

"으흡!"

융은 목젖을 향해 파고드는 상대의 창날을 피해 상체를

뒤로 확 젖혔다. 그러다 상대의 창에서 위이잉! 소리가 나자 기겁을 하며 옆으로 나뒹굴었다.

찌이익!

융의 상의가 길게 찢어졌다. 융의 가슴에서 핏물이 일직선으로 튀었다. 융은 옆으로 두 바퀴를 더 굴러 상대의 공격권 밖으로 물러났다. 어느새 융의 가슴은 시뻘겋게 물들어 있었다.

레다가 하얗게 웃었다.

“야아, 아쉽네. 배꼽에도 고리를 달 수 있게 구멍을 뚫어주려고 했는데 말이야. 히히히히!”

융은 웃지 못했다.

‘이 계집! 보통이 아니다!’

이러다 크게 망신을 당하겠다는 생각이 들었다. 융은 정신을 바짝 차리고 자세를 낮췄다. 조금 전처럼 대충 낮춘 것이 아니라, 허리를 거의 90도로 굽히고 고개만 살모사처럼 바짝 치켜들었다. 삼지창은 등 뒤로 숨겨 곧추세웠다. 오른손에 든 그물은 바닥에 끌리도록 슬며시 낮추었다. 그렇게 몸을 낮추고 등 뒤의 창대만 세로로 세운 모습이 마치 독 오른 전갈 같았다.

동부에서 온 신임 솔샤르들이 융의 자세를 보고 웅성거렸다.

"융이 진짜로 화났나 봐?"

"저 여자애는 이제 죽었다."

동부의 솔샤르들은 그만큼 융의 실력을 높이 평가했다.

반면 레다는 전혀 긴장하지 않았다.

"거참 희한한 자세네? 그렇게 하면 뭐가 좀 달라지니?"

레다는 창대를 땅에 내려놓고 새끼손가락으로 귀를 파면서 이렇게 말했다. 완전히 상대방을 무시하는 자세였다.

"이년이 진짜!"

융의 이마에 혈관이 도드라졌다. 융이 바람처럼 움직였다. 융은 앞으로 달려드는 것과 동시에 자신의 무기 2개를 손에서 놓았다.

휭, 휭, 휭, 휭!

회전이 걸린 융의 그물이 낮고 넓게 깔리며 날아가 레다의 하체를 휩쓸었다. 그사이 융의 삼지창이 위로 치솟았다가 아래로 뚝 떨어지며 레다의 머리를 노렸다. 그와 동시에 융이 긴 팔이 좌우에서 날아왔다.

아래쪽엔 그물!

머리 위엔 삼지창!

좌우엔 융의 두 손!

네 방향으로 나뉘었던 융의 공격이 한 지점을 동시에 폭격했다.

레다의 입에서 처음으로 칭찬이 흘러나왔다.

“제법이야.”

하지만 레다의 얼굴은 여전히 여유로웠다. 레다는 비스듬히 내려놓은 창대를 발로 탁 찼다.

휘릭 돌아간 레다의 창이 빙글빙글 회전하며 날아온 그물 정중앙을 정확하게 쳐올렸다. 순간적으로 레다의 창이 지면과 45도 각도를 만들었다. 레다는 45도로 경사진 자신의 창대를 밟고 위로 도약했다.

좌우로 활짝 벌어졌다가 확 모인 융의 양손이 빈 허공을 갈랐다. 레다는 어느새 그 안쪽으로 파고들었다.

하늘에서 뚝 떨어지는 삼지창도 소용이 없었다. 레다는 융의 삼지창을 등 뒤로 아슬아슬하게 흘려보내더니, 그대로 뛰어올라 상대의 머리통을 양손으로 붙잡았다. 그러곤 무릎을 힘껏 차올렸다.

니킥 작렬!

빠각!

레다의 무릎이 융의 안면에 그대로 꽂혔다. 뼈 부스러지는 소리와 함께 융의 얼굴이 움푹 함몰되었다.

이 한 방으로 끝!

“꾸륵!”

꺽다리 융이 고개를 핑그르르 돌리며 주저앉았다.

Chapter 9

레다는 쓰러지는 융의 머리카락을 오른손으로 우악스럽게 잡아채고는 왼손을 번쩍 들었다.

관중들 사이에 잠시 침묵이 감돌았다. 그러다 이내 엄청난 환호가 터졌다.

"와아아아—!"

"최고다! 휘이익!"

"레다! 레다! 레다!"

관중들은 레다의 이름을 연호했다.

군나르는 몸을 의자에 파묻고 부드럽게 수염을 쓰다듬었다. 레다를 보는 군나르의 눈빛이 묘하게 반짝거렸다.

하라간도 호의적인 눈으로 레다를 바라보았다.

겁 없이 시원시원한 태도!

천부적인 재능!

꾸준한 노력!

관중을 휘어잡는 카리스마까지!

'역시 재미있는 녀석이야.'

하라간의 눈에 비친 레다는 그야말로 미래가 기대되는

재목이었다.

레다의 실력은 압도적이었다. 981명의 신임 솔샤르 가운데 무려 96명이 그녀의 창날 아래 무릎을 꿇었다. 내리 96명을 거꾸러뜨리고도 레다는 숨결 하나 거칠어지지 않았다. 사람들은 레다의 창술 실력에 크게 놀랐다.

물론 솔샤르의 힘을 단순히 무술만 가지고 평가할 수는 없다. 솔샤르의 주력은 어디까지나 무술이 아니라 마물!

'비록 무술로는 패배했지만, 실제 싸움은 다르다고.'

'우리가 본격적으로 마물을 끄집어내어 싸우면 결과가 어떻게 달라질지 아무도 모르는 거야.'

레다에게 패배한 솔샤르들은 이렇게 위안을 삼았다.

하라간이 그들의 속내를 읽었다. 하라간의 입가에 비웃음이 걸렸다.

'흥! 패배를 인정하지 못하겠다? 본격적으로 싸우면 뭐가 달라질 줄 아나 본데, 어림도 없지. 레다는 해구 1층의 막레르와 결합을 했으니 신임 솔샤르 가운데 그녀와 붙어서 이길 수 있는 사람은 없어. 라티파도 일대일로는 레다의 상대가 아니야.'

하라간이 이런 생각을 하는 사이 사람들은 휘파람을 불면서 레다의 이름을 연호했다.

"휘이익! 레다! 최고다!"

"레다! 레다! 레다!"

"내침 김에 100승까지 그냥 달려라."

"100승이 뭐야? 이러다 전승할 것 같은데?"

사람들이 그냥 빈말을 하는 것은 아니었다. 레다는 100승 고지까지 이제 딱 4명이 남았을 뿐이었다. 그런데도 그녀는 아직까지 지친 기색이 없었다.

'이대로라면 전승은 몰라도 200승 이상은 거뜬히 하지 않을까?'

관중들은 은근히 이런 기대를 했다.

수석 환관이 다시 대나무 통을 열었다.

"그럼 97번째 도전자를 뽑겠습니다."

통 안에 갇혀 있던 메뚜기가 슬금슬금 입구로 기어 나왔다가 허공으로 폴짝 뛰어올랐다.

대나무 통 입구가 향한 방향은 신임 솔샤르 쪽. 그런데 메뚜기는 허공에서 방향을 180도 전환하더니 단상 위의 하라간 앞에 툭 내려앉았다.

"엇?"

축하연장이 갑자기 조용해졌다.

당황한 수석 환관이 깃발을 들어 무효를 선언했다.

"무효! 무효입니다. 메뚜기가 방향을 잘못 잡았으니 새

대나무 통을 열어서 다음 도전자를 다시 뽑겠습니다. 죄송합니다."

"휴우우!"

사람들은 비로소 굳었던 안색을 풀었다. 하지만 하라간이 자리에서 일어나는 모습을 보자 다시 입을 다물었다. 좌중의 이목이 하라간에게 쏠렸다.

하라간이 지팡이를 내려놓고 단상에서 내려왔다.

원래 하라간은 이런 어린애 놀음에 낄 마음이 없었다. 하지만 예상외로 뛰어난 레다의 창술을 보자 가슴이 뜨거워졌다.

루잉 백작 시절 하라간은 부하들과 실전처럼 대련하는 것을 즐겼다. 특히 실력이 뛰어난 후배나 부하를 보면 반드시 대련을 통해 지도를 해 주곤 했는데, 그 이유는 후배를 제대로 키워 내는 것이야말로 스승인 카일 백작의 은혜를 갚는 길이라고 여겼기 때문이다. 하라간은 지금도 그 기분으로 단상에서 내려왔다.

또 한 가지.

요새 하라간은 여러모로 머리가 아팠다. 마해에서 복귀한 이후 발생한 변화들이 우선 걱정스러웠고, 스승인 카일 백작의 복수를 어떻게 해야 할 것인지도 고민이었다. 그러던 참에 레다의 창술을 보자 복잡한 머리가 뻥 뚫리는 기분을 느꼈다. 그래서 망설이지 않고 무대에 올랐다.

"하, 하라간 님!"

수석 환관이 당황해서 말을 더듬었다.

대신들과 신임 솔샤르들도 웅성거렸다.

'무슨 생각이냐, 하라간? 관중들의 환호라도 받고 싶은 게냐?'

단상 위의 마이림이 가느다란 눈으로 하라간을 노려보았다.

수석 환관이 슬그머니 군나르의 눈치를 살폈다. 군나르의 표정은 그리 나쁘지 않았다. 오히려 호기심 어린 눈으로 하라간의 행동을 지켜보고 있었다.

수석 환관이 용기를 내어 물었다.

"하라간 님, 혹시 제게 하명하실 일이 있으신지요?"

"하명은 무슨. 메뚜기가 나를 선택했잖아. 다음 도전자로 말이야."

하라간이 메뚜기 핑계를 대었다.

수석 환관이 진땀을 흘렸다.

"황망하신 말씀을 거두어 주소서. 어찌 감히 하라간 님께 도전자라는 무례한 명칭을 붙일 수 있겠나이까?"

하라간은 턱 끝으로 레다를 가리켰다.

"아, 진행 안 할 거야? 저쪽은 나를 기다리고 있는데?"

"하라간 님! 어찌 그리 황망하신 말씀을 계속하시옵니까?"

수석 환관이 울상을 지었다. 그러면서 그는 다시 한 번 군나르의 표정을 살폈다. 만약 군나르의 얼굴에 불쾌한 기색이 어려 있다면 수석 환관은 바닥에 납죽 엎드려 메뚜기를 잘못 날린 것에 대한 벌을 청할 생각이었다.

군나르의 표정은 여전히 모호했다. 하지만 이 의외의 사태에 그리 노여워하는 것 같지는 않았다.

하라간이 수석 환관을 다그쳤다.

"뭐해? 사람들이 기다리잖아."

'에라, 모르겠다.'

수석 환관은 눈을 질끈 감고 행사를 진행했다.

"정 그러시다면 하라간 님께서 출전하시는 것으로 하겠습니다. 딸꾹! 하라간 님께선, 딸꾹! 어떤 무기를 원하시는지요? 딸꾹!"

수석 환관이 딸꾹질을 하면서 물었다.

하라간은 망설임 없이 창을 선택했다.

"창."

사실 하라간은 창이 익숙하지 않았다. 한 우물만 파라는 스승의 충고에 따라 죽으나 사나 검만 고집한 탓이었다.

물론 하라간은 창잡이들과 겨뤄 본 경험은 많았다. 하지만 그렇다고 창이 손에 익은 것은 아니었다. 하라간은 그저 창을 상대하는 요령을 알 뿐이었다.

'딱 한 번, 창을 사용해 보았구나.'

오래전 전쟁터에서 솔샤르와 싸우던 와중에 하라간의 검이 부러진 적이 있었다. 마침 주변에 마땅한 검이 없었던 터라 하라간은 급한 김에 땅에 나뒹구는 창을 주워서 싸웠다.

'그 이후론 처음이네.'

하라간은 무기 진열대를 훑어보며 어떤 창을 고를지 고민했다. 그러다 선택한 것이 2.1 미터 길이에 창날의 폭이 좁은 기본형 단창이었다.

'그나마 이게 검과 가까워.'

길이가 짧고 무게가 가벼워서 검에 가까운 창.

하라간은 이 기준으로 무기를 골랐다.

Chapter 10

"자, 시작하지."

하라간이 레다 앞에 섰다.

레다가 눈을 찌푸렸다.

"정말 괜찮으시겠습니까? 제 창에는 눈이 없습니다. 겨룸이 시작되면 본의 아니게 하라간 님께 상처를 입힐 수도 있습니다."

"별걱정을 다 하는군."

하라간이 피식 웃었다. 그러곤 수석 환관에게 빨리 시작하라는 눈짓을 보냈다.

수석 환관이 마지못해 고개를 끄덕였다.

데엥!

웅장하게 징이 울렸다. 시작과 동시에 하라간은 왼손으로 창대의 3분의 2 지점을 잡았다. 하라간의 손부터 창끝까지 길이는 1.4미터. 이 정도면 하라간이 즐겨 사용하는 장검보다 약간 더 긴 수준이었다. 하라간은 그 상태에서 한 팔로 창을 들어 레다에게 겨눴다.

하라간의 어설픈 자세에 레다가 한마디를 했다.

"하라간 님께선 창을 잡아 보신 적이 별로 없으시군요?"

"맞아."

하라간이 냉큼 동의했다.

"크윽!"

그 성의 없는 대답이 레다의 성을 돋웠다. 레다는 하라간이 지금 이 신성한 무술 대회를 모욕하고 있다고 느꼈다.

입술을 꾹 깨문 레다가 오른발을 앞으로 빠르게 미끄러

뜨렸다. 순간적으로 레다의 몸이 전면을 향해 쭈욱 늘어나는 것처럼 보였다. 동시에 레다의 창이 뱀처럼 꿈틀거렸다.

슈가각!

레다의 손에서 출발한 창끝은 허공에서 두 번 연속해서 꺾이며 하라간의 목으로 날아들었다. 처음 레다의 창끝이 겨눴던 곳은 하라간의 복부였다. 그러다 중간에 발등으로 목표를 바꿨고, 이어서 목젖으로 다시 목표를 변경했다. 레다는 눈 깜짝할 사이에 세 번이나 변화를 줬다. 그 속도가 너무나 빨라 사람들의 눈에는 거의 보이지도 않았다.

이 자리에 있는 사람들 상당수는 레다의 움직임을 놓쳤다. 일부 사람들은 레다의 움직임을 간신히 뒤쫓았지만, 그녀의 목표가 하라간의 복부라고 생각했다. 아주 눈이 빠른 소수만이 레다가 중간에 한 번 변화를 줘서 하라간의 발등을 공격한다고 느꼈다.

하지만 레다의 실제 목표는 하라간의 목! 그녀가 만들어낸 변화를 모두 읽어 낸 사람은 고작 10명도 되지 않았다.

'어엉? 레다의 실력이 저 정도였나?'

그 극소수의 강자들이 레다의 솜씨에 감탄했다.

사람들이 놀라거나 말거나 레다는 하라간에게 온 신경을 집중했다.

'만약 하라간 님이 초보자라면 아무런 대응도 못 할 것이다. 만약 하라간이 나름대로 수련을 했다면 복부를 막으려고 들겠지. 그리고 만약 하라간 님이 정말 미친 듯이 무술에 매진해 온 분이라면 발부터 피할 거야.'

레다는 이 세 가지 중에 하나를 예상했다. 그녀는 이 싸움을 길게 끌고 싶지 않았다. 단숨에 하라간의 목젖에 창끝을 들이민 다음, 이 기분 더러운 상황을 종료하고 싶었다. 그래서 처음부터 전력을 다했다.

결과는?

까앙!

허공에 시퍼런 불똥이 튀었다. 레다의 창날 바로 아래 지점을 하라간의 창끝이 정확하게 찍어 튕겨 낸 것이다.

하라간은 복부나 발등을 방어하려고 애쓰지 않았다. 레다의 공격을 예측이라도 한 것처럼 최소한의 동작만으로 상대의 의도를 무산시켰다.

"뭐, 뭐야?"

레다의 눈이 휘둥그레졌다.

이건 시작에 불과했다. 벼락처럼 쏘아진 레다의 창을 뾰족한 창끝으로 쳐 낸 것만 해도 충분히 놀라운데, 이어지는 하라간의 반격은 입이 쩍 벌어질 정도였다.

그가가각!

하라간의 창이 레다의 창대를 타고 주르륵 미끄러졌다.

그다음 레다가 '아차!' 하는 사이 레다의 손등을 훑고 지나갔다.

레다는 재빨리 손을 빼서 하라간의 공격을 피했다. 순간적으로 레다의 창이 허공에 붕 떴다.

하라간은 창끝을 교묘히 놀려 레다의 창을 휘감아 빼앗았다.

"앗!"

레다는 눈 깜짝할 사이에 무기를 잃었다.

하라간이 두 자루의 창을 들고 상대를 바라보았다.

"왜? 억울한가?"

"이익!"

무기를 빼앗겼으면 이미 패한 것이다. 레다는 윗니로 아랫입술을 꽉 깨물었다.

사람들도 모두 멍했다. 워낙 눈 깜짝할 사이에 벌어진 일이라 뭐가 어떻게 된 것인지 알 수가 없었다.

"으응, 인제 보니 레다가 일부러 져 줬구나."

"상대가 누구야? 군나르 님의 후계자시잖아. 레다도 어쩔 수 없었겠지."

사람들이 조그만 목소리로 이렇게 속삭였다.

그 이야기가 레다의 귀에는 천둥처럼 들렸다.

"큭!"

레다의 얼굴이 잘 익은 토마토의 색깔을 띠었다.

하라간이 레다의 창을 돌려주었다.

“억울하면 다시 덤벼봐.”

오만한 자세로 손가락을 까딱까딱.

“크윽!”

이 상황에서 다시 덤빈다는 것은 구질구질한 짓이었다. 차라리 깨끗하게 패배를 인정하는 것이 옳았다. 레다는 그게 순리라고 생각했다.

‘하지만 상대는 나와 동갑인 16세 소년.’

지금까지 레다는 동갑내기에게 패해 본 적이 없었다.

‘하라간 님이 나보다 나이가 많은 것도 아니고, 같은 지역, 같은 연도에 태어나서 똑같이 자랐는데 내가 패했다고? 난 레다야! 다섯 살에 창을 잡은 이후로 죽도록 수련을 한 레다라고. 그런데 어떻게 저 허여멀건 하라간 님이 나보다 더 강할 수가 있지? 이건 뭔가 잘못되었어. 그래! 조금 전의 그건 우연이었을 거야.’

레다는 이렇게 자기 위안을 삼았다.

“뭐해? 억울하면 다시 덤벼 보라니까.”

하라간이 다시금 레다에게 손가락을 까딱거렸다.

그 모습이 상당히 거만하고 재수 없었다.

“크으읏!”

레다가 하얗게 이빨을 드러내었다. 레다의 몸이 지면에 깔리듯이 쏘아졌다. 지면에 한 줄기 바람이 불었다. 그 바람 속에서 강렬한 소용돌이 다섯 줄기가 튀어나와 하라간을 휩쓸었다.

콰르르! 콰르르르!

창에 강한 회전력을 실어서 다섯 줄기의 공격을 한 방에 퍼붓는 것이야말로 레다의 주특기 가운데 하나였다.

Chapter 11

콰르르! 콰르르르!

다섯 줄기의 소용돌이가 동시에 하라간에게 날아들었다.

만약 하라간의 손에 검이 들렸다면, 단 한 번의 칼질만으로 이 다섯 줄기의 회오리를 모두 끊어 버렸을 것이다.

하지만 창으로는 그런 정교한 동작이 어려웠다. 하라간은 검으로 연속 찌르기를 하는 기분으로 창을 연달아 다섯 차례 찔렀다.

토토토토톡!

연달아 들린 다섯 번의 소음과 함께 레다가 만들어 낸 다섯 줄기 소용돌이가 모두 방향이 바뀌어 엉뚱한 곳으로 날아갔다.

"우왓!"

레다는 숨이 넘어갈 뻔했다. 레다를 가르친 창술 교관도 레다의 공격을 이렇게 쉽게 막아 내지는 못할 것이다. 레다는 조금 전 하라간이 뭘 어떻게 한 것인지 이해할 수가 없었다.

'대체 방금 전에 무슨 일이 벌어진 거야?'

레다가 입을 쩍 벌렸다.

그사이 방어에 성공한 하라간이 창대를 빙글 돌렸다. 하라간은 가슴 앞쪽에 있던 창을 자신의 등 뒤로 돌리고는, 그 자세에서 창을 연달아 찔렀다.

등 뒤에서 작렬하는 창!

"어엇?"

하라간의 갑작스러운 변칙 공격에 레다가 연신 뒷걸음질 쳤다. 하라간은 창을 등 뒤로 돌려 여섯 번을 내리 찌른 다음, 마지막 찌르기의 반동을 이용해 몸을 180도 회전시켰다. 하라간의 목을 축으로 삼아 하라간의 창이 180도 반원을 그렸다. 날카로운 창날이 사각지대에서 뻗어와 레다의 얼굴로 날아들었다.

"어헉!"

레다는 양손으로 창대를 쥐고 급하게 안면을 방어했다.

까앙!

하라간의 창날이 레다의 코앞에서 멈췄다. 레다의 방어가 조금만 늦었더라면 그대로 얼굴이 찢길 뻔했다.

가까스로 방어에 성공한 레다의 등에 진땀이 주르륵 흘렀다. 솔직히 레다는 이번 하라간의 공격을 완전히 놓쳤다. 막판에 육감으로 막아 내었을 뿐, 하마터면 그대로 얼굴이 잘릴 뻔했다.

비틀거리며 물러나는 레다를 하라간이 발로 뻥 걷어찼다.

"크!"

레다가 완전히 뒤로 넘어갔다.

'위험해!'

이대로 벌러덩 누우면 그다음 어떤 변칙 공격이 쏟아질지 몰라서 두려웠다. 레다는 체면을 버리고 하라간의 힘을 오히려 이용해서 뒤로 백텀블링을 했다. 그다음 한쪽 무릎을 꿇은 상태에서 황급히 자세를 가다듬고 하라간의 다음 공격을 방어하려고 들었다.

한데 이어지는 공격이 없었다.

"응?"

레다가 눈을 동그랗게 떴다.

하라간은 공격의 고삐를 잠시 늦추고 창대를 양어깨에

척 걸친 자세로 오만하게 레다를 굽어보았다.

반면 레다는 겁먹은 강아지처럼 바닥에 납죽 엎드린 볼썽사나운 자세로 하라간을 올려다보았다. 주변을 빙 둘러싸고 있던 관중들이 멍하게 그 모습을 바라보았다.

레다의 얼굴이 홍당무가 되었다.

"이이익!"

모욕을 당했다고 여긴 레다가 창을 크게 휘두르며 다시 달려들었다.

하라간은 딱 5 센티미터 차이로 레다의 공격을 흘려보냈다. 그다음 다리를 툭 차올려 레다의 발목을 후려쳤다.

코뿔소처럼 달려들던 레다가 하라간의 발에 걸려 우당탕 고꾸라졌다.

"이런 썅!"

벌떡 일어난 레다의 입에서 욕이 나왔다.

순간적으로 장내에 정적이 흘렀다.

"감히!"

타앙!

군나르가 손바닥으로 탁자를 후려쳤다. 원목으로 만든 화려한 탁자가 치이익! 녹아들면서 손바닥 모양으로 깊게 팼다.

"으헉!"

칼리프의 안색이 하얗게 질렸다. 레다의 언니 라티파의 얼굴도 새하얗게 변했다. 칼리프가 군나르를 향해 털썩 무릎을 꿇었다.

'내가 방금 뭐라고 했지? 설마 하라간 님께 욕을 한 거야?'

레다도 그제야 사태를 파악하고는 바르르 떨었다.

군나르의 입에서 막 호통이 터지려는 찰나, 하라간이 크게 웃었다.

"와하하하! 그 꼴이 뭐냐?"

사람들의 시선이 레다에게 쏠렸다.

미소녀의 가지런히 빗은 머리카락은 미친년 머리채처럼 산발이 되었고, 흙먼지를 뒤집어쓴 얼굴엔 두 줄기 코피가 주르륵 흐른 상황!

"푸흡!"

신임 솔샤르 한 명이 저도 모르게 웃음을 터뜨렸다.

대신들 몇 사람도 괴상한 소리를 냈다. 웃음을 억지로 참다가 튀어나온 소리였다.

하라간이 절묘한 타이밍에 분위기를 전환시킨 덕분에 군나르의 노여움도 스르륵 가라앉았다. 군나르는 다시 의자에 몸을 파묻었다.

"휴우우!"

사람들은 안도의 한숨을 내쉬었다.

특히 칼리프와 라티파는 심장이 멎을 뻔했다가 겨우 안정을 되찾았다. 두 사람은 도끼눈을 뜨고 레다를 노려보았다.

'레다, 어서 패배를 인정해라.'

칼리프와 라티파의 표정은 이렇게 말하고 있었다.

"그만할 건가?"

하라간이 레다에게 물었다.

레다는 잠시 머뭇거리다가 결국 하라간 앞에 무릎을 꿇었다.

"하라간 님, 제가 졌습니다."

레다는 깨끗이 패배를 인정했다.

"와아! 하라간 님께서 승리하셨다!"

"하라간 님, 최고이십니다!"

하라간을 섬기는 대머리 환관들이 먼저 분위기를 띄웠다.

"와아아아아—!"

"하라간 님, 만세! 만세!"

대신들은 일제히 지리에서 일어나 하라간에게 열렬한 박수를 보냈다. 신임 솔샤르들도 분위기를 좇아 박수 세례에 동참했다.

'녀석! 장하구나! 장해!'

군나르가 그 모습을 흐뭇하게 바라보았다.

더 이상 하라간에게 도전하는 사람은 없었다. 하라간의 창술에 놀란 탓도 있지만, 그보다는 군나르의 눈치를 보느라 다들 도전을 꺼렸다.

"더 이상 도전자가 없으면 이것으로 끝을 내겠습니다."

수석 환관이 서둘러 마무리를 지었다. 신임 솔샤르끼리 무력을 겨루는 행사는 그렇게 어정쩡하게 끝이 났다.

환관들이 분위기 전환을 시도했다.

'뭐하는 거야? 어서 음악을 연주하라고.'

환관들이 신호를 보내자 악사들이 다시 악기를 잡았다. 두두두둥! 북이 울리고, 영롱한 하프 소리가 사람들의 귀를 즐겁게 만들었다.

'무희들도 나와!'

환관들의 손짓에 무대 옆에서 대기 중이던 무희들이 와르르 달려 나와 날아갈 듯이 군무를 추었다. 요리사들은 새로운 요리를 조리해서 올렸다. 축하연장이 다시 떠들썩해졌다.

하라간은 자리로 돌아와 앉았다.

군나르가 하라간을 향해 몸을 기울였다.

"녀석, 언제 그렇게 창술을 연마했느냐? 할아비는 진짜로 깜짝 놀랐느니라. 허허허!"

칭찬을 하면서 군나르가 하라간의 손을 꼭 잡았다.

그 모습을 본 마이림의 얼굴이 딱딱하게 굳었다. 하지만 그녀는 눈 깜짝할 사이에 표정을 풀고는 입가에 부드러운 미소를 머금었다.

대신들과 환관들도 군나르의 살가운 행동에 충격을 받았다.

'으잉? 평소 엄격하시던 군나르 님께서 저렇게 다정한 모습을 보이시다니, 이게 웬일이야?'

'군나르 님께선 정말 하라간 님을 아끼시는구나!'

'앞으로 하라간 님이 대세야! 대세!'

사람들은 앞으로 누구에게 줄을 서야 할지 확실히 깨달았다.

제2화

키야의 개미굴

Chapter 1

12개월 뒤.

군나르 왕국 동북부에 광활하게 펼쳐진 카말 대사막 입구.

뽀얗게 쌓인 모래언덕 위에 천으로 얼굴을 칭칭 감은 사내가 나타났다. 사내의 머리 위로 이글거리는 태양 빛이 작렬했다.

한낮의 카말 대사막은 기온이 90도까지 올라가는 초열지옥이었다. 하지만 사내는 꿈쩍도 않고 그 뜨거운 열기를 견뎌 내었다.

사내의 키는 198 센티미터.

오른쪽 허리엔 그물을 둘둘 말아 묶었고, 등에는 기다란 삼지창을 꽂은 차림이었다. 천 사이로 드러난 사내의 눈매는 매의 그것처럼 날카로웠다. 실제로 사내의 왼쪽 어깨엔 눈이 부리부리한 매 한 마리가 앉아서 전면을 노려보는 중이었다.

'이곳이 사막 도시 키약…….'

모래언덕 저 아래, 사내의 시선이 머문 곳에 번화한 토성(土城: 흙으로 지은 성) 하나가 자리했다. 인구 60만 명 규모의 사막 도시 키약이었다.

뜨거운 대낮이라 그런지 키약은 쥐 죽은 듯이 조용했다. 사내는 불룩하게 솟은 모래언덕 위에서 키약을 내려다보며 성의 구조를 머릿속에 담아 두었다.

그때 모래 언덕 뒤에서 사람의 머리통 하나가 불쑥 올라왔다.

"헥헥! 아이고, 나 죽는다. 헥헥헥!"

천으로 얼굴을 둘둘 감싼 조그만 체형의 여인이 모래언덕에 올라와 두 손으로 무릎을 짚고 숨을 할딱거렸다.

꺽다리 사내가 여인을 돌아보았다.

여인은 숨을 거칠게 몰아쉬다가 허리를 펴고는 활짝 웃었다.

"와아! 저기가 사막 도시 키약이지? 우리 드디어 도착했구나! 그렇지, 융?"

꺽다리 사내의 이름은 융!

올해 나이는 17세.

주무기는 삼지창과 그물!

융의 가문은 군나르 왕국 동부 전선을 방어하는 뮬러러 일가였다. 어려서부터 창술로 이름을 날리던 융은 1년 전 마해에 입수해 연해 3층의 마물 막케토와 결합했다. 그러곤 군나르의 축복을 받아 왕궁 장부에 정식 솔샤르로 이름을 올렸다.

그 융이 사막 도시 키약에 나타났다.

융의 옆에 나란히 선 여인은 허리에 손을 척 얹고 호탕하게 소리쳤다.

"아하하! 드디어 도착했구나! 드디어 도착했어! 으허헝! 지옥 같은 카말 대사막을 건너 여기까지 와 버리고야 말았어. 으허헝! 두고 보자, 변질자들이여! 감히 이 네페르 님에게 개고생을 시킨 대가를 톡톡히 치러 주마!"

여인의 이름은 네페르!

나이는 융과 같은 17세.

주무기는 부채.

네페르는 왕국 재성 대신인 카텝의 손녀이자 리안 강의 치수관인 페피의 딸이었다. 하라간과는 외종사촌 간이기도

했다.

네페르도 융과 같은 날에 성인식을 치르고 솔샤르가 되었다.

그녀가 결합한 마물은 마물 도감에도 자세한 정보가 나와 있지 않은 희귀종으로, 연해 3층 해저 화산 지역에서 가끔씩 발견되는 '그누크'였다. 그누크는 용암을 다루는 마물로 알려져 있었다.

"가자!"

융이 턱 끝으로 사막 도시를 가리켰다.

네페르가 펄쩍 뛰었다.

"응? 잠깐만! 난 이제 막 도착했다고. 내 가냘픈 다리가 이렇게 경련을 일으키는 거 보이지 않아? 융, 여기서 조금만 쉬었다가 가면 안 될까? 응? 응?"

네페르가 바지를 걷어 하얀 종아리를 보여 줬음에도 불구하고 융은 모래언덕 아래로 주우욱 미끄러져 내려갔다.

화가 난 네페르가 융의 등을 향해 감자주먹을 먹였다.

"아 놔, 저 융통성 없는 시키! 나 같은 꽃미모의 소녀가 부탁을 하는데 들은 척도 하지 않네? 야 이 나쁜 놈아! 거기 서지 못해?"

네페르가 길길이 날뛰건 말건 융은 뒤돌아보지 않았다.

"야! 융! 같이 가. 같이 가자고."

결국 네페르는 후들거리는 허벅지를 주먹으로 두드리며 융의 뒤를 쫓았다.

키약은 카말 대사막 동북쪽 입구에 위치한 도시였다. 150년 전만 해도 키약은 오아시스를 낀 조그만 소규모 마을에 불과했다. 그러다 카말 대사막을 왕래하는 상단이 늘어나면서 마을이 점점 확대되어 지금은 인구 60만의 중규모 사막 도시로 성장했다.

키약의 도심은 크게 둘로 나뉘었다.

도심의 토굴성.

외곽의 시가지.

키약의 토굴성은 사실 진짜 성이 아니라 키약의 중심부에 위치한 붉은 언덕을 의미했다.

이 붉은 언덕에는 천연 동굴이 무수히 많았는데, 오래전 키약의 주민들은 이 동굴을 주거지로 삼았다. 흰 개미굴처럼 내부로 촘촘히 연결된 천연 동굴은 사막의 뜨거운 열기를 막아 주고 모래바람으로부터 사람의 생명을 지켜 주는 훌륭한 거주지였다.

그러다 키약의 인구가 급격히 늘자 토굴성 둘레에 새로운 시가지가 증축되었다. 군나르 왕국에선 시가지 주변에 흙벽돌로 높은 성벽을 쌓고 방풍림을 조성해서 사막의 모래바람을 막았다. 오아시스와 연결된 수로도 팠다.

쾌적한 시가지가 건축되자 키약의 토후와 귀족들은 붉은 언덕의 동굴을 버리고 신시가지로 이주했다. 상인들이 그 주변에 모여들었다. 시장이 생기고 인구가 새로 유입되면서 신시가지는 점점 더 번창했다.

반면 도심의 붉은 언덕은 자연스럽게 하층민의 거주지로 전락해 갔다. 그러면서 범죄자들도 하나둘 토굴성으로 모였다.

복잡한 미로와도 같은 토굴성은 수배 중인 범죄자들이 몸을 숨기기엔 더할 나위 없는 최적의 장소였다.

이곳의 장점(?)이 소문나면서 북부 전역에서 극악무도한 범죄자들이 모여들었다. 그들은 이 토굴성을 '개미굴'이라 불렀다.

Chapter 2

융과 네페르가 성문에 접근하자 키약의 서문을 지키는 수비병 한 명이 앞으로 나왔다.

"멈춰!"

융과 네페르는 순순히 멈춰 섰다.

융의 어깨에 앉아 있던 매는 어느새 하늘 높이 날아올라 시야에서 사라졌다.

"신분증."

수비병이 손을 내밀었다.

융과 네페르는 품을 뒤져 구리로 만든 금속판을 꺼내 들었다. 이름과 거주지, 생년월일, 그리고 성별이 기록된 금속판이었다. 금속판 아래쪽엔 왕국 행정청의 인장이 음각으로 찍혀 있었다. 군나르의 수도에서는 이 신분증 하나면 충분했다.

하지만 키약은 달랐다. 사막을 오가는 상인들의 숫자가 늘어나면서 키약 인근에는 그 상인들을 노리는 도적과 강도가 함께 증가했다. 이런 신분증은 얼마든지 빼앗거나 위조할 수 있는 것. 수비병은 창끝으로 융의 얼굴을 가리켰다.

"그 천, 풀어 봐."

천 사이로 드러난 융의 눈이 섬뜩하게 번들거렸다.

'흡! 무슨 눈빛이 이렇게 사나워?'

수비병은 찔끔했지만, 그래도 호락호락 물러서지 않았다.

모래 알갱이가 잔뜩 달라붙어 있는 빛바랜 의복과, 등에 꽂은 기다란 무기, 그리고 범상치 않은 분위기까지!

수비병의 눈에 비친 융은 용병 아니면 범죄자, 둘 중 하나였다.

"뭐해? 어서 천을 풀지 않고."

수비병이 융을 재촉했다.

"알았소."

융은 얼굴에 두른 천을 천천히 풀었다. 융의 키가 워낙 커서 얼굴을 가리고 있을 땐 다 큰 성인 같았다. 하지만 천을 풀자 의외로 앳된 소년의 모습이 드러났다. 융은 한쪽 귀에만 귀걸이를 차고 있었고, 왼쪽 눈 밑엔 흑색의 불꽃 문신을 생생하게 새겨 넣었다.

"엉? 뭐 이렇게 어려?"

수비병은 융의 신분증에 적힌 생년월일을 다시 한 번 확인하고는 혀를 찼다.

"허! 고작 열일곱 살이냐? 아니, 아직 대가리에 피도 마르지 않은 어린놈이 무슨 배짱으로 사막을 싸돌아다니지?"

"뭐요?"

융의 눈썹이 거칠게 꿈틀거렸다.

이곳은 왕국 동부 지역.

융의 가문은 대대로 왕국의 동부 전선을 지켜 온 강력한 토착 세력이었다. 만약 융이 본인의 진짜 신분증을 내밀었다면 이 수비병은 벌벌 떨면서 머리를 조아렸을 것이다. 아니, 그 정도가 아니라 키야의 성주가 직접 뛰어나와 융을 맞았을 수도 있다.

하지만 지금 융이 내민 것은 평민의 신분증.

수비병은 융을 한 수 아래로 보았다.

수비병이 네페르를 지목했다.

“다음은 너! 너도 그 천 풀어 봐.”

네페르가 얼굴에 두른 천을 풀었다. 그 안에서 눈부시게 아름다운 소녀의 얼굴이 드러났다.

원래 카텝 가문은 용모가 빼어나기로 유명했다. 네페르도 엄연히 카텝의 핏줄! 그녀의 고모는 한 세대 전 대륙 북부 전체에 이름을 날린 미녀 중의 미녀 이만이다. 비록 네페르의 용모가 이만에 비할 바는 아니지만, 그래도 핏줄이 어디 가지는 않았다.

“어엉?”

수비병의 눈이 휘둥그레졌다.

수비병의 뒤쪽, 성문 그늘에 빙 둘러앉아 있던 동료들이 엉덩이를 툭툭 털며 일어섰다.

“이야, 완전 미인이네.”

“어디서 이런 보물이 나타났지? 너 집이 어디니?”

수비병들은 나무 열매 과즙을 빨며 건들건들 다가와 네페르를 둘러쌌다.

융이 한 발 앞으로 나섰다.

"신분증을 확인했으면 이만 보내 주시오."

"어디서 어린노무 새끼가 끼어들……!"

수비병 한 명이 발끈해서 욕을 하다가 입을 다물었다. 어느새 그의 목젖엔 섬뜩한 창날이 닿아 있었다. 융의 삼지창이었다.

수비병들이 쫘악 퍼져서 융을 에워쌌다.

"이놈! 무기를 버려랏!"

"죽고 싶으냐?"

수비병들의 얼굴엔 조금 전의 건들거리던 기색이 싹 사라졌다. 이들은 보기보다 군율이 강하고 훈련을 제대로 받은 것 같았다.

그래도 융을 겁먹게 만들 수는 없었다. 융은 손가락으로 성문 안을 가리켰다.

"정말 이럴 거요? 여기서 소란을 피워서 재판으로 시비를 가리게 되면, 그 뒷감당을 할 수 있겠소?"

융의 손가락이 가리킨 방향은 정확하게 재판부가 있는 곳이었다.

수비병들의 얼굴이 곤혹스럽게 변했다.

"너, 어디 소속이지?"

"히락."

융의 입에서 '히락' 이라는 이름이 나왔다. 히락은 동부 최강 뮬러러 가문에서 운영하는 상단의 명칭이다. 이곳 키약에도 당연히 히락 상단의 분점이 있고, 그 분점의 위세는 하늘을 찌른다.

"이런! 히락이라고?"

수비병들이 낭패한 표정을 지었다. 그중 가장 나이가 든 병사가 물었다.

"히락에 소속된 무사인가?"

나이든 무사는 더 이상 융을 얕잡아 보지 못했다. 말투도 자연스럽게 변했다.

"그렇소."

융이 고개를 끄덕였다.

"끄응!"

나이든 수비병은 한숨을 한 번 내쉬고는 융에게 겨냥했던 창을 내렸다.

그가 손바닥을 아래로 향해 누르는 시늉을 하자 동료 수비병들도 모두 창끝을 바닥으로 낮추었다.

나이 든 수비병이 엄지로 성안을 가리켰다.

"히락 소속이라고 진작 말하지 그랬나? 여기서 분란을 키우지 말고 그냥 들어가게."

"고맙소."

융은 그제야 삼지창을 거두고 얼굴을 다시 천으로 가렸다.

네페르도 천을 다시 둘렀다.

융의 창에 목을 내주었던 수비병이 부랴부랴 뒤로 물러났다.

나무로 만든 성문이 삐이꺽 소리를 내면서 열렸다.

성문 안, 흙으로 지은 건물들이 길 양편에 쫘악 늘어선 모습이 보였다. 수비병들은 어서 들어가라는 듯이 고개를 까딱했다.

한여름의 무더위가 기승을 부리는 8월 3일.

융과 네페르는 사막 도시 키약에 발을 디뎠다.

융은 넓은 보폭으로 성큼성큼 걸었다. 네레프가 종종걸음으로 쫓아왔다. 그들이 향한 곳은 히락 상단의 분점이었다.

길을 걷던 중 네페르가 물었다.

“융, 전에 여기 와 봤어?”

“아니.”

융이 고개를 가로저었다.

네페르가 다시 물었다.

“그런데 어떻게 이렇게 길을 잘 찾아?”

"지도."

"응?"

"이 지역의 지도를 외웠다고."

융은 기다란 손가락으로 자신의 머리통을 톡톡 두드렸다.

그 말에 네페르가 히죽 웃었다.

"이야! 융! 너 보기보다 머리가 좋구나? 창술만 아는 바보로 여겼는데."

"뭐라고?"

융이 우뚝 멈췄다.

"히히!"

네페르는 빠른 걸음으로 앞서 나갔다. 놀랍게도 네페르는 융의 도움 없이도 길을 잘 찾았다. 이번엔 융이 놀랐다.

"이봐. 너, 전에 여기 와 봤냐?"

조금 전 네페르가 물었던 것을 이번엔 융이 질문했다.

네페르는 귀엽게 도리질을 했다.

"아니, 아니. 이번이 처음이야."

"그런데 어떻게…… 혹시 너도 지도를 외웠냐?"

"당연한 거 아냐? 우리는 하라간 님의 손과 발! 하라간 님으로부터 키약에 침투해서 변질자들을 탐색하라는 명령을 받았으면, 당연히 이곳의 지리부터 머리에 담아 두는 것이 정상이지. 히히히! 자! 다 왔네, 히락 상단.”

네페르가 가리킨 곳은 큰길 양편을 독차지한 대규모 시장이었다. 사막을 횡단하는 상단들이 반드시 들리는 이 커다란 시장 전체가 바로 히락 상단의 분점에 해당했다.

“라라랄라! 드디어 도착 완료!”

네페르는 폴짝폴짝 뛰어서 시장으로 들어갔다.

“허어! 저런 여우 같은 것!”

융은 멍한 얼굴로 네페르의 뒷모습을 바라보았다.

Chapter 3

“도련님!”

히락 상단의 점주가 신발도 신지 않고 뛰어나와 융을 맞았다.

이곳 키약 시의 점주는 원래 히락 상단 본점에서 일하던 상인이었는데, 윗사람들로부터 뛰어난 상재를 인정받아 40대의 나이에 점주로 승진했다. 본점에서 일할 때 점주는 융과 안면을 터놓았다.

융이 점주의 손을 맞잡았다.

“오랜만이야, 아저씨.”

"도련님! 이게 정말 얼마 만에 뵙는 것입니까? 이제 의젓한 장부가 되셨네요."

점주는 눈물을 글썽이며 융을 반겼다.

잠시 후.

점주의 명을 받아 '호저'라는 사내가 실내로 들어왔다. 호저는 고슴도치라는 의미였다.

'과연 별명이 잘 어울리네.'

융은 속으로 이렇게 생각했다.

호저는 등이 구부정한 꼽추였는데, 얼굴에 삐쭉삐쭉 쥐수염이 났고, 입이 설치류처럼 쭉 튀어나왔으며, 굽은 등에는 뾰족한 가시가 박힌 가죽옷을 입었다.

점주가 호저를 소개했다.

"도련님, 여기 있는 호저는 개미굴의 멤버입니다. 호저, 인사드려라. 뮬러러 가문에서 오신 도련님이시다."

동부 지역에서 뮬러러 가문의 명성은 생각보다 더 컸다. 호저가 냉큼 바닥에 엎드렸다.

"천한 것이 귀하신 분을 뵙습니다."

호저의 음성은 가뭄에 메마른 황무지 땅바닥처럼 쩍 갈라져 있었다.

점주가 융을 돌아보았다.

"도련님의 말씀대로 개미굴에 대해서 잘 아는 안내인을

불렀습니다만, 정말 그곳에 가셔야 하십니까? 개미굴은 진짜로 지저분하고 지독한 곳입니다. 귀하신 도련님께서 가실 만한 곳이 절대 못 됩니다."

"아저씨, 그건 내가 알아서 할게."

융이 딱 잘라 말하자 점주도 더 이상 만류하지 못했다.

융과 네페르가 자리를 털고 일어났다.

"휴우, 할 수 없군요."

점주는 한숨을 한 번 내쉬고는 호저에게 명을 내렸다.

"호저, 이분들을 모시는 데 한 치의 소홀함도 없어야 할 것이다. 그리고 너는 앞으로 도련님의 일이 끝날 때까지 이곳에 올 필요 없다. 너의 모든 능력을 다 동원해서 도련님을 보필하거라."

"명을 받들겠습니다."

호저가 점주에게 머리를 조아렸다.

히락 상단이 위치한 시장 골목을 지나 오르막 고개를 넘자 저 멀리 붉은 언덕이 보였다.

"저기가 바로 개미굴입니다."

호저가 조심스레 설명을 시작했다.

융과 네페르는 길을 걸으며 호저의 말에 귀를 기울였다. 그 설명에 따르면, 지금 개미굴은 돈을 벌 수 있는 수입원에 따라 다섯 구역으로 나뉘어 있다고 했다.

첫째, 붉은 언덕 동쪽 평지에 자리한 사창가 구역과, 그 사창가에 기생하는 무리.

개미굴에서 살아가는 여자들 가운데 40 퍼센트 이상이 사창가에서 일한다고 했다. 그리고 이들의 수입에 기대는 무리가 모여서 하나의 범죄 조직을 만들었다. 개미굴 사람들은 이 조직을 '이스트(East: 동)' 라고 불렀다. 동쪽의 조직이란 의미였다.

둘째, 개미굴 내부 서쪽 미로에 근거지를 둔 해시시 조직.

이들은 키약 출신이 아니라 외지에서 유입된 범죄자들이라고 했다. 그 범죄자들이 힘을 합쳐 해시시라는 마약을 제조하고 판매하는 일에 뛰어들었다. 개미굴 주민들은 이들을 '웨스트(West: 서)' 라고 일컬었다. 개미굴 서쪽에 자리하기 때문이었다.

셋째, 개미굴 내부 남쪽 미로에 근거지를 둔 암살단.

'사우스(South: 남)' 라는 이름의 이 암살단도 외지의 범죄자들이 뭉쳐서 만든 집단으로, 웨스트와과는 서로 공생 관계라고 했다.

넷째, 개미굴 내부 북쪽 미로에 자리를 잡은 노예 공급자들.

사막을 횡단해서 상행을 다니려면 건장한 노예들이 많이 필요하게 마련. 그래서 사막 도시 키약엔 노예 상인들이 득실거렸다.

이곳 개미굴의 노예 공급자 단체 '노스(North: 북)'는 개미굴에서 태어난 아이들을 납치해서 반 백치로 만든 다음, 노예 상인들에게 팔아먹는다고 했다.

마지막 다섯째, 개미굴 지하 깊은 곳에 똬리를 튼 도박장.

'언더(Under: 아래)'라고 불리는 이곳 지하 도박장은 살인 격투장을 겸해서 운영했다. 피치 못할 사정으로 언더에 팔려 온 사람들은 서로 목숨을 걸고 싸워야 했다. 그러면 도박에 미친 관중들이 그 잔인한 시합을 보면서 누가 승자가 될지 돈을 걸곤 했다.

이스트—환락가!
웨스트—마약 조직!
사우스—암살단!
노스—노예 공급자!
언더—살인 격투장!

그러니까 사막 도시 키약의 개미굴은 온갖 범죄 단체가 우글거리는 범죄 집합소였다. 사람들이 개미굴이라고 하면 진저리를 치는 것이 당연했다.

Chapter 4

“호저, 너는 어느 쪽이지?”

융이 호저에게 물었다.

호저가 답을 머뭇거렸다.

“이스트, 웨스트, 사우스, 노스, 언더. 이 가운데 어디에 속해 있냐고?”

융의 되물음에 호저는 어렵게 말문을 열었다.

“도련님, 송구합니다. 저는…….”

“괜찮으니까 말해 봐.”

“저는…… 북쪽에 속해 있습니다.”

“북쪽이면, 노예 공급자?”

융이 눈을 찌푸렸다. 어린아이나 부녀자들을 납치해서 노예 상인에게 팔아먹는 범죄자 무리. 알고 봤더니 호저는 그런 비열한 집단의 우두머리였다.

가만히 듣고 있던 네페르가 갑자기 서릿발 같은 기세를 도했다.

“납치범이란 말이야? 우와, 이거 최악이네.”

화르륵!

네페르가 화를 내자 그녀의 눈동자 안에 이글거리는 용암이 한 덩이 떠올랐다. 그녀의 몸에서 뜨거운 열기가 쏟아져 호저를 압박했다.

"죄, 죄송합니다. 크윽!"

호저는 기괴하게 몸을 비틀었다. 열기에 노출된 부위가 타들어 가는 것 같이 뜨거웠기 때문이다. 견디다 못한 호저가 바닥에 납죽 엎드려 나뒹굴었다.

"크윽! 크아악!"

비명을 질러도 열기는 사라지지 않았다. 호저는 죽을 것만 같았다.

융이 네페르의 손목을 붙잡았다.

"네페르, 그만!"

"왜?"

"설마 우리의 임무가 무엇인지 잊지 않았겠지?"

융과 네페르는 하라간을 직접 섬기는 친위 조직 소속이다. 그들은 최근 하라간의 지엄한 명을 받들어 이 먼 사막 도시에 파견 나왔다. 융이 그 점을 지적했다.

"그분께서 조만간 여기를 방문하실 거야. 그 전에 우리는 이곳의 상황을 모두 파악해 놓아야 해. 너도 잘 알잖아."

"음."

융의 입에서 하라간의 이름이 거론되자 네페르가 움찔했다.

융이 호저에게 시선을 돌렸다.

"그 임무를 하려면 여기 이 호저의 도움이 필요해."

"끄으응! 알았어."

융의 말이 옳았다. 네페르는 억지로 화를 가라앉혔다. 화산처럼 들끓던 열기가 한순간에 사아악 사라졌다.

"휴우우—"

호저는 겨우 한숨을 돌렸다. 하지만 네페르를 힐끔거리는 그의 눈동자엔 진한 두려움이 어려 있었다.

"소인을 따라오십시오."

호저는 귀빈들을 붉은 언덕 북쪽 기슭으로 안내했다. 해질 무렵이 되자 온몸을 태워 버릴 듯한 더위는 한풀 꺾였다. 바람도 살짝 불어 제법 선선해졌다. 석양에 물든 붉은 언덕은 피처럼 선명한 빨간색을 토해 놓았다.

가파르게 세워진 북쪽 언덕엔 1.5 미터 안팎의 네모난 구멍들이 층층이 뚫려 있었는데, 이 하나하나가 모두 동굴 입구였다.

"아시다시피 이곳은 천연 동굴이었습니다. 그러다 사람

들이 살면서 드나들기 편하도록 입구를 넓히고 양옆에 기둥을 세워서 이렇게 네모난 모양이 된 것이지요."

호저는 줄지어 늘어선 동굴을 가리키며 부연 설명을 했다.

각 동굴의 입구들은 좁고 가파른 계단으로 이어져 있었다. 융과 네페르는 계단을 따라 위로 올라갔다. 계단 중간 중간에 추레한 차림의 주정뱅이들이 누워 있는 모습이 보였다.

구역질 나는 악취가 몸에 밴 주정뱅이들이었다.

"윽! 이게 무슨 냄새야?"

네페르는 소매로 코를 막았다.

호저가 뒤통수를 벅벅 긁었다.

"아가씨, 죄송합니다. 하지만 이해해 주십시오. 이놈들은 모두 저희 식구입니다. 외적이 쳐들어왔을 때 입구를 막고 시간을 버는 녀석들이지요."

"아!"

호저의 말을 듣고 보니 주정뱅이들의 배치가 기가 막혔다. 주정뱅이들은 가파른 계단 옆 그늘진 사각지대에 자리를 잡고 있었는데, 적이 쳐들어왔을 때 이들이 갑자기 몸을 던져 희생하면 적들과 함께 계단 아래로 굴러떨어지기 딱 좋은 위치였다.

"괜찮은 방어 전술이네."

윰이 고개를 끄덕였다.

"히히히! 그렇습니다. 흡!"

높으신 도련님의 인정을 받은 것이 기쁜 듯 호저는 누런 이를 드러내며 웃었다. 그러다 네페르와 눈이 마주치자 움찔 놀라 목을 움츠렸다.

윰과 네페르는 붉은 언덕 북쪽의 동굴 안에서 일주일을 머물렀다. 호저는 귀빈들을 위해 본인의 숙소를 내주었다.

호저는 개미굴을 지배하는 다섯 우두머리 가운데 한 명!

당연히 숙소가 넓고 쾌적했다.

하지만 외부에서 호저의 숙소를 찾아오기란 거의 불가능했다.

윰과 네페르가 머무는 곳은 천연 동굴과 인공 동굴이 복잡하게 뒤얽힌 미로 한복판으로, 개미굴 출신들도 까딱 실수하면 미아가 되기 일쑤인 지역이었다.

"자! 여기는 깨끗해."

윰은 지도에 붉은 펜으로 X자를 그렸다.

윰이 들고 있는 것은 개미굴 내부 구조를 그린 지도였다. 실타래처럼 뒤엉킨 동굴을 모두 다 종이에 담을 수는 없지만, 그래도 큰 가지들은 빠짐없이 표현되어 있었다. 윰은 지도 위에 X자를 그어 가며 구역을 체크했다.

결론은 모두 X.

네페르가 눈을 찌푸렸다.

"노스와 웨스트, 그리고 이스트가 모두 깨끗하다고? 모두?"

"그래. 호저의 눈과 귀가 지난 일주일간 이 지역들을 샅샅이 훑었어. 모두 깨끗해."

"하아! 그럼 사우스와 언더만 남았네?"

네페르가 한숨을 쉬었다.

기척을 숨긴 암살단이 웅크리고 있는 사우스!

매일 밤 살인격투가 펼쳐지는 지하 세계, 언더!

이 두 곳은 솔직히 말해서 가장 조사하기 어려운 지역들이었다. 호저도 이 두 곳에 침투하는 것은 불가능하다고 단언했다.

"결국 방법은 하나야."

융이 야마 뿌리를 한입 베어 먹으며 말했다.

"무슨 방법?"

"우적우적! 내가 직접 언더에 들어가야지. 우적우적!"

"살인 격투장에? 직접?"

네페르의 질문에 융이 고개를 주억거렸다.

"그래. 그 수밖에 없잖아."

융의 실력이라면 살인 격투장이 문제가 아니다. 아무리 격투에 최적화된 살인귀라고 하더라도 솔샤르인 융을 당해낼 수는 없었다.

문제는 사람이 아니라 변종 마물!

네페르는 단호히 고개를 가로저었다.

"그건 안 돼."

"뭐?"

"안 된다고. 지하에 혼자 내려갔다가 변질자들에게 둘러싸이기라도 한다면 네 목숨이 위험해. 녀석들을 얕잡아 보지 마."

융이 되물었다.

"그럼 다른 방법이 있어? 하라간 님께서 키약에 친림하실 때까지 이제 일주일도 남지 않았다고. 그사이에 이렇게 가만히 앉아서 손가락만 빨 거야?"

"끄으응……."

네페르의 얼굴이 곤혹스럽게 일그러졌다.

Chapter 5

융과 네페르가 이곳에 온 것은 하라간의 명령 때문이었

다. 열흘 전, 하라간은 융과 네페르를 포함한 친위대 6명을 불러서 명을 내렸다.

"사막 도시 키약에서 변종 마물이 출현했다는 첩보가 들어왔다. 융과 네페르가 먼저 가서 자세한 정보를 탐색하고 놈들을 박멸할 수 있도록 작전을 구상해 봐. 나는 보름 뒤에 출발할 테니까 그때까지 판을 짜 놓으라고."

"명을 따르겠습니다."

누구의 명령이라고 거절하겠는가? 융과 네페르는 즉각 명을 받들었다.

최근 대륙 북부에서 가장 심각하게 대두되고 있는 문제는 변종 마물의 출현이었다. 800년 전 욘 아르네가 마해를 처음 연 이후로, 마해의 마물들은 인간과 결합을 한 상태로만 이 세상에 나올 수 있었다. 그런데 최근 1년 사이에 생각지도 못한 변화가 생겼다.

대륙 북부 곳곳에서 인간과 결합하지 않은 오리지널 마물들이 등장한 것이다.

솔샤르가 아닌 마물의 등장!

인간의 통제를 벗어난 마물은 지극히 위험했다. 그들은 마물의 본능, 즉 파괴와 살육, 그리고 식탐에 충실하기 때문이었다.

북부의 솔샤르들은 이들을 변종 마물, 혹은 변질자들이

라고 명명한 다음, 등장하는 족족 박멸했다. 다른 한편으로는 변종 마물이 출몰하게 된 원인을 파악하느라 애썼다.

다행히 변종 마물의 숫자는 그리 많지 않았다. 하지만 그렇다고 놈들을 쉽게 볼 수도 없었다. 변종 마물은 대부분 솔샤르보다 더 강했기 때문이다. 지난 1년 사이에 등장한 변종 마물들은 연해 2층부터 해구 1층 사이가 대부분이었는데, 이 정도 레벨이면 일반 솔샤르들이 쉽게 상대할 수 없는 수준이었다.

게다가 동등한 레벨인 경우에도 변종 마물이 솔샤르를 압도하곤 했다.

녀석들은 오로지 공격 본능만 남아 있기 때문에 상대하기 아주 까다로웠다.

네페르는 바로 그 점을 지적했다.

"융. 네 생각은 알겠어. 하지만 그래도 직접 침투하는 것은 위험해. 만약 지하의 살인 격투장에 연해 3층 레벨의 변질자가 있으면 어떻게 할래? 그럼 끝이잖아."

마물은 마물을 알아본다. 만약 융이 지하에 내려간다면, 그리고 그 지하에 변종 마물이 있다면, 융은 상대의 냄새를 곧장 파악하게 될 것이다. 대신 적들도 융의 등장을 곧바로 눈치챌 터, 이건 아주 위험한 일이었다.

융이 신경질적으로 반박했다.

"그럼 어떻게 해? 하라간 님이 오시면 뭐라고 보고를 하느냐고?"

"그건……."

네페르는 선뜻 대답하지 못했다.

융이 한층 목소리를 높였다.

"하라간 님께 이렇게 아뢸까? 저희는 하라간 님의 명을 받들어 이곳 사막 도시에 왔습니다. 그런데 목숨이 위험할까 봐 두려워 자세히 조사는 못 했습니다. 어디에 변종 마물이 숨어 있는 것인지도 전혀 파악을 못 했습니다. 정말 죄송합니다. 하라간 님께 이렇게 보고할 생각이야?"

"끄으응!"

결국 네페르가 고개를 숙였다.

융이 씁쓸하게 뇌까렸다.

"네페르, 나도 위험한 거 알아. 하지만 딱히 다른 묘수가 없잖아? 언더를 먼저 조사해 보고, 만약 그곳에도 변종 마물이 없으면 사우스를 뒤져 봐야지. 하라간 님께서 이곳에 도착하시기 전에 말이야."

융의 말이 옳았다. 네페르가 숙였던 고개를 반짝 들었다.

"좋아. 네 말에 동의해. 대신 같이 가자."

"응? 어딜?"

융이 눈을 껌뻑였다.

"어디긴 어디야? 언더! 개미굴 지하의 살인 격투장 말이야. 같이 가자고."

네페르는 말이 끝나기 무섭게 자리에서 일어나 짐을 꾸렸다.

융이 네페르를 말렸다.

"야! 같이 간다고? 그건 아니지. 둘 중 하나는 여기에 남아서 만약의 사태에 대비해야지."

"만약의 사태는 무슨. 죽으면 같이 죽는 거고, 살면 함께 사는 거지. 우린 친구잖아."

네페르가 융의 등을 툭 쳤다.

"허!"

융은 멍하게 네페르를 바라보았다. 네페르는 귀엽고 예쁜 외모와 달리 강단이 있고 담대했다. 그래서 더 큰 문제였다.

'어휴! 미치겠네! 그러다 네가 다치기라도 하면? 네페르, 넌 하라간 님과 외종사촌 사이잖아. 만약 네가 잘못되기라도 한다면, 나더러 어떻게 그 뒷감당을 하라는 거냐? 하아아!'

융은 머리를 벅벅 긁었다.

호저는 개미굴을 지배하는 다섯 우두머리 가운데 하나이

기에, 남들과 차별되는 특권을 누려 왔다. 지하 세계의 살인 격투 시합에 선수를 추천하는 것도 호저가 가진 특권 가운데 하나. 이번에 호저는 그 권리를 적극적으로 활용했다.

"이봐, 그 이야기 들었어?"

"무슨 얘기?"

"이번에 노스 쪽에서 괜찮은 선수 하나를 데려왔다더라고."

"아! 나도 알아. 삼지창을 귀신같이 사용하는 친구라며? 노스 패거리에게 슬쩍 물어봤더니 그 친구, 창 쓰는 솜씨가 보통이 아니라더라."

"노스 쪽에선 그 선수를 이번 시합에 출전시킨 뒤, 도박판에 돈을 꽤 많이 걸 거라고 하더라. 그만큼 실력에 자신이 있다는 소리겠지?"

"응? 그게 진짜야? 그럼 나도 이번에 그 친구에게 돈을 걸어 볼까?"

개미굴 주변엔 이런 소문들이 퍼져 나갔다.

이 소문의 최초 유포자는 사실 호저였다. 소문이 점점 부풀어 가는 가운데 호저는 융을 선수로 등록했다.

—성별: 남자

—명칭: 작살

—신장: 198 센티미터.
—체중: 88 킬로그램
—공격 무기: 삼지창
—방어 무기: 그물

이상이 호저가 선수 등록 카드에 작성한 내용의 전부였다. 언더에서는 출전 선수에 대해 많은 것을 묻지 않았다. 선수의 실명도 요구하지 않았고, 나이나 전력을 기입하는 칸도 없었다. 당연히 선수의 신분을 확인하는 절차도 생략했다.

살인 격투 시합에 출전하는 자들은 어차피 인생의 막다른 골목에 다다른 폐인들이었다. 그들은 모두 개미굴 지하에서 피 튀기는 혈투를 벌이다가 차례로 죽을 터, 굳이 많은 정보를 수집할 필요가 없었다.

Chapter 6

"시합이 잡혔습니다."

호저가 융의 발밑에 머리를 조아리며 아뢰었다.

융은 보드라운 천으로 삼지창을 닦는 중이었다.

"언제지?"

"오늘 밤 12시, 프리 이벤트입니다."

"프리 이벤트?"

"오늘 밤 언더에서 열리는 격투 시합은 총 8건. 이 가운데 새벽 1시의 시합이 가장 판돈이 크고 사람들의 관심이 집중되는 판입니다. 언더에서는 이것을 메인이벤트라고 부릅니다. 그리고 메인이벤트에 앞서서 열리는 경기를 프리 이벤트라고 합지요."

"그래? 메인이벤트보다는 후지겠네."

융이 심드렁하게 뇌까렸다.

무심결에 내뱉은 말에 호저가 진땀을 흘렸다.

"소, 송구합니다. 소인의 능력이 부족하여 메인이벤트를 잡아드리지 못했습니다."

융이 호저를 힐끗 보았다.

호저가 목을 움츠렸다.

융은 다시 시선을 거두고 화제를 돌렸다.

"오늘 몇 명이나 데려갈 생각이지?"

"몸이 날랜 애들로 30명 준비했습니다. 다들 죽음을 두려워하지 않고 고통을 느끼지 못하도록 키워진 녀석들이니 하시는 일에 도움이 될 것입니다. 그리고 언더로 내려가는 길목에 30명씩 10개 부대를 추가로 대기시켰습니다."

"30명?"

융의 시선이 다시 호저에게 향했다.

호저는 그 눈을 감히 마주 보지 못하고 시선을 내리깔았다.

융이 고개를 가로저었다.

"굳이 그렇게 많이 동원할 필요는 없는데. 진짜 싸움이 벌어지면 그들은 도움이 되지 않아. 전혀!"

융의 말은 사실이었다. 만약 변종 마물과 솔샤르 사이에 전투가 벌어지면 일반인들은 그 싸움에 끼어들지 못한다. 아무리 지독한 훈련을 견뎌 낸 사람이라도 감히 마물을 상대할 수는 없다.

'남부 연합의 초인이라면 또 모를까.'

융은 속으로 이렇게 중얼거렸다.

호저가 조심스레 아뢰었다.

"물론 저희가 도움이 되지는 않을 것이옵니다. 하지만 잡일이라도 거들 것이니 부디 동행을 허락해 주십시오."

"그래? 그건 알아서 하고, 입구에 30명씩 10개 부대는 잘 대기시켰어. 만일의 사태를 대비해서 퇴각로를 확보해야지."

만에 하나, 융이 변종 마물에게 패한다면 네페르라도 피신을 시켜야 했다. 융은 그 점을 염두에 두고 퇴각로를 언급했다.

호저가 힘차게 대답했다.

“물론입니다. 그럴 리는 없겠지만, 만약 일이 틀어진다면 저희가 목숨을 걸고 퇴각로를 확보하겠습니다.”

융은 무표정하게 다시 창날을 손질했다.

언더로 내려가는 길은 복잡하기 짝이 없었다. 융과 네페르는 꼬불꼬불한 동굴을 벌써 여덟 번이나 갈아탔고, 각 동굴마다 수차례에서 수십 차례의 갈림길을 만났다.

‘저 고슴도치처럼 생긴 납치범의 길 안내가 아니었다면 미로 안에서 영원히 헤맸을 거야.’

네페르는 길잡이의 소중함을 비로소 깨달았다.

“이제 다 왔습니다.”

호저가 나지막이 속삭였다. 그가 손가락으로 가리킨 것은 꽉 막힌 동굴 끝이었다.

호저의 부하 한 명이 막다른 곳으로 다가가 돌로 딱딱딱 신호를 보냈다.

잠시 후, 반대편에서 따다다닥 소리가 들렸다. 호저의 부하가 다시 응답 신호를 보내자 꽉 막힌 벽이 쿠르릉 회전했다.

시커멓게 아가리를 벌린 벽 안, 거대한 지하 광장이 모습을 드러내었다.

"아!"

네페르가 자신도 모르게 탄성을 흘렸다.

지하 광장의 풍경은 그야말로 장관이었다. 100 미터가 훌쩍 넘는 높디높은 천장엔 고드름처럼 생긴 종유석들이 주렁주렁 매달려 있었고, 수십 미터 둘레의 거대한 석주들이 높은 천장을 떠받쳤다. 네페르가 서 있는 입구로부터 광장 바닥까지는 돌계단으로 연결되는데, 그 높이가 족히 30 미터는 되었다.

계단 양옆엔 무쇠로 만든 화로가 줄지어 배치되었다. 화로 안에서 불꽃이 날름날름 혓바닥을 내밀었다. 지하 광장의 넓이는 가로세로 양방향으로 각각 200 미터쯤 되었다. 그 광활한 광장 중앙에 지름 80미터 크기의 커다란 원형 격투장이 보였다.

여기가 바로 살인 격투가 벌어지는 시합장이었다. 격투장 둘레의 관중석엔 사람들이 빼곡했다. 남녀가 뒤섞인 관중은 고래고래 소리를 지르고 술을 퍼마시면서 살인 격투를 관람했다.

관중의 행색은 그리 좋지 않았다. 남자들은 대부분 낡은 옷에 지저분한 몰골이었다. 여자들은 덕지덕지 화장을 하고 노출이 심한 옷을 입었는데, 척 보기에도 사창가의 퇴물 창녀 같았다. 도박에 미쳐 번 돈을 다 쏟아 붓는 퇴물 창녀 말이다.

융과 네페르는 계단 위에서 격투장을 내려다보았다.

원형 격투장 바닥엔 피와 모래로 범벅이 된 시체 세 구가 널브러져 있었다. 그중 두 구의 시체는 머리와 몸통이 분리되어 있었고, 나머지 하나는 이마에 도끼를 꽂은 상태였다.

"4대 4의 싸움이었군."

융이 중얼거렸다.

지금 경기는 4대 4로 편을 짜서 싸우는 그룹 전투였다. 어깨에 전갈 문신을 새긴 팀은 4명이 모두 살아서 두 눈을 희번덕거렸고, 이마에 푸른 띠를 두른 팀은 셋이 죽고 한 명만 남아서 죽기 살기로 버티는 중이었다.

4대 1의 싸움.

이미 승패는 결정 났다. 어깨에 전갈 문신을 새긴 덩치들이 상대를 격투장 구석으로 몰아넣었다.

"오, 오지 마! 다 죽여 버릴 거야!"

패닉에 빠진 생존자가 60 센티미터 길이의 검을 휙휙 휘두르며 악을 썼다.

전갈 문신 4명이 그 꼴을 비웃었다.

"우히히히!"

"그러지 말고 그냥 무기를 버려라. 그럼 아프지 않게 목을 잘라 줄게. 히히히!"

"끌끌끌! 물론 그 전에 우선 눈알부터 파 줘야지."

4명이 겁을 줄 때마다 생존자는 기겁을 하며 검을 휘둘렀다. 그렇게 엉뚱하게 힘을 소비하자 팔다리가 후들거렸다.

"저 자식, 저거 다리 떠는 것 좀 봐! 훈련을 얼마나 게을리했으면 저 꼴이야?"

"아우, 저런 새끼를 믿고 내 돈을 걸었다니! 우와악! 내 피 같은 돈 돌려줘어어—!"

"우우우우우—!"

돈을 잃게 생긴 사람들이 생존자를 향해 야유를 퍼부었다. 관중석에서 물병도 날아왔다.

"죽여라!"

"어서 시합을 끝내 버려!"

반면 전갈 팀에 돈을 건 관중들은 흥분해서 난리 법석을 피웠다.

전갈 문신 4명이 슬금슬금 거리를 좁혔다.

발작하듯 검을 휘두르던 생존자가 갑자기 앞으로 튀어나왔다. 이대로 계속 궁지에 몰리면 끝장이라고 생각한 듯했다.

생존자는 4명 중 하나를 노리고 검을 쭉 뻗었다.

까앙! 불똥이 튀었다. 검과 방패가 부딪친 순간, 생존자는 검을 버리고 적의 다리 아래로 미끄러져 들어가 상대의 발목을 잡아챘다.

"어어?"

전갈 문신 한 명이 옆으로 쓰러졌다.

생존자는 재빨리 그 위에 올라타 단검으로 상대의 목줄을 찔렀다.

Chapter 7

단검이 상대의 동맥을 끊었다. 피가 분수처럼 치솟았다.

하필 그 피가 생존자의 눈에 튀었다.

"아악! 내 눈!"

생존자가 눈에 들어간 핏물을 닦으려는 순간, 뒤에서 달려든 전갈 문신 3명이 생존자의 등을 칼로 쑤셨다.

푸푹푹!

등이 화끈했다.

"크왁!"

생존자의 입에서 비명이 터졌다.

전갈 문신 한 명이 생존자의 머리통을 뒤에서 꽉 끌어안고 칼로 목을 그었다.

이번엔 핏줄기가 옆으로 튀었다. 생존자는 꾸륵꾸륵 소리를 내면서 옆으로 넘어갔다.

"와아아아—!"

"끝났다. 우리가 이겼어! 와하하하하!"

관중석에서 큰 함성이 터졌다.

3대 0의 승리.

전갈 팀은 셋이 살아남았고, 상대편은 전멸했다.

전갈 팀에 돈을 건 사람들은 1.5배의 배당을 받았다. 3대 0의 승리까지 맞춘 사람은 무려 다섯 배의 배당금을 챙겼다.

"크하하하!"

운 좋게 돈을 쓸어 담은 자들이 허공에 술을 뿌리고 덩실덩실 춤을 추었다.

"아악! 개 같아! 퉤! 퉤!"

하루 벌이를 몽땅 날린 퇴물 창녀들은 악을 쓰면서 머리카락을 쥐어뜯었다. 경기 한 판에 거액이 오가고 눈앞에서 살인이 벌어지자 사람들은 머리가 홱 돌아 버렸다. 관중석 곳곳에서 처음 만난 남녀가 서로 뒤엉켜 몸을 빨고 섹스를 했다. 그들은 부끄러움도 몰랐다. 지하 광장 전체가 뜨거운 광기에 휩싸였다.

"으으으, 세상에 뭐 이딴 곳이 다 있어?"

네페르가 진저리를 쳤다.

융은 광기 어린 격투장을 향해 천천히 걸어 내려갔다.

그사이 원형 격투장에는 노예 10명이 뛰쳐나와 시체를 들것에 실어 나르고 핏물 위에 하얀 모래를 뿌렸다. 몸에 착 붙는 가죽옷을 입고 얼굴에 해골바가지를 뒤집어쓴 진행자가 격투장 한복판에 서서 종이를 흔들었다.

"호호호홍! 시간이 지체되었으니 바로 다음 시합을 진행해야겠좋?"

"와아아아—!"

다음 격투가 언급되자 사람들이 흥분했다.

진행자는 손을 둥그렇게 말아 귀에 대었다.

"호호홍! 이거 반응이 아주 뜨겁네용! 자아, 다음 판은 오늘의 프리 이벤트! 삼지창의 마수 작살 대 언더그라운드의 괴수 플리톤의 대결입니당. 다들 쪽지표에 판돈을 걸어 주세용!"

그 말이 떨어지기 무섭게 관중석 사이로 대나무 바구니를 든 소년들이 걸어 다녔다. 사람들은 쪽지표에 예상 승자를 적고 판돈을 걸어 소년들이 들고 다니는 바구니에 집어넣었다.

융이 원형 격투장 안으로 들어갔다.

네페르와 호저는 격투장 맨 앞의 로열석에서 융을 지켜보았다.

진행자가 관중의 관심을 유도했다.

“자아! 여기 삼지창의 마수 작살이 등장합니당! 작살은 노스의 형제들이 적극적으로 밀고 있는 마수 중의 마수! 저 삼지창에 내장이 발린 희생자가 벌써 88명이 넘는다고 합니당! 여러분! 작살에게 적극적으로 판돈을 걸어 보세용!”

88명의 희생자?

이건 거짓말이었다. 진행자가 융의 이력을 마음대로 지어냈지만 아무도 거기에 신경 쓰지 않았다. 오히려 융이 무시무시한 살인마라고 소개되자 사람들의 환호가 더 커졌다.

“와아아! 저자가 88명이나 내장을 발랐대?”

“그러게. 꽤 강해 보인다.”

“저런 체형이 진짜 싸움꾼이라고. 나 오늘 필 꽂혔어. 작살에게 내 돈을 몽땅 걸겠어.”

관중석에서 몇 명이 분위기를 잡자 융에게 걸린 판돈이 확 올라갔다.

진행자가 이번엔 반대편 철창살을 가리켰다.

“자아아! 삼지창의 마수와 맞서 싸울 상대는 언더그라운드의 괴수 플리톤! 이곳 격투장에서만 이미 23연승을 달리는 괴수의 등장입니당!"

철컹!

융이 서 있는 곳 맞은편의 철창살이 열렸다. 사람들은 침을 꿀꺽 삼키고 그 안에서 뛰쳐나올 괴수를 기대했다.

융도 삼지창을 꽉 움켜잡았다.

융의 손바닥에 살짝 땀이 뱄다. 그는 이번 시합 때문에 긴장한 것이 아니었다. 본능적으로 느낌이 왔다. 저 철창살 안에서 뛰쳐나올 것은 사람이 아니다. 인간의 후각으로는 감지할 수 없는, 누린내 섞인 시큼한 마물의 냄새를 융은 맡았다.

"와라!"

융이 삼지창을 들어 전면을 겨냥했다.

"크와아앙!"

인간의 목에서는 도저히 나올 수 없는 끔찍한 괴성이 철창살 안에서 울렸다. 동시에 시커먼 그림자가 훅 튀어나왔다.

2.5 미터나 되는 거대한 체구!

청동 거인을 연상시키는 푸르스름한 피부!

몸 전체에 가득한 끔찍한 흉터들!

눈, 코, 입만 드러낸 채 얼굴 전체를 감싼 가죽 가면!

목을 꽉 조인 목걸이와, 그 목걸이에 치렁치렁 걸린 쇠사

슬 두 가닥!

통나무만 한 팔뚝!

둥그런 방패와 거대한 양날 도끼!

플리톤은 모습은 압권, 그 자체였다. 철창살에서 뛰쳐나온 괴수의 등장에 사람들이 열광했다.

"휘이익! 플리톤! 난 오늘도 너에게 판돈을 걸었다."

"저 꺽다리 녀석을 묵사발 내 버려!"

플리톤에게 돈을 건 사람들이 고래고래 소리를 질렀다.

시합장 한복판에 서 있는 융을 발견한 플리톤은 가슴을 쫙 펴고 하늘을 향해 포효를 터뜨렸다. 그러곤 무시무시한 기세로 달려들었다.

플리톤의 육중한 체구가 땅을 박찰 때마다 지축이 쿵쿵 울렸다.

융은 삼지창을 아래로 내리깐 채 상대의 접근을 기다렸다. 융의 눈가에 얼핏 곤혹스러운 기색이 스치고 지나갔다.

'이상하다? 저 철창살 안에서 분명 마물의 냄새가 풍겼는데?'

지금 융을 향해 무섭게 달려드는 거인은 마물이 아니라 인간이었다. 비록 외모는 마물처럼 흉측했지만 말이다.

'이게 어떻게 된 일이지?'

융은 혼란을 느꼈다.

하지만 오래 생각할 시간은 없었다. 플리톤은 어느새 융의 코앞까지 다가왔고, 그의 손에 들린 무기는 그냥 맞아 주기엔 너무 흉포했다.

제3화

토브욘 일족

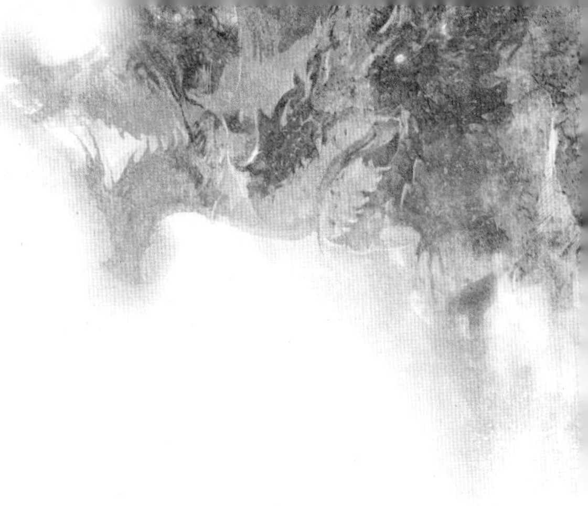

Chapter 1

'어쨌거나 우선은 이 덩치부터 쓰러뜨리자.'

융은 땅을 향했던 무기를 다시 상대에게 겨눴다.

쿵쿵쿵쿵!

플리톤이 가까이 접근할수록 땅의 진동도 더 커졌다. 플리톤은 괴성과 함께 도끼를 머리 위로 들어 붕붕붕 휘둘렀다. 바람 소리가 위협적으로 들렸다.

'좀 더 다가와라.'

융은 침착하게 때를 기다렸다. 드디어 플리톤이 융의 공격 범위 안으로 들어왔다. 순간적으로 융의 눈이 날카로운 빛을 토했다.

그때였다. 융의 코끝에 누린내가 확 끼쳤다.

'엇? 이건 마물의 냄새!'

융의 동공이 갑자기 확대되었다. 지축을 울리며 달려드는 플리톤의 등 뒤로 시커먼 그림자가 유령처럼 떠올랐다.

"위험해!"

융은 자신도 모르게 플리톤에게 경고를 보냈다.

이미 때는 늦었다.

콰아아라함!

플리톤의 등 뒤에서 풍선처럼 떠오른 구체가 가로로 쪼개진다 싶더니, 아가리를 쩍 벌려 플리톤을 머리부터 집어삼켰다.

검은 풍선처럼 생긴 마물은 2.5 미터나 되는 거인을 통째로 삼키더니 퉷! 소리와 함께 도끼를 뱉어 냈다.

"이노옴!"

융은 반사적으로 삼지창을 던졌다.

빠르게 날아간 삼지창이 마물의 피부에 맞고 튕겨져 나왔다. 마물의 몸뚱어리는 고무공처럼 탄력이 넘쳤다.

융도 삼지창이 효과를 발휘할 것이라 생각하지 않았다. 그는 우선 무기를 던져 마물의 시선을 돌린 다음, 옆으로 이동하면서 오른손을 개방했다.

융의 오른손이 네 갈래로 쩍 갈렸다. 그 4개의 가닥이 길게 늘어나고 옆으로 부풀어 올라 뭉툭한 형상을 갖추었다. 그 가닥 하나하나가 전기뱀장어의 머리통을 크게 뻥튀기시켜 놓은 것처럼 보였다.

찌저적!

4개의 전기뱀장어 머리에서 돋아난 여덟 가닥의 수염이 푸른 스파크를 방전하기 시작했다. 그 전하들이 서로 위상을 맞춰 배열하자, 4개의 머리통 사이로 시퍼런 플라즈마가 차올랐다.

츠츠츠츠츠!

눈 깜짝할 사이에 에너지 충전 완료!

검은 풍선처럼 생긴 마물이 데굴데굴 옆으로 굴러 융으로부터 거리를 벌렸다. 융은 상대를 쫓아 오른팔을 옮기다가 한순간 호흡을 훅 들이쉬었다.

쭈왕!

꽉 찬 전기에너지가 일직선으로 방출되었다.

시퍼런 빛의 기둥이 그대로 마물을 가격했다. 빛의 기둥 주변으로 푸른 스파크가 빠지직! 빠지직! 튀었다. 지하 시합장에 눈을 뜨고 볼 수 없는 강렬한 광채가 작렬했다.

끄에에엥!

마물이 고통스러운 비명을 토했다.

융도 놀랐다.

"저게 뭐야?"

놀랍게도 마물은 융의 전기 공격을 흡수하면서 몸체를 더 키웠다. 처음 등장했을 땐 플리톤 정도 크기였는데, 지금은 지름이 3 미터가 넘는 구체로 부풀었다.

"어디, 이번에도 버티나 보자."

융은 한 번 더 전기에너지를 모았다. 융의 팔뚝에 매달린 4개의 전기뱀장어 머리가 시퍼런 전하를 형성했다. 그 전하가 서로 위상 배열을 맞추면서 차곡차곡 에너지를 쌓았다. 융은 한순간에 그 에너지를 방출해서 마물을 저격했다.

쭈쭈쭝!

꾸에에에엥!

마물이 더 큰 괴성을 지르며 뒤로 날아갔다. 시합장 펜스에 쾅 부딪친 시커먼 마물이 핑그르르 회전했다.

융을 향했던 마물의 아가리가 180도 뒤로 돌아가더니 그대로 쩍 벌어졌다. 놈의 아가리 안에는 뾰족한 이빨 3,000개가 3열로 늘어서 있었고, 목구멍 안에서 기다랗고 분홍색인 혓바닥이 튀어나와 관중석을 휩쓸었다.

"으아악!"

"살려 줘!"

마물의 혀에 휘감긴 관중 7명이 눈 깜짝할 사이에 마물의 입 안으로 딸려 들어갔다.

와그작!

뼈 으스러지는 소리와 함께 마물의 턱을 타고 진득한 핏물이 흘렀다. 지금까지 멍하게 싸움을 지켜보던 사람들은 그제야 제정신을 차렸다.

"으아아악! 마물이다!"

"꺄아악! 모두 피해!"

사람들은 꽥꽥 소리를 지르며 사방팔방으로 흩어졌다. 좁은 계단에 한꺼번에 인파가 몰리면서 넘어지는 자들이 속출했다. 패닉 상태에 빠진 관중은 넘어진 사람을 발로 짓밟으며 제 한목숨 건지기에 바빴다.

그 혼란의 와중에도 호저는 도망치지 않았다. 그는 관중석 한구석에 몸을 웅크리고 기회를 엿보았다. 어떻게든 전투에 끼어들어 융을 도울 생각인 듯했다.

융의 눈에 호저의 모습이 얼핏 스쳐 지나갔다.

'그래도 신의가 있군.'

융은 내심 고개를 끄덕였다.

그러는 사이 마물은 사람 7명을 집어삼킨 힘으로 상처를 치유했다. 전기에 지져진 상처가 빠르게 아물고, 마물의 몸뚱어리가 약간 더 크게 부풀었다.

"생명을 흡수해서 에너지로 삼는 마물이구나!"

이런 종류의 마물은 빨리 처리하지 않으면 뒷감당이 힘

들다. 융은 마물을 향해 다시 한 번 전기를 쏘았다.

꾸엉!

화가 난 마물이 융을 향해 핑그르르 회전하며 날아왔다.

융이 쏘아 낸 전기가 마물의 몸체를 강타했다. 시퍼런 빛의 기둥이 마물에게 작렬한 순간 푸른 불꽃이 사방으로 튀었다.

꾸에에엥!

마물이 고통스레 몸을 뒤틀었다.

'휴우!'

융은 속으로 가슴을 쓸어내렸다. 난생처음 보는 마물이라 내심 긴장했는데, 상대와 겨뤄 보니 충분히 이길 만했다. 아마도 녀석은 융보다 한 수 아래 수준, 즉 연해 2층 레벨의 마물인 것 같았다.

"여기도 있다!"

이번엔 네페르가 끼어들었다.

마물 바로 아래 땅거죽이 쩍 갈라지면서 시뻘건 용암이 분출했다. 분수처럼 솟구친 용암은 그대로 마물을 덮어씌웠다.

꾸우우에엥!

마물은 뱅글뱅글 회전해서 용암을 떨쳐내더니, 한순간 구멍 뚫린 풍선처럼 피시식 바람을 뿜어내며 도망쳤다.

"흥! 어딜 도주하려고?"

융의 오른팔에서 시퍼런 빛의 기둥이 쏘아졌다.

빠지직! 빠지지직!

도망치는 마물이 감전되면서 시커먼 몸체 위로 푸른 불똥이 튀었다. 높이 날아오르던 마물은 푸슈슈슈 소리와 함께 추락했다.

"잡았다!"

네페르가 환호했다.

융은 땅에 추락한 마물을 한 번 더 전기로 지졌다.

빠지지직!

꾸에! 꾸에에엥!

바닥에 축 늘어진 마물이 힘 빠진 신음을 토했다. 그 바로 아래 땅이 쩍 갈라지면서 용암이 또다시 분출했다. 네페르가 불러낸 용암은 마물의 표피를 녹이며 안으로 파고들어 속까지 태웠다.

"죽었나?"

마물이 꿈쩍도 하지 않자 융이 가까이 다가갔다.

그때였다. 옆에서 고무줄 같은 것이 쫘악 날아와 마물을 칭칭 휘감더니 그대로 가로챘다.

"뭐야?"

융이 고개를 홱 돌렸다.

텅 빈 관중석.

4명의 남녀가 팔짱을 끼고 서 있는 모습이 보였다.

Chapter 2

남자 둘에 여자 둘.

4명 중 가장 높은 곳에 서 있는 남자는 대머리에 체격이 건장한 자였다. 남자는 조끼처럼 두른 백곰 가죽옷 사이로 울퉁불퉁한 근육질을 그대로 드러냈다. 남자의 눈썹은 하늘로 치켜 올라가서 오만한 인상을 주었다. 양쪽 팔뚝엔 두꺼운 황금 팔찌를 둘렀다. 키는 190 센티미터 정도. 나이는 30대 중반으로 보였다.

그보다 계단 하나 아래쪽에는 풍성한 은발 머리에 자줏빛 로브를 걸친 여자가 삐딱하게 서 있었다. 여자의 오른손엔 끝이 둥그스름한 지팡이가 들려 있었고, 키는 170 센티미터 정도였다. 나이는 역시 30대 중반으로 유추되었다.

여자의 오른편엔 중키에 검은 턱수염을 기른 남자가 기분 나쁘게 빙글빙글 웃고 있었다. 이 남자 역시 빡빡 대머리였고, 털이 부숭부숭한 불곰 가죽옷을 걸쳤다. 남자의 손아귀 안에서 조그만 단검 한 자루가 팽그르르 돌아갔다. 나이는 30대 중반 정도.

관중석 계단 가장 아래쪽에 서 있는 사람은 이 4명의 일행 중 가장 어려 보였다. 성별은 여자. 키는 165 센티미터 정도. 여자는 몸에 착 달라붙는 옷을 입고 그 위에 하얀 밍크코트를 둘렀다. 여자의 왼손은 고무줄처럼 쭉 늘어나 있었는데, 그 끝에 풍선처럼 생긴 마물의 시체가 포박되어 있는 모습이 보였다.

"뭐냐? 너희들은?"

융이 고개를 삐딱하게 틀었다.

"어린 녀석이 말본새 하고는."

불곰 가죽옷을 입고 손에서 단검을 돌리던 남자가 낮게 으르렁거렸다.

"뭐?"

융이 눈을 치켜뜨자 남자가 성큼 계단 아래로 내려왔다.

그때 백곰 조끼를 입은 근육질 남자가 손을 들었다.

"그만!"

낮고 굵은 목소리 한마디에 단검을 든 남자가 다시 제자리로 돌아왔다.

융은 조끼를 입은 남자에게 시선을 돌렸다.

남자는 계단 위에서 팔짱을 끼고 융을 오만하게 내려다보았다. 둘의 시선이 마주치며 파지직! 불똥이 튀었다.

남자가 두꺼운 입술을 슬쩍 비틀었다.

"군나르도 다 되었군. 변종 마물을 추격하는 중요한 일에 이런 애송이들을 파견하다니! 쯧쯧쯧!"

"뭣?"

융의 눈이 시퍼런 빛을 토했다.

상대의 말투는 교묘했다. 듣는 사람에 따라서 이것이 군나르 왕국을 모욕하는 것인지, 아니면 왕국의 군주인 군나르를 얕보는 것인지 헷갈리도록 중의적인 표현을 썼다.

북부의 아홉 왕국은 군주의 이름을 국명으로 사용했는데, 아홉 왕국 모두 국명보다 군주의 존함이 더 높은 위치를 차지했다. 북부인들은 왕국은 모욕을 당할 수 있지만 군주는 절대 모욕당해서는 안 된다고 믿었다.

"너, 뭐라고 했어?"

융이 발끈했다. 동시에 융의 오른팔이 상대의 머리통을 겨냥했다.

파츠츠츠츠!

시퍼런 전하가 차올라 사방으로 방전을 시작했다. 이 전기 포격 한 방에 풍선 마물이 거꾸러졌다. 융의 공격력은 그만큼 막강했다.

하지만 백곰 조끼를 입은 사내는 눈 하나 꿈쩍하지 않았다. 팔짱을 낀 자세 그대로 융을 내리깔아 보았다.

"막케토인가? 애송이치고는 제법이다만, 그래도 토브욘의 피를 이어받은 이 위대한 몸에게 통하지는 않지."

"토브욘의 피!"

융의 눈이 휘둥그레졌다.

토브욘!

북부를 다스리는 아홉 군주 가운데 한 명!

얼음과 빙하의 제왕!

남자는 그 토브욘을 입에 담았다. 그것도 단순히 입에만 담은 것이 아니라, 자신이 토브욘의 피를 이어받았다고 말했다.

'토브욘의 왕족!'

융은 침을 꿀꺽 삼켰다.

북부에서 일반 솔샤르와 귀족 솔샤르들 간에 수준 차이가 나듯이, 귀족 솔샤르와 왕족 솔샤르 사이에도 엄연한 격차가 발생했다.

이 격차의 원인은 승계!

전통이 있는 가문의 솔샤르들은 죽기 전 자신의 마물을 후계자에게 넘겨주곤 하는데, 이를 '승계 작업'이라고 불렀다. 귀족 솔샤르들은 그들 나름대로 승계를 하고, 왕족 솔샤르들은 또 그들대로 승계를 했다. 그러면서 일반 솔샤르와 귀족, 그리고 왕족 솔샤르 간에는 뛰어넘기 힘든 격차가 유지되었다.

이것이 바로 북부에서 일족의 힘을 후대로 물려주는 방법이었다.

융은 귀족 가문 출신.

하지만 아직 승계를 받지 못해 해구 레벨의 마물과 결합하지 못했다. 신분은 귀족이지만, 아직 귀족 솔샤르가 되지 못한 셈이다.

반면 상대는 왕족!

융은 저 오만한 남자가 내뿜는 자신감과 위압감에 은근히 주눅이 들었다.

하지만 이대로 물러나기엔 자존심이 허락지 않았다.

"크읏! 그래서 뭐 어쨌다는 거냐? 여기는 군나르 왕국이다. 토브욘 일족이 왜 여기서 설쳐 대?"

융이 이를 악물고 소리쳤다.

단검을 핑그르르 돌리던 남자가 허연 이빨을 드러냈다.

"너, 입이 찢어지고 싶어? 어디서 감히 위대한 이름을 입에 담아?"

북부에서 아홉 군주의 이름을 직접 입에 담는 것은 금기였다. 조금 전 융이 '토브욘 일족' 운운한 것은 분명 융의 실수였다.

하지만 무례는 상대가 먼저 저질렀다. 네페르가 말싸움

에 끼어들었다.

“먼저 금기를 깬 것은 그쪽이네요. 그쪽이 먼저 위대한 분의 존함을 입에 담았잖아요? 그것도 감히 비아냥거리는 말투로 지껄였죠. 그 죄는 어떻게 씻을 건가요?”

“호오?”

백곰 조끼를 입은 남자가 네페르에게 관심을 보였다.

“이런 미인이 있는 줄도 모르고, 실례를 했네. 예전에 이만이라는 여자가 그렇게 미인이라더니, 과연 군나르 왕국이야. 여긴 미녀가 많아서 좋아. 후후훗!”

“핏! 미인은 무슨!”

남자의 말에 자주색 로브를 입은 은발 머리 여자가 눈을 샐쭉하게 떴다.

그러거나 말거나 남자는 네페르에게 끈끈한 눈길을 던졌다.

Chapter 3

백곰 조끼를 입은 남자는 끈끈한 눈길로 네페르를 희롱했다.

융이 발끈했다.

"으드득! 지금 뭐하는 짓이야?"

융의 오른손이 무섭게 꿈틀거렸다. 꽉 찬 줄 알았던 전하가 좀 더 강하게 압축되어 충전되었다. 그러자 시퍼런 빛이 새하얗게 백열되었다.

그래도 상대는 눈 하나 꿈쩍하지 않았다. 백곰 조끼를 입은 남자가 검지를 들어 좌우로 까딱까딱 흔들었다.

"아아! 그렇게 흥분하지 마. 그리고 그 오른팔, 잘리고 싶지 않으면 얌전히 내려놓는 것이 좋을 거야. 나는 누가 내게 적의를 드러내는 것이 싫거든. 막케토 따위가 어디서 감히! 후후훗!"

"이 자식이!"

쭈왕—!

흥분한 융은 오른팔에 집약한 전기를 그대로 쏘아 버렸다. 새하얀 빛의 기둥이 일직선으로 날아가 상대를 강타했다.

"어딜 감히!"

그 전에 은발 머리 여자가 지팡이를 들었다. 그 지팡이에서 쏟아진 빛이 둥근 구체를 형성해 전면을 방어했다.

빠지직! 빠카카카캉!

융의 공격과 은발 머리 여자의 방어막이 맞부딪치면서 사방으로 불똥이 튀고 요란한 소리가 났다.

직후, 백곰 조끼를 입은 남자가 쏘아낸 하얀 광채가 지그재그를 그리며 날아와 융을 가격했다.

"안 돼!"

네페르가 재빨리 끼어들어 융을 옆으로 밀쳤다.

반딧불처럼 일렁거리는 하얀 광채는 융을 스치며 지나갔다. 그러곤 융의 위쪽 땅바닥과 펜스를 가격하며 쩌쩌적! 소리를 냈다. 동시에 지독한 한기가 몰아닥쳤다.

"뭐, 뭐야?"

융과 네페르는 황급히 뒤를 돌아보았다.

둘의 눈이 휘둥그레졌다. 융의 바로 뒤부터 시작해서 관중석 펜스까지 무려 30 미터 영역이 완전히 얼어붙었기 때문이다.

"흣! 거기 예쁜이가 다칠까 봐 봐준 줄 알아라."

백곰 조끼를 입은 남자가 융을 비웃었다.

"크윽!"

융이 발끈해서 다시 오른팔을 들었다.

"융!"

네페르가 융의 팔을 붙잡았다.

상대는 한 수 위.

이대로 싸움이 붙으면 무슨 일이 벌어질지 몰랐다.

"이거 놔!"

융이 상처 입은 늑대처럼 으르렁거렸다.

"융, 안 돼!"

네페르는 슬픈 눈빛으로 고개를 가로저었다.

"아 씨, 이거 놓으라고!"

융이 네페르의 손을 뿌리쳤다.

조끼 입은 남자가 한 번 더 검지를 까딱거렸다.

"애송이, 괜한 자존심 부리지 말고 그 예쁜이의 말을 들어. 넌 내 상대가 아니야. 후후훗! 하긴, 이곳 군나르의 40대 미만 솔샤르 중에 내 상대가 있을 리 없지."

은발 머리 여자가 하라간의 이름을 거론했다.

"하라간이라고, 장차 이 왕국을 물려받을 후계자가 있다던데요?"

"푸훗! 설마 그 열일곱 살짜리 애송이를 내 상대로 꼽는 거야? 그 녀석은 온실 속의 화초에 지나지 않는다고. 아무런 경쟁도 없이 후계자가 된 비리비리한 녀석이 무슨! 후후훗!"

백곰 조끼를 입은 남자는 이렇게 비웃더니 천장으로 고개를 들었다.

콰콰콰쾅!

엄청난 굉음과 함께 천상이 무너져 내렸다.

하늘에서 떨어진 빛 덩어리가 붉은 언덕으로 파고들어

이곳 지하 격투장 천장까지 그대로 관통했다. 10 미터 크기로 동그랗게 잘려 나간 구멍을 통해 밤하늘의 별이 보였다.

구아아앙—

하늘에서 굉음이 들렸다.

마정석의 힘으로 운항하는 부유선이 붉은 언덕 상공에 접근했다. 이것은 토브욘 일족이 자랑하는 마력함! 수천 명의 군대를 싣고 하늘을 운항하는 마법의 배다.

촤라락!

마력함 밑창에서 내려온 굵은 밧줄이 지하 격투장에 드리웠다.

"이만 돌아가자."

백곰 조끼를 입은 남자가 고개를 까딱거렸다. 그의 일행 중 가장 어려 보이는 여자가 손을 휙휙 저었다. 고무줄처럼 늘어난 그녀의 손이 마물들의 시체를 휘감아 밧줄에 매달았다. 풍선처럼 생긴 마물 하나! 철창살 안에서 끄집어낸 지네를 닮은 마물 둘!

놀랍게도 변종 마물은 하나가 아니라 셋이었다.

네페르가 비명을 질렀다.

"아이쉐아!"

지네를 닮은 마물의 정체는 아이쉐아였다. 12쌍의 다리를 가졌고, 무서운 맹독을 품은 마물 아이쉐아!

문제는 저 아이쉐아가 연해 3층의 마물이라는 점!

'연해 3층의 마물이 둘이나 있었다니! 나와 융이 저 아이쉐아 두 마리와 싸웠다면 크게 곤란을 겪었을 거야.'

융과 네페르만으로는 아이쉐아 두 마리를 꺾을 수 없었다. 그런데 토브욘 출신의 저 오만한 솔샤르들은 아이쉐아를 두 마리나 해치우고도 상처 하나 입지 않았다.

이것이 의미하는 바는 컸다.

'저들은 최소한 해구 1층 레벨 이상이야. 그러니까 연해 3층의 변종 마물을 두 마리나 잡았겠지.'

네페르는 입술을 꼭 깨물었다. 무력으로 보나, 숫자로 보나, 지금 저들과 맞붙기란 불가능했다. 네페르는 어쩔 수 없이 상대의 퇴각을 지켜만 보았다.

마물의 시체 세 구를 마력함에 싣고 난 뒤, 이번엔 토브욘의 2남 2녀가 퇴각절차를 밟았다. 가장 어린 여자가 먼저 밧줄을 타고 마력함으로 올라갔다. 이어서 은발 머리 여자, 단검을 든 남자 순으로 퇴각했다. 백곰 조끼를 입은 남자는 가장 마지막에 밧줄을 잡았다.

지하 격투장을 빠져나가기 전, 조끼를 입은 남자가 손가락으로 네페르를 가리켰다.

"예쁜이! 넌 내가 찍었어. 나중에 다시 데리러 올 테니,

그때까지 기다려라. 후후후!"

"으으!"

그 집요한 눈빛에 네페르가 몸서리를 쳤다.

"크윽!"

융은 분한 눈으로 상대를 노려보았다.

Chapter 4

그때였다.

"이대로 그냥 가려고?"

날카로운 음성과 함께 시커먼 창 10개가 동시에 허공을 갈랐다.

콰르르— 콰르르르르—

창은 무섭게 소용돌이치며 날아가 백곰 조끼를 입은 남자를 가격했다.

"우웃!"

백곰 조끼를 입은 남자가 재빨리 손가락을 튕겼다. 그러자 주변에 얼음 보호막이 여덟 겹으로 생겨나 몸을 보호했다. 허공에 돋아난 창날은 그 보호막과 맞부딪치면서 강렬한 회전을 시작했다. 보호막 위에서 그가가각! 얼음 갈리는 소리가 들렸다.

남자가 방어에서 공격으로 전환했다.

투확! 투확! 투확!

남자가 오른손을 휘젓자 허공에 길이 3 미터가 넘는 뾰족한 얼음송곳 한 다발이 돋아나 지하 격투장 입구를 강타했다.

격투장 입구에 시커먼 방패 19개가 돋아나 얼음송곳을 막았다. 직후, 회전하는 창 9개가 추가로 나타나 남자를 공격했다.

남자는 얼음 보호막을 다시 여섯 겹으로 둘러 회전창을 방어하는 한편, 밧줄을 두 번 힘차게 잡아당겼다.

신호를 받은 마력함이 빠르게 밧줄을 끌어당겼다. 남자의 모습이 곧 시야에서 사라졌다. 동굴 천장에 뚫린 구멍을 통해 하늘 높이 멀어진 것이다.

"이놈! 도망치지 마라!"

격투장 입구에서 분노한 여자의 음성이 터졌다.

콰르! 콰르르르!

소용돌이치는 회전창 19개가 동시에 나타나 상대를 추격했다. 빙글빙글 주변 공기를 휘감으며 천장에 뚫린 구멍으로 솟구치는 회전창의 모습은, 마치 용 열아홉 마리가 동시에 승천하는 것 같았다.

하지만 상대도 그냥 당하지 않았다. 하얀빛이 한 번 번쩍 터지더니 뻥 뚫린 천장 구멍에 두꺼운 얼음이 끼어 입구를 꽉 틀어막았다.

시커먼 회전창이 그 얼음을 깨고 하늘로 솟구쳤을 때는 이미 늦었다. 토브욘의 마력함이 쿠콰콰콰! 강풍을 내뿜으면서 하늘 높이 비상했다.

"이런! 놓쳤잖아!"

쾅!

머리카락을 두 갈래로 딴 소녀가 격투장 입구에서 강하게 발을 굴렀다. 그 발길질 한 방에 돌계단에 쩌저쩍 금이 갔다.

"레다!"

네페르가 반갑게 상대의 이름을 불렀다.

칼리프의 손녀 레다!

12개월 전, 성인식에서 융을 무참히 패배시킨 창술의 천재 레다의 등장이었다.

지하 격투장에 나타난 것은 레다만이 아니었다.

레다와 꼭 닮은 17세의 소녀, 라티파도 모습을 드러냈다. 레다와 라티파는 쌍둥이 자매였는데, 레다는 척 보이기에 말괄량이였고, 라티파는 아주 여성스러웠다.

두 자매의 곁에는 키가 훤칠하고 잘생긴 소년이 자리했다. 이 소년은 왕궁 수비대장 메렌레의 아들 테티였다.

테티와 네페르는 사촌 사이, 그리고 하라간과 테티는 외종사촌 간이었다. 테티의 친할아버지인 카텝은 왕국의 재정 대신으로 하라간에게는 외할아버지가 되었다.

테티 뒤에는 키가 작달막하고 몸이 통통한 주근깨 소년이 보였다. 그의 이름은 우세르. 왕궁의 대사제인 아바가 바로 우세르의 할아버지였다.

우세르의 어깨엔 눈이 부리부리한 매 한 마리가 앉아 있었다. 다름 아닌 융의 매였다. 이 영특한 새가 이들 일행을 융이 있는 곳으로 안내한 것이다.

라티파!

레다!

테티!

우세르!

융!

네페르!

이상 6명은 하라간의 친위대원들이었다.

우세르에 이어 마지막으로 하라간이 지하 격투장 입구에

도착했다.

하라간이 등장에 주변이 갑자기 확 밝아졌다. 하라간은 은색과 흑색 줄무늬가 교대로 염색된 하늘하늘한 옷을 걸쳤는데, 상의를 반쯤 풀어헤쳐 분홍색 유두가 반쯤 드러난 차림이었고, 어깨엔 금빛 칼라시리스를 둘렀다. 모자는 쓰지 않아 장발의 윤기 나는 머리카락이 하라간의 등 뒤에서 아름답게 찰랑거렸다.

"네페르가 하라간 님을 뵙습니다."

"융이 하라간 님을 뵙습니다."

융과 네페르가 동시에 한쪽 무릎을 꿇고 하라간에게 머리를 숙였다.

"호오? 이미 한바탕했네?"

하라간은 폐허로 변한 격투장을 휙 둘러보더니, 이어서 천장으로 시선을 돌렸다.

뻥 뚫린 구멍 사이로 밤하늘의 별이 보였다. 토브욘의 마력함은 이미 멀리 사라져 자취도 보이지 않았다.

하라간은 돌계단을 따라 천천히 걸어 내려왔다. 레다와 라티파가 하라간보다 한발 앞서 길을 열었다. 테티와 우세르는 하라간의 뒤를 엄호했다.

돌계단을 내려오면서 하라간은 바닥에 쓰러진 시체들을 훑어보았다. 이 시체들의 대부분은 조금 전 지하 격투장에 마물이 등장했을 때 우르르 도망치다 넘어져 죽은 사람들이었다. 인파에 짓밟힌 탓에 시체들의 내장이 터지고 얼굴이 뭉그러져 보기에 끔찍했다.

하라간은 시체를 향해 손가락을 톡톡 튕겼다.

하라간의 손끝에서 쏘아진 조그만 겨자씨 같은 것이 시체의 목덜미에 박혀 뇌로 파고들었다.

이것은 포자!

버섯이나 이끼와 같은 균류는 포자를 통해 번식한다.

시체에 파고든 포자는 죽은 이의 혈관에 뿌리를 내리고 개화하더니, 눈 깜짝할 사이에 뇌와 심장을 장악해 전혀 새로운 종으로 거듭났다.

스륵! 스르륵!

계단 곳곳에서 죽은 자들이 되살아났다.

아니, 이건 표현이 잘못되었다. 엄밀하게 말해서 이건 시체가 되살아난 것이 아니었다. 시체를 숙주로 삼아 하라간의 수족이 일어섰을 뿐이다.

그 증거로, 주섬주섬 일어난 시체의 외모가 모두 똑같이 변했다.

키는 일률적으로 180 센티미터.

몸은 역삼각형에 허리가 슬림한 체형.

피부는 회백색.

눈동자는 빨간색.

이빨은 다이아몬드를 박아 넣은 것처럼 뾰족한 형태.

이들은 입술이 없어서 잇몸과 이빨이 흉측하게 드러난 행색들이었다. 밤색 머리카락은 허리까지 늘어졌고, 손톱과 발톱은 누런 빛깔을 띠었다.

놀랍게도 이들은 외모뿐 아니라 성별까지도 통일되었다. 하라간이 포자를 심은 시체는 남자와 여자가 뒤섞여 있었는데, 주섬주섬 일어선 괴인들은 모두 똑같이 남성에 가까운 외모를 지녔다. 그렇다고 이들이 진짜 남성이 된 것은 아니었다. 이 괴인들은 생식기가 없는 무성이었다.

"민치!"

융이 조그맣게 탄식을 흘렸다.

여럿인 것처럼 보이되 사실은 하나의 개체인 마물, 민치!

외부에서 보기에 이 회색의 괴인들은 모두 독립 개체로 보인다.

하지만 이건 착각이다. 이들에겐 뇌가 없다. 생명도 없다. 모든 생각과 감정은 모두 본체인 하라간이 갖고 있고, 이들은 명을 따르는 수족에 지나지 않는다. 심지어 이들은 생명도 없다. 죽어도 죽는 것이 아니다.

그렇다고 이 괴인들을 허상이라고 부를 수도 없었다. 회백색 피부를 가진 이 괴인들 하나하나가 분명 물리적인 공격이 가능한 실체들이었다.

어떻게 보면 이들은 괴뢰!

인간의 상식으로는 이해할 수 없는 독특한 존재들!

이게 바로 마물 민치의 특징이었다.

하라간이 일으켜 세운 숙주들은 하라간의 뒤를 쫓아 계단을 내려왔다.

폐허가 된 원형 격투장에 하라간이 발을 디뎠다. 이곳에서 고개를 들자 뻥 뚫린 천장의 구멍이 더 잘 보였다.

레다가 분통을 터뜨렸다.

"하라간 님, 아까 그 자식들을 붙잡았어야 했습니다. 놈들은 감히 위대하시고 또 위대하신 분의 존함을 구린내 나는 입으로 지껄이고 하라간 님을 모욕했습니다. 게다가 놈들은 변종 마물의 사체까지 싹 수거해 가 버렸습니다. 그 도둑놈들을 코앞에서 놓치다니! 정말 분합니다. 크으윽!"

하라간이 나른한 눈으로 레다를 바라보았다.

"어맛?"

그 시선을 의식하자 선머슴 같던 레다의 얼굴이 발갛게 물들었다. 레다가 비록 하라간을 연모하는 것은 아니지만, 하라간과 마주할 때마다 가슴이 콩닥거리고 얼굴이 달아올라 견디기 힘든 것은 사실이었다.

이 현상은 레다뿐 아니라 하라간 주변의 모든 여자들이

공통적으로 겪는 일이었다. 죽은 어머니를 쏙 빼어 닮은 하라간의 미모는 보는 것만으로도 눈이 몽롱하게 풀릴 정도로 압도적이었다. 심지어 군나르 왕국 최고의 미녀로 꼽히는 네페르도 하라간과 나란히 서면 빛을 잃을 정도였다. 하라간은 그 어떤 여인보다도 더 고혹적이고 아름다웠다.

Chapter 5

하라간이 나른한 음성으로 물었다.

"그 대머리 녀석들이 나를 온실 속의 화초라고 부른 것은 들었어. 그런데 녀석들이 감히 할아버님까지 모욕했다고?"

"네, 그렇습니다."

레다가 분한 표정을 지었다.

하라간이 네페르와 융을 돌아보았다.

"말해 봐. 그게 사실이냐?"

"흐흐흑! 네, 사실입니다. 정말 분합니다, 하라간 님!"

네페르는 눈물을 글썽거리며 토브욘 녀석들이 지껄였던 무례한 말들을 고해바쳤다.

"허허, 이거 참! 참을 수가 없네."

하라간이 냉랭한 표정으로 고개를 좌우로 한 번씩 꺾었다. 그다음 바닥에서 부러진 칼 한 조각을 주워 들었다.

"나를 욕한 것은 괜찮아. 귀찮은데 그 정도쯤이야 참아주지."

하라간이 느리게 말했다.

비록 말투는 느리고 나른했지만, 그 음성에 기이한 마력이 스며 있어 주변을 잡아 끌었다. 친위대원들은 홀린 듯이 하라간의 말에 귀를 기울였다.

하라간이 계속 뇌까렸다.

"하지만 감히 할아버님의 존함을 입에 담은 것은 참을 수가 없군. 토브욘 녀석들이 대체 무슨 생각으로 그런 짓을 저질렀을까?"

하라간은 이해할 수 없다는 듯이 고개를 갸웃거렸다.

"왜? 도대체 왜? 무엇을 믿고?"

하라간이 세 번 호흡을 끊어서 말하는 동안, 민치의 지배를 받는 숙주들이 세 그룹으로 나뉘어 하라간 앞에 섰다.

그 가운데 중앙에 위치한 숙주가 땅에 무릎을 꿇고 양팔을 좌우로 벌렸다. 그러자 좌우의 두 숙주가 그의 팔을 양쪽에서 붙잡아 단단히 포박했다.

숙주는 총 9명.

이 가운데 3명이 무릎을 꿇었고, 나머지 6명은 무릎 꿇은 자를 좌우에서 포박했다.

'으응?'

'하라간 님께서 대체 지금 뭘 하시려는 거지?'

'저 숙주들에게 화풀이라도 하시려고 그러시나?'

하라간의 친위대는 영문을 몰라 눈을 껌뻑거렸다.

하라간이 친위대 앞에서 검지와 중지를 들었다. 그러곤 이 2개의 손가락으로 본인의 두 눈을 가리켰다.

"레다, 내가 전에 이야기해 준 적이 있던가?"

"무엇을 말씀이십니까?"

"나는 거미라고, 그런 말을 해 준 적이 있나?"

"거미요? 아! 전에 제 창술을 교정해 주시기 전에 스쳐 지나가듯이 말씀하신 적이 있습니다. 그런데 그게 무슨 뜻입니까? 하라간 님께서 거미라니요?"

"내가 결합한 마물 말이야. 비록 외모는 거미처럼 생기지 않았지만, 특성은 거미와 비슷해."

레다가 고개를 갸웃거렸다.

"네에? 하라간 님께선 민치와 결합하지 않으셨습니까? 그런데 민치가 거미와 비슷한 특성을 지녔습니까?"

"민치?"

하라간이 피식 웃었다. 그러곤 다시 거미의 특성을 입에 담았다.

"거미는 거미줄을 치지. 투명해서 눈에 잘 보이지 않는 거미줄을 쳐 놓고 끈기 있게 때를 기다리다가 먹이를 붙잡는 것이 거미의 특징이야. 그런데 녀석들은 먹이가 걸린다고 바로 잡아먹지는 않거든. 일단 거미줄로 칭칭 묶어 놓은 뒤, 나중에 배고플 때 비축해 놓은 먹이를 하나씩 꺼내서 오도독오도독 잡아먹는 거지."

"으으!"

레다가 몸서리를 쳤다.

라티파와 융, 네페르, 테티와 우세르도 부르르 몸을 떨었다.

솔샤르 세계에서 "잡아먹는다."라는 말은 절대 금기어였다. "전신을 토막 내 죽인다."고 하든가, "두개골을 부숴 버리겠다."라는 험악한 표현은 아무렇지도 않게 사용하지만, 먹는다는 말은 결코 입 밖으로 꺼내지 않았다.

이건 마물을 자극하는 단어이기 때문이다.

마해의 마물!

그들은 서로 잡아먹고 잡아먹히며 덩치를 키워 점점 더 깊은 바다로 내려가는 살벌한 적자생존의 세계에서 살고 있다. 마물들에겐 서로를 잡아먹는 것이 가장 큰 삶의 목적이자 유일한 즐거움이다.

식(食)!

마해에서 개체와 개체 간의 관계는 이 하나의 단어로 요약될 수 있었다. 강한 놈은 먹고, 약한 놈은 먹힌다.

그렇기 때문에 오히려 솔샤르들은 이 단어를 입에 담지 못했다. 솔샤르들은 '식' 이라는 한마디를 꺼내는 것을 가장 무서워했다. 자칫 마물의 본성을 자극할까 두렵기 때문이었다.

간이 배 밖으로 나온 말괄량이 레다도 예외는 아니었다. 그녀는 하라간의 말을 듣는 순간 등골이 오싹했다.

하라간이 나른한 음성으로 말을 이었다.

"나도 마찬가지야."

"네?"

"나도 거미와 마찬가지라고. 이 두 눈으로 목격하는 순간, 눈에 보이지 않는 투명한 거미줄을 먹잇감에게 붙여 놓지. 눈에 보이지 않을 뿐 아니라, 손으로 만질 수도 없는 거미줄을 말이야."

하라간은 자신의 두 눈을 향했던 검지와 중지를 뻥 뚫린 천장 구멍으로 돌렸다. 그다음 검지와 중지로 다시 자신의 눈을 가리키는 행동을 수차례 반복했다.

"네에? 그게 무슨 뜻이신지요?"

레다가 눈을 껌뻑였다. 그녀는 지금 하라간이 무슨 이야기를 하는지 하나도 알아들을 수가 없었다.

[언니, 이게 무슨 의미야?]

레다가 라티파에게 뇌파로 물었다.

라티파는 레다보다 머리가 좋고 지식이 풍부했다. 하지만 그런 라티파도 하라간의 말뜻을 이해하지 못했다.

[나도 모르겠어. 무슨 말씀을 하시는지 더 들어 보자.]

친위대원들이 멍하게 바라보는 가운데 하라간이 손가락을 쭉 잡아당겼다.

"그다음 배가 고플 때 거미줄을 쭉 잡아당기는 거지. 눈에 보이지 않는 투명한 거미줄을 이렇게 쭈우욱!"

하라간의 손가락이 허공에 걸린 거미줄을 붙잡아 힘껏 잡아당기는 시늉을 하자, 엄청난 일이 벌어졌다.

꾸득! 꾸뜩! 뿌드드드득!

뼈가 뒤틀리는 소리와 함께, 바닥에 무릎을 꿇은 숙주 한 명이 기괴한 변형을 시작했다. 말처럼 길쭉하던 얼굴이 각진 형태로 변하고, 밤색 머리카락이 모두 사라져 대머리가 되었다. 눈썹은 오만하게 위로 치켜 올라갔으며, 몸은 탄탄한 근육질로 변했다.

더 놀라운 점은, 숙주가 입고 있던 의복도 변했다는 사실이었다. 숙주의 의상은 어느새 새하얀 백곰 가죽조끼로 바뀌있다.

"헉! 이건 아까 그 토브욘 왕족이잖아!"

융이 기겁했다.

지금 하라간 앞에 무릎을 꿇고 양팔을 포박당한 사내는 회백색 피부의 숙주가 아니었다. 팔짱을 끼고 오만한 자세로 융을 비웃던 바로 그 토브욘의 왕족이었다.

옆에 무릎을 꿇은 숙주들에게도 동일한 일이 발생했다.

꾸득! 뿌드드드득!

기괴한 소리와 함께 숙주의 얼굴이 계란형으로 바뀌고 머리카락이 화려한 은발로 변했다. 가슴은 튀어나오고, 허리가 잘록해지면서 여성의 체형으로 변신했다. 의복은 자줏빛 로브로 바뀌었다.

"이건 아까 그 여자?"

네페르가 입을 쩍 벌렸다.

꾸득! 뿌드드드득! 꾸드드득!

세 번째 숙주도 모습이 변하기 시작했다. 그는 대머리에, 검은 수염을 기르고, 불곰 가죽옷을 입은 남자로 바뀌었다.

"어어어?"

"이게 대체 무슨!"

이 기괴한 현상에 하라간의 친위대는 입을 다물지 못했다.

눈앞에 나타난 3명의 토브욘 솔샤르들은 분명 마력함을 타고 저 멀리 북쪽으로 날아가는 중이었다. 그런데 놀랍게도 하라간의 손가락질 한 방에 수 킬로미터를 뛰어넘어 다시 이 자리로 되돌아왔다.

Chapter 6

[언, 언니? 내가 지금 꿈을 꾸고 있나? 이게 어떻게 된 일이야?]

레다가 뇌파로 물었다.

라티파가 세차게 고개를 가로저었다.

[나도 몰라. 민치에게 이런 엄청난 능력이 있다는 소리는 듣지 못했어. 숙주의 몸뚱어리를 마치 마법 게이트나 포탈처럼 사용하더니! 그리고 눈에 보이지도 않고 손으로 만질 수도 없는 거미줄이라니! 그 거미줄을 잡아당기면 세상 어느 곳에 있건 모두 이렇게 눈앞에 잡아끌어 올 수 있단 말이야? 말도 안 돼!]

라티파는 칼리파의 손녀이기 이전에 칼리파가 가장 아끼는 수제자였다. 그만큼 마해에 대한 지식이 풍부했다.

하지만 그런 라티파도 지금 하라간이 일으킨 엄청난 기석은 받아들일 수가 없었다.

융과 테티, 우세르도 놀라서 입을 다물지 못했다.

물론 가장 크게 놀란 사람은 토브욘의 세 왕족과 귀족들이었다. 그들은 마력함을 타고 유유히 북쪽으로 날아가고 있던 중이었다. 마력함 안에서 여유롭게 와인 잔을 기울이며 군나르의 미숙한 애송이들을 비웃던 상황이었다.

그런데 갑자기 눈앞이 캄캄해지더니 이상한 곳으로 끌려왔다.

"여, 여기가 어디야?"

오만하던 토브욘 왕족의 입에서 더듬거리는 음성이 흘러나왔다.

"젠장! 여기가 어디야? 여기가 대체 어디냐고?"

토브욘의 왕족은 포박당한 양팔을 뿌리치고 힘차게 일어서려고 했다.

그보다 한발 앞서 하라간의 손이 상대의 반들거리는 머리통을 붙잡았다.

푸샤—!

"아아악!"

오만하던 남자의 입에서 끔찍한 비명이 울렸다. 하라간은 부러진 칼날로 상대의 오른쪽 눈알을 뽑아냈다.

칼날에 반쯤 꽂힌 하얀 수정체와, 그 수정체 주변에 딸린 시뻘건 핏줄과 신경 다발!

"우아아아아! 내 눈! 내 눈!"

토브욘의 왕족이 괴성을 질렀다.

하라간은 상대의 머리통을 붙잡아 뒤로 젖힌 다음, 칼날을 한 번 더 휘저었다.

"가만 있어 봐. 왼쪽 눈알도 마저 뽑아 줄게."

하라간의 말을 끝나기도 전에 상대의 눈알 한 개가 마저 뽑혔다.

"끄아아아악!"

남자의 하얀 조끼가 피로 얼룩졌다. 남자는 몸을 비틀며 발악했다.

하라간이 남자의 목에 부러진 칼날을 들이밀었다.

"흡!"

목젖에서 느껴지는 서늘한 감촉에 남자가 숨을 멈췄다.

하라간이 속삭였다.

"너, 토브욘의 핏줄이라며?"

"크악! 이 새끼! 감히 어느 분의 이름을 입에 담는 것이냐? 네가 감히 위대하시고 또 위대하신 분의 이름을 입에 담을 수 있다고 생각하냐? 죽여 버릴 테다."

두 눈알이 뽑힌 남자가 발악을 했다.

상대가 흥분을 하건 말건, 하라간의 말투는 나른하고 느렸다.

"나, 하라간이다. 군나르 님의 후계자, 하라간."

"뭣? 하라간?"

남자가 움찔했다.

하라간이 남자의 귀를 붙잡았다. 상대의 목젖을 겨누었던 칼날이 어느새 옆으로 이동해 상대의 오른쪽 귀를 잘라 버렸다. 하라간의 행동은 거침이 없었다.

"크아악! 내 귀!"

남자가 발버둥 쳤다.

하라간은 손으로 상대의 머리통을 꽉 잡았다.

가냘픈 손가락에서 어떻게 그런 힘이 나오는지, 근육질 남자가 꿈쩍도 못 했다.

"너, 나더러 온실 속의 화초라고 했지?"

"뭐?"

"다 들었어. 군나르 님께는 핏줄이 나밖에 없어서 경쟁도 하지 않고 후계자가 된 온실 속의 화초라며?"

"그, 그건……."

하라간이 히죽 웃었다.

"흐흐, 네 형제도 온실 속의 화초로 만들어 줄게."

"뭐라고?"

남자는 하라간의 말뜻을 알아듣지 못했다.

하라간이 한숨을 쉬었다.

"하아! 너 생긴 것처럼 머리가 나쁘구나. 네 형제를 경쟁하지 않는 온실 속의 화초로 만들어 주겠다고. 내가! 직접! 너를 포함해서 토브욘의 핏줄들을 하나씩 다 쳐 죽여서! 단 한 명만 이 세상에 남겨 놓으면! 그 남은 한 명은 나랑 똑같은 온실 속의 화초가 되겠네. 하하하!"

하라간이 호탕하게 웃었다.

그 말뜻이 너무나 무시무시해서 남자는 웃을 수가 없었다.

"이런 미친……! 끄아악!"

하라간이 남자의 남은 귀를 잘랐다.

남자는 고통에 몸부림쳤다.

하라간이 속삭였다.

"자! 토브욘이 핏줄이 그렇게 당하고만 있어서 되겠어? 어디 한번 마음껏 날뛰어 봐. 내가 널 해방시켜 줄게."

말이 끝나기 무섭게 하라간의 손에 들린 칼날이 상대의 가슴을 갈랐다. 인체에 정통한 하라간은 피가 최대한 적게 튀도록 핏줄을 피해 살을 가르고 근육을 끊었다. 쩍 벌어진 남자의 가슴속, 하얀빛을 발하는 마정석이 보였다.

"야, 이 미친놈아, 대체 내게 무슨 짓을 하려고……."

남자가 고래고래 소리를 질렀다. 하지만 목소리가 가늘게 떨리는 것을 숨길 수는 없었다.

하라간이 그의 귀에 대고 악마처럼 속삭였다.

"조금 전에 말했잖아. 널 해방시켜 줄 테니까 마음껏 날뛰어 보라고."

말과 함께 하라간의 손이 상대의 가슴속으로 파고들어 마정석을 움켜쥐었다.

"미, 미친! 하지 마! 제발 하지마아아아아!"

쿠아아아악!

푸삭!

하얀 마정석이 하라간의 손아귀에서 으스러졌다. 토브욘의 왕족은 발버둥을 치다가 끔찍한 괴성을 질렀다.

"하라간 님!"

"아아악!"

레다 자매를 비롯한 하라간의 친위대가 한목소리로 비명을 질렀다.

Chapter 7

마정석은 마물을 담는 용기다.

그 마정석을 강제로 깨 버리면 결합이 풀리면서 마물이 신체를 장악한다. 눈 깜짝할 사이에 토브욘 왕족의 얼굴이 1 미터가 넘는 기다란 모습으로 변했다. 녀석의 등 뒤로 딱

딱한 껍질이 돋아나고, 양팔은 집게 모양으로 변했다. 등에서도 집게 12개가 돋아나 총 14개의 집게가 딱딱딱! 소리를 냈다. 기다란 곰치처럼 변한 마물이 수 미터 길이로 목을 쭉 뽑아 올리며 괴성을 질렀다.

이것은 상대의 본모습!

아무런 구속 없이 100 퍼센트의 힘을 발휘하는 마물이 등장했다. 이성의 통제를 받지 않는 마물 말이다.

하라간이 히죽 웃었다.

"잘……."

하라간의 입이 "잘"이라는 음절을 내뱉을 때, 하라간의 손은 부채질을 하는 것처럼 가볍게 공기를 휘저었다.

덥석!

수 미터 높이로 고개를 뽑아 올렸던 마물이 갑자기 반쯤 사라졌다. 놈의 허리 위쪽이 갑자기 허전해졌다.

이어서 한 번 더 덥석!

이번엔 녀석의 허리 아래가 모두 사라졌다.

하라간의 입은 그제야 말을 마무리 지었다.

"먹겠습니다."

워낙 조그만 목소리여서 하라간의 말을 알아들은 사람은 거의 없었다. 오직 레다 자매만이 그 말을 엿들었다.

쿠쿵!

라티파와 레다의 얼굴이 하얗게 질렸다.

[잘…… 먹겠습니다라고? 언니, 지금 하라간 님이 뭐라고 하셨어? 내가 똑바로 들은 거야?]

[아으으으으! 으으으!]

레다의 질문에 라티파는 대답하지 못했다. 그저 벌벌벌 떨 뿐이었다.

그사이 은발 머리 여자가 찢어져라 비명을 질렀다.

"꺄아아악!"

은발 머리 여자는 힘차게 양팔을 뿌리치고 도망쳤다.

"크악! 이거 놔!"

검은 수염 남자도 악을 쓰며 포박을 풀었다.

하라간이 조용히 그들을 불렀다.

"다시 와서 앉아."

나직하지만 무서운 힘이 담긴 음성이었다. 은발 머리 여자와 검은 수염 남자가 동시에 몸을 움찔했다.

"다시 와서 앉으라고."

하라간이 했던 말을 되풀이했다.

은발 머리 여자는 눈물을 흘리며 하라간을 돌아보았다.

"사, 사, 살려 주……."

은발 머리 여자의 입에서 비명에 가까운 신음이 흘렀다.

하라간은 눈 하나 까딱하지 않았다.

"어서 이리 와서 앉아. 지금 와서 앉지 않으면 다 죽일 거다. 너희들의 부모! 너희들의 형제! 너희들의 자매! 너희들의 연인! 너희들의 친구! 너희가 알던 모든 솔샤르들을 다 이 자리로 끌어 와서 죽일 거다. 거기서 한 걸음만 더 도망쳐도 죽인다. 손가락 하나만 까딱해도 죽인다. 신음 한마디만 흘려도 죽인다. 감히 방자하게 군나르 님의 위대하신 이름을 욕보인 연놈들과 안면을 튼 사이라면 다 잡아 죽여도 할 말은 없을 터! 너희는 그걸 원하느냐?"

"아흐흐흐흐!"

하라간의 말은 너무나 무서웠다. 그리고 그 말을 듣는 상대방은 이미 정상적인 사고를 할 수가 없는 공황 상태에 빠졌다.

그럴 수밖에!

은발 머리 여자와 검은 턱수염 남자는 마력함을 타고 북쪽 고향으로 복귀하던 중이었다. 그런데 갑자기 공간을 뛰어넘어 이곳에 끌려왔다. 그들은 하라간이 대체 어떤 능력을 사용한 것인지 알지 못했다. 그저 하라간의 말을 거역했다가 부모와 형제, 자매가 몽땅 다 이 자리에 끌려올까 봐 겁이 날 뿐이었다.

"꿇어라."

하라간이 마지막 경고를 보냈다.

“아으으!”

“흐윽! 흐윽!”

겁에 질린 은발 머리와 검은 수염은 홀린 듯이 되돌아와 하라간 앞에 무릎을 꿇었다. 민치의 숙주들이 두 사람의 팔을 양쪽에서 붙잡아 포박했다.

하라간은 피 묻은 칼날을 들고 은발 머리 여자에게 다가갔다.

“아으으! 아으으으! 제발! 제발!”

여자가 오줌을 지렸다.

하라간이 말했다.

“너희들은 망령되게 굴지 않았다. 감히 군나르 님의 존함을 입에 담는 무례를 범하지 않았어. 모든 것은 조금 전에 죽은 그 대머리가 저지른 짓이야. 그렇지?”

“그, 그렇습니다. 저희는 감히 그런 무례한 짓을 저지르지 않았습니다.”

은발 머리 여자가 서둘러 대답했다.

하라간의 손이 눈에 보이지 않는 속도로 움직였다.

“꺄아악!”

“크악! 내 귀!”

은발 머리 여자와 검은 수염 남자의 귀 네 조각이 그대로 잘려 하늘로 날아갔다.

하라간이 속삭였다.

"하지만 너희는 그 망령된 말을 들었지. 그러니 내가 자비롭게도 너희의 그 더러운 귀를 정화해 주마."

"아아악! 내 귀! 내 귀가 잘렸어! 으허허헝!"

"으흑! 으흑! 으흑! 제발, 제발 살려 주세요."

은발 머리와 검은 수염이 펑펑 울었다.

하라간이 무표정하게 그 둘을 굽어보았다.

"나는 자비롭다. 비록 너희는 너희 잘못으로 인해 잡아먹히겠지만, 너희의 부모와 형제, 자매는 용서해 주마."

"아으흐흐흑!"

"아으으으! 아으으으으!"

"어떤가? 너희는 나의 자비로움에 경배할 마음이 드는가?"

"흑흑흑흑!"

"아우우우!"

하라간의 질문에 두 포로는 대답 대신 펑펑 울기만 했다.

하라간이 입을 조그맣게 벌렸다.

"맛있는 마물을……."

말을 하는 동안 은발 머리 여자와 검은 수염 남자의 가슴이 환상처럼 쪼개지고, 그 안에 박힌 마정석이 동시에 와직! 깨졌다.

꾸어어엉!

우워워워워!

결합이 강제로 해제되자 두 마리 마물이 피해자들의 피부 가죽을 뚫고 튀어나와 무섭게 일어났다.

덥석!

그러곤 그 마물들은 나타난 것보다 더 빠르게 세상에서 자취를 감추었다. 투명한 무언가가 두 마물을 한입에 집어삼킨 탓이었다.

직후, 하라간의 입술이 조그맣게 달싹거렸다.

"자알 먹겠습니다."

Chapter 8

까닥까닥

하라간이 손가락으로 호저를 불렀다.

"부르셨습니까?"

관중석 의자 뒤에 숨어 있던 호저가 부리나케 달려왔다. 호저는 하라간 앞에 납죽 엎드려 부들부들 떨었다.

"넌 뭐야?"

레다가 창끝을 호저에게 겨눴다.

융이 앞으로 나서서 호저를 옹호했다.

"하라간 님, 수상한 자가 아닙니다. 제가 길잡이로 고용한 인물입니다."

"길잡이?"

하라간이 힐끗 융을 올려다보았다.

하라간의 키는 175 센티미터.

융은 198 센티미터.

그러니까 융은 하라간보다 머리 하나는 더 컸다. 하라간의 시선을 느낀 융이 황급히 무릎을 꿇어 자세를 낮췄다.

하라간의 시선이 다시 호저에게 향했다.

"언제부터냐?"

"네? 그게 무슨 말씀이시온지……."

호저가 불안하게 눈알을 굴렸다.

"네 등 말이다. 언제부터 그 안에 마물을 품었느냐?"

하라간의 눈이 호저의 불룩한 등을 꿰뚫을 것처럼 쏘아보았다.

"마물!"

레다가 눈을 번쩍 빛냈다.

몸에 마물을 품었다면 변종 마물일 가능성이 높다. 라티파와 우세르, 테티도 날카로운 눈으로 호저를 노려보았다. 이들 네 사람은 어느새 호저를 빙 둘러싸 도망치지 못하도록 막았다.

융과 네페르가 입을 쩍 벌렸다.

"호저가 마물을 품었다고요? 그럴 리 없어요."

네페르는 힘차게 도리질을 했다.

융도 말을 보탰다.

"하라간 님, 만약 이자가 변종 마물이라면 저와 네페르가 그 기운을 놓칠 리 없습니다. 저희는 이자와 며칠을 함께 보냈습니다. 그러니 만약 이자가……."

하라간이 융의 말을 끊었다.

"융, 나는 변종 마물이라고 하지 않았다."

"하면 이자가 솔샤르란 말씀이십니까? 이자에게선 솔샤르의 기운도 느껴지지 않습니다."

"물론 솔샤르도 아니지."

하라간이 호저를 향해 손을 뻗었다.

보이지 않는 칼날이 훑고 지나간 것처럼 호저의 상의가 화라락 가루로 변해 흩어졌다. 굽은 등을 감싼 가죽띠도 함께 가루가 되었다. 하라간이 무엇을 어떻게 한 것인지 아무도 알아보지 못했다. 친위대원들은 침을 꿀꺽 삼켰다.

레다가 화제를 돌렸다.

"어라? 정말 심장 적출 흔적이 없네요."

솔샤르들은 가슴에 심장 적출 흔적이 남게 마련.

그런데 호저의 가슴은 멀쩡했다. 확실히 호저는 솔샤르가 아니었다. 대신 그의 등이 모두를 놀라게 만들었다. 바윗덩어리처럼 커다란 호저의 꼽추 등은 그 안에 녹색 램프라도 품은 듯 초록빛을 발했는데, 느리게 껌뻑거리는 그 빛 속에서 거무튀튀하게 꿈틀거리는 그림자가 보였다.

"저게 뭐야?"

네페르가 눈을 동그랗게 떴다.

지식이 풍부한 라티파가 그 정체를 알아보았다.

"루팟이구나!"

"루팟? 난 처음 듣는 이름인데? 언니, 그게 어떤 마물이야?"

레다의 질문에 라티파가 설명을 시작했다.

루팟!

주 서식지는 연해 2층.

활동성이 떨어지는 마물이라 거의 발견된 적이 없고, 사람과 결합하여 세상에 나온 적도 드문 희귀종.

"루팟은 고대어로 '녹색 불꽃을 담은 솥'이라는 뜻이야. 솥이라는 의미에 걸맞게 이 마물은 돌아다니지 않고 한자리에 가만히 정착하는 스타일이지. 그러다 다른 마물이 공격을 하면 화산이 폭발하듯 녹색 불꽃을 사방으로 내뿜어 스스로를 방어한다고 해."

라티파의 말에 레다가 고개를 갸웃거렸다.

"그런 희귀종이 어떻게 이 꼽추의 등에 들어왔지? 그리고, 마정석 없이 마물과 결합을 하면 결국 그 마물이 사람의 피부를 찢고 튀어나와 변종 마물이 되잖아? 그런데 이 꼽추는 왜 변종 마물로 변하지 않았을까? 게다가 이자에게선 마물의 기운이 전혀 풍기지 않아."

레다는 여러 가지 질문을 동시에 쏟아 내었다.

라티파가 곤혹스러운 표정을 지었다.

"그건…… 나도 모르겠네."

하라간이 대신 대답했다.

"이 안에 웅크린 녀석은 겁쟁이야. 그래서 몸을 잔뜩 웅크린 채 자신을 숨기는 거지. 굳이 비유하자면 자폐증이 있는 마물이라고나 할까?"

하라간은 루팟에 대해서 알지 못했다. 대신 그는 지금 이 마물이 느끼는 감정 상태를 꿰뚫어 보았다.

친위대원들이 눈을 동그랗게 떴다.

"자폐증이라고요?"

"아니, 하라간 님. 마물도 자폐증에 걸립니까?"

하라간은 어깨를 으쓱했다.

"내가 그걸 어찌 알겠어? 천재 소녀 라티파도 모르는 것을 말이야."

'천재 소녀' 라는 말에 라티파의 얼굴이 빨갛게 달아올랐다. 라티파는 두 손으로 자신의 뺨을 잡고 어쩔 줄 몰라 했다.

하라간은 그런 라티파의 모습에 슬며시 미소를 지었다.

"아!"

"어쩜!"

그 미소가 너무나 매혹적이라 친위대원들, 특히 소녀들이 바르르 몸을 떨었다. 선머슴 같은 레다도 예외는 아니었다.

하라간이 화제를 돌렸다.

"어쨌거나 이자를 수도로 데려가자. 가서 자세히 조사를 해 봐야지."

그 말에 호저의 안색이 하얗게 질렸다.

"저, 저, 저기. 저를 수도로 데려가신단 말씀이십니까? 그럼 저는 어찌 되는 것입니까? 가서 해부를 당하게 됩니까? 으흐흑!"

해부라는 말에 다들 하라간의 입만 쳐다보았다. 특히 융과 네페르가 주먹을 꼭 쥐고 하라간의 눈치를 살폈다.

하라간이 피식 웃었다.

"해부는 무슨. 그저 조직 검사만 조금 하면 그만이지."

"하아!"

"휴! 다행이다."

융과 네페르는 그제야 가슴을 쓸어내렸다. 며칠 동안 함께 지냈다고 호저에게 마음이 쓰이는 모양이었다.

반면 호저는 그때까지도 긴장을 풀지 못하고 불안하게 눈을 굴렸다.

제4화

어쌔신

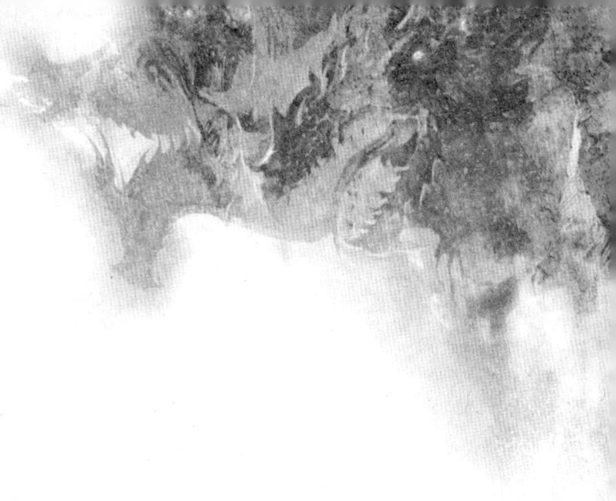

Chapter 1

“키약을 다스리는 토후는 프타입니다. 그에게 하라간 님의 방문 사실을 통보할까요?”

지하 격투장에서 올라오던 중 라티파가 물었다.

하라간은 고개를 가로저었다.

“아니. 그랬다가는 의전이다 뭐다 해서 괜히 귀찮아지기만 할 뿐이야. 그보다 라티파, 전에 알아보라고 한 것은 어떻게 되었지? 내게 의문의 편지를 보낸 자, 그게 누구인지 찾았나?”

한 달쯤 전 하라간에게 의문의 편지가 한 장 전달되었다.

하라간 님,

왕국 동부 사막 도시 키약에 변종 마물들이 출현할 조짐이 있습니다. 부디 통제 불능의 위험한 마물들을 박멸해 키약의 백성들을 구해 주소서.

삐뚤삐뚤한 필체의 편지엔 이와 같은 문구가 적혀 있었다.

하라간은 군나르의 후계자로 낙점된 상태. 하지만 외부에서 보기에 그는 아직 뚜렷한 업적이 없어 입지가 약한 편이었다. 왕궁 대신들과 백성들에게 신망을 얻고 굳건한 세력을 구축하려면 무언가 공을 세울 필요가 있었다.

딱 그 타이밍에 하라간에게 이 편지가 전달되었다.

변종 마물의 격퇴!

이건 하라간이 공을 세우기에 안성맞춤인 과제였다. 하라간의 친위대원이자 참모인 라티파는 "어서 이 문제를 해결해서 공을 세우셔야 합니다."라며 하라간을 부추겼다.

하라간도 라티파의 의견에 동의했다.

솔직히 하라간은 공을 탐내지는 않았다. 군나르 왕국 내에서 자신의 입지가 약하다고 생각하지도 않았다. 북부는 힘의 논리가 지배하는 곳이었다. 그리고 하라간의 숨겨진 무력은 가히 절대적이라고 부를 만했다.

그럼에도 불구하고 하라간은 이 편지에 관심을 가졌다. 변종 마물이 왜 갑자기 북부 여기저기서 등장을 하는지 그 원인을 파악하고 싶었기 때문이다. 하라간은 먼저 융과 네페르를 선발대로 보내고, 이어서 본인이 직접 이곳 키약에 왔다.

다른 한편으로 하라간은 편지를 보낸 사람이 누구인지 뒷조사를 시켰다. 하라간은 타인의 뜻대로 조종당하는 꼭두각시 노릇을 하기는 싫었다.

명을 받은 라티파가 즉각 뒷조사에 들어갔다.

결론은 실패.

라티파는 아직까지 편지를 보낸 사람을 찾지 못했다.

"죄송합니다, 하라간 님."

라티파가 얼굴을 붉혔다.

"그자는 내게 접근해서 편지를 전달했잖아? 그럼 상대는 왕궁 안의 인물이라는 뜻이거든. 일단 왕궁 내부부터 다시 뒤져 보라고."

"알겠습니다. 제 목을 걸고 반드시 그자를 찾아내겠습니다."

라티파가 단호하게 답했다.

하라간이 화제를 돌렸다.

"그나저나 이번 작전은 완전 실패군. 쯧쯧쯧! 변종 마물의 사체를 하나도 얻지 못했으니 괜히 헛수고만 했어."

지하 격투장에 나타났던 변종 마물들은 토브욘 일족이 가로채 갔다. 그 대신 하라간이 토브욘의 솔샤르 3명에게 분풀이를 해 주었지만, 그렇다고 빼앗긴 변종 마물을 되찾을 수는 없었다. 이미 마력함에 실려 먼 북쪽으로 날아갔기 때문이다.

하라간의 말에 라티파의 얼굴이 더욱 어두워졌다.

"하라간 님, 죄송합니다. 제가 작전을 미흡하게 짜서 그렇습니다."

"아니. 네 잘못이 아니야. 토브욘 녀석들이 여기에 나타날 줄 누가 알았겠어? 게다가 녀석들은 우리보다 한발 빨리 이곳에 와 있었다며? 우리가 정보력에서 뒤처진 거지."

라티파가 고개를 갸웃거렸다.

"저는 그 점이 이상합니다. 키약의 변종 마물은 아직 본격적인 활동을 하기 전이었습니다. 그래서 이곳에 변종 마물이 등장했다는 사실을 아무도 몰랐지요. 하라간 님께서 제게 그 편지를 보여 주시지 않았다면 저도 까맣게 모를 뻔했습니다. 그런데 토브욘 일족은 어떻게 이 사실을 알았을까요? 우리 왕국과 토브욘은 거리도 꽤 떨어졌는데 말입니다."

"그러니까 더더욱 편지 발신자를 찾아야 해. 그래야 의

문이 풀려."

하라간의 말이 옳았다. 이 모든 의문을 풀어 줄 열쇠는 편지 발신자가 가지고 있을 것이다.

"알겠습니다."

라티파는 짧게 대답했다.

새벽 3시.

하라간 일행이 복잡한 미로를 지나 지상으로 올라왔을 때, 그곳엔 무장 병력이 기다리고 있었다. 둥그런 투구에 붉은 수실을 장식하고, 하얀 망토를 걸친 병력이 하라간 일행을 향해 처처척! 창날을 겨눴다. 그들은 모두 솔샤르였다.

레다가 발끈 성을 내었다.

"이놈들이 감힛! 이분이 누구신 줄 알고 무기를 겨누느냐?"

그러자 솔샤르들이 좌우로 쫙 갈라지면서 그 안에서 50대 중년 남자가 걸어 나왔다. 통통한 체격에 임산부처럼 배가 불룩하고 미끈하게 콧수염을 기른 남자였다.

남자는 리넨(아마)으로 짠 하얀 통옷에 목에 금 목걸이를 두르고 허리에 붉은 띠를 두른 차림이었다. 칼라시리스는 착용하지 않았다.

라티파가 남자의 정체를 알아보았다. 그녀는 하라간에게 빠르게 다가와 귓속말을 했다.

"저자가 바로 이곳 키약을 다스리는 토후 프타입니다."

"프타?"

하라간이 배불뚝이 사내를 바라보았다.

프타는 손가락 2개로 자신의 콧수염을 쭉 잡아당긴 다음, 하라간을 위아래로 훑어보았다.

"그래. 내가 바로 키약의 지배자 프타다. 그러는 너는 누구냐?"

레다가 버럭 소리쳤다.

"이런 무례한 자를 보았나! 당장 무릎을 꿇지 못할까! 이 분은 바로 위대하시고 또 위대하신 분의 과업을 이어받으실 분! 장차 이 왕국을 다스리실 하라간 님이시다!"

"억! 하라간 님?"

레다의 말에 프타의 눈이 휘둥그레졌다.

하지만 프타는 쉽게 무릎을 꿇지 않았다. 그저 말투만 조금 고쳤을 뿐이었다.

"그쪽이…… 아니, 거기 계신 분이 하라간 님이시라는 것을 어떻게 증명하겠소? 나 프타는 이곳 개미굴에 위험한 마물이 등장했다는 급보를 받고 황급히 병력을 소집해 달려왔소. 그런데 이 상황에서 아무런 입증도 없이 내가 그 말을 믿으란 말이오? 왕궁에 계셔야 할 하라간 님이 이곳에 친림하셨다는 황당한 말을?"

프타의 말이 옳았다. 왕궁을 통해 정식 통보를 한 것도 아니고, 갑자기 나타나서 "이분이 바로 하라간 님이시다. 모두 무릎을 꿇고 머리를 조아려라."라고 주장하면 그 말을 곧이곧대로 믿을 사람은 없었다.

결국 융이 나섰다.

"프타 님, 몇 년 전 할아버님의 생신 때 한 번 뵌 적이 있는데, 저를 기억하시나요?"

"누구……?"

"저, 뮬러러 가문의 적통, 융입니다."

"아! 아아아아!"

융을 바라보는 프타의 눈이 점점 더 크게 흔들렸다. 그러다 결국 프타가 융의 얼굴을 알아보았다.

"융 도련님! 뮬러러 님의 손자이신 융 도련님이 맞으신가요? 무사히 성인식을 마치시고 수도 왕궁에 머물고 계시다고 들었습니다만."

프타는 융을 향해 반갑게 다가서다 말고 갑자기 얼굴이 하얗게 질렸다.

"그, 그렇다면 이분이 진짜 하라간 님! 허억!"

프타는 황급히 무릎을 꿇고 하라간 앞에 머리를 조아렸

다.

"위대하시고 또 위대하신 분의 과업을 이어받으실 분! 미천한 프타가 감히 위대한 혈통의 전승자를 뵈옵니다. 부디 조금 전 제가 범했던 무례를 용서해 주소서."

그 즉시 프타의 뒤에 도열해 있던 솔샤르들도 무릎을 꿇었다.

"충! 위대한 혈통의 전승자를 뵙습니다!"

수십 명의 솔샤르들이 한목소리로 외치자 실내가 쩌렁쩌렁 울렸다.

"흐음!"

하라간은 나른하고 퇴폐적인 눈빛으로 그들을 굽어보았다.

Chapter 2

키약 남쪽의 번화한 시가지 중심.

마차 여섯 대가 나란히 지나다닐 수 있는 큰길 정면에 우뚝 솟은 성채가 자리했다. 흙벽돌을 쌓아 만든 황토색 성벽은 태양 빛을 받아 붉게 물들었다. 성벽 아래엔 붉은 수실로 장식된 투구를 쓰고 등에 하얀 망토를 두른 정예병들이

10 미터 간격으로 일정하게 늘어서 있었다. 병사들의 투구가 햇빛을 반사시켜 눈부시게 번쩍거렸다. 군기가 바짝 든 정예병들이라 그런지 다들 뙤약볕도 아랑곳하지 않고 주변을 경계했다.

이 성이야말로 사막 도시 키약의 심장부.

키약을 지배하는 프타의 가문은 바로 이 성에 똬리를 틀고 앉아 카말 대사막으로 통하는 왕국 동북부의 관문을 지켜 왔다.

하라간이 이 성에 머무른 지도 벌써 닷새째.

프타는 하라간을 위해 5일 연속으로 화려한 연회를 열었다. 해가 뉘엿뉘엿 지고 후덥지근한 공기가 서늘해지면 프타의 성에선 흥겨운 음악이 울리고 무희들의 간드러진 웃음소리가 성벽을 타 넘었다. 하라간은 연회 가장 높은 자리에 비스듬히 누워 과즙을 얼려 만든 술을 즐겼다. 거의 벌거벗은 차림의 미녀 3명이 하라간에게 엉겨 붙어 입술로 술을 나르고 숨결로 안주를 제공했다.

하라간은 따로 안주를 먹지 않았다. 슬러쉬처럼 얼린 술만 홀짝홀짝 마셨다. 하라간의 퇴폐적인 눈빛이 선정적인 춤을 추는 무희들을 뒤쫓았다.

하라간의 등 뒤엔 라티파와 레다가 좌우로 늘어섰다. 두 쌍둥이 자매의 눈빛은 하라간의 것과는 달리 아주 날카로웠다. 둘은 술은커녕 음식도 거의 입에 대지 않고 하라간을 지켰다.

단상 아래엔 융과 테티가 15 미터 간격으로 위치했다. 두 사람도 매의 눈으로 주변을 경계했다.

네페르와 우세르는 단상 뒤쪽에서 호위 임무를 다했다.

연회가 한창 흥이 올랐을 때, 프타가 하라간을 향해 무릎 걸음으로 다가왔다.

"하라간 님."

"응?"

하라간은 프타의 얼굴을 보지도 않았다. 그의 끈적끈적한 눈빛이 무희의 출렁거리는 가슴에서 떠날 줄 몰랐다.

프타는 그런 하라간을 알쏭달쏭한 표정으로 바라보다가 용건을 꺼냈다.

"하라간 님, 연회가 지루하시면 잠시 안에 들어갔다 나오시겠습니까? 성안에 편히 쉬실 수 있는 공간을 마련해 놓았습니다. 마음에 드시는 아이들로 하여금 하라간 님의 시중을 들도록 하겠습니다."

프타의 말은 '안에 은밀한 방을 마련해 놓았으니 마음에 드는 무희들을 골라서 잠시 즐기시라.'라는 뜻이었다.

지난 4일간 프타는 감히 하라간에게 이런 수작을 부리지 못했다. 하지만 하라간이 내리 5일간 연회를 즐기는 모습을 보자 한번 승부수를 던져 보았다. 만약 이번 접대로 인해 하라간의 눈에 든다면 프타의 가문은 크게 번성할 수 있을 것이다.

하라간은 거절하지 않았다.

"아하암! 그러고 보니 좀 피곤하긴 하군. 나, 잠깐 눈 좀 붙이고 나올게."

"저희가 모시겠습니다."

하라간이 일어서자 곁에서 술 시중을 들던 미녀 3명이 따라붙었다.

라티파와 레다도 움직였다.

하지만 하라간이 거절했다.

"두 사람, 나를 호위하느라 식사도 걸렀잖아. 여기서 잠깐 끼니 좀 때우고 있어. 나는 걱정 말고."

"그래도 하라간 님, 저희가 함께 가야 안심이 됩니다."

"저희는 하라간 님의 그림자나 마찬가지입니다."

두 자매가 이렇게 간청을 했지만 하라간의 뜻은 확고했다.

"아, 나는 신경 쓰지 말라니까. 너희들이 우르르 좇아오면 내게 제대로 쉴 수가 없잖아. 그러니까 잠시 여기 있어."

하라간은 라티파와 레다의 어깨를 툭툭 두드렸다.

그가 이렇게까지 말하자 두 자매도 어쩔 수 없었다.

"하라간 님!"

라티파와 레다는 못마땅한 표정으로 발만 동동 굴렀다.

그때 프타가 고개를 숙이고 히죽 웃었다. 하지만 그는 금세 웃음을 지우고 짝짝 손뼉을 쳤다.

프타의 노예 한 명이 후다닥 달려와 프타 앞에 무릎을 꿇었다.

"주인님, 부르셨습니까?"

"여기 이 두 분께 맛난 음식을 올려드려라. 그리고 단상 아래서 호위 중이신 저분들께도 든든한 식사를 준비해드리고."

"네, 주인님."

노예가 빠르게 사라지자 프타는 오른손을 공손히 들어 내실을 가리켰다.

"하라간 님, 저쪽으로 가시지요. 너희들은 무얼 하는 게냐? 어서 귀하신 분을 안으로 모시지 않고."

"네, 프타 님."

3명의 미녀가 앞뒤에서 하라간을 잡아끌어 내실로 안내했다. 하라간은 상의를 거의 다 풀어헤친 방자한 차림으로 미녀들의 손에 이끌려 갔다.

프타의 입가에 또다시 은밀한 미소가 걸렸다.

하라간의 입가에도 미소가 슬며시 자리 잡았다. 자리를 뜨기 전 하라간은 라티파의 뇌에 직접 의사를 전달했다.

[라티파, 혹시 음식에 장난을 쳤을지도 모르니까 먹는 척만 하고 그냥 버려. 그리고 내가 안에서 신호를 보내면 바로 뛰어들어 와.]

[네에?]

라티파가 눈을 번쩍 빛냈다.

하라간이 남몰래 고개를 가로저었다.

[라티파, 그렇게 티 나게 행동하면 곤란하지. 어서 표정 관리를 하라고.]

[네넷!]

[그리고 융과 테티에게도 미리 신호를 보냈다가, 안에서 무슨 일이 벌어지면 곧바로 프타부터 붙잡으라고.]

[알겠습니다, 하라간 님.]

라티파는 무언가 심상치 않은 일이 벌어지고 있다는 사실을 깨달았다. 그래서 곧장 표정 관리에 들어갔다.

그사이 프타의 명을 받은 미녀들은 하라간을 내실로 이끌었다.

"호호호, 이쪽으로 오세요."

"호호! 어서요."

"하하하하!"

하라간은 방탕한 모습으로 미녀들에게 이끌려 갔다.

Chapter 3

미녀들이 안내한 내실은 화려한 벽지와 이국적인 가구, 고급스러운 양탄자로 장식되어 있었다. 내실 정중앙엔 원목으로 만든 커다란 침대가 보였다. 침대 주변엔 하늘거리는 커튼이 겹겹으로 둘러싼 모습이었다.

"오호호호호!"

"아이, 어서 이리 오세요."

"어서요."

3명의 미녀는 하라간을 부둥켜안고 침대로 이끌었다. 천장부터 시작해서 방바닥까지 길게 드리워진 겹겹의 커튼이 하라간과 세 여인의 모습을 감춰 주었다. 그 커튼을 통해 교미하는 뱀처럼 뒤엉킨 네 남녀의 모습이 얼비쳤다.

"어쩜, 이렇게 아름다우실까?"

"그러게요. 여자인 저희보다도 더 예쁘세요. 깔깔깔!"

무려 열 겹의 커튼을 뚫고 침대에 도착하자 여인들은 더욱 노골적으로 하라간의 몸을 탐했다. 그녀들의 매끄러운 손이 하라간의 가슴을 지나 배 아래로 쑥 내려갔다. 또 다른 여인은 하라간의 목에 매달려 열정적으로 입술을 맞췄다.

"하아아!"

마지막 세 번째 여인은 하라간을 등 뒤에서 끌어안고 목덜미에 뜨거운 숨결을 불어 넣었다.

그 순간 하라간이 움직였다. 하라간은 왼손을 들어 키스를 하던 여인의 목을 옆에서 붙잡아 그대로 내리눌렀다.

"꺄악!"

여인이 옆으로 쓰러지면서 하라간의 전면이 그대로 드러났다.

뻥 뚫린 전면.

하늘거리는 휘장을 뚫고 괴한이 불쑥 튀어나왔다.

괴한은 양팔을 활짝 벌리고 두 다리를 접은 상태로 하라간을 덮쳤다. 하라간이 빠르게 상대를 관찰했다.

몸을 다 가린 하얀 가죽옷.

콧날 위를 뒤덮은 뾰족한 로브.

로브 중앙에 새겨진 붉은 원.

팔뚝에 찬 붉은 토시와 그 토시 안쪽에서 툭 튀어나온 두 자루의 비수.

백의를 입은 괴한은 독수리가 날개를 펼친 것처럼 양팔을 좌우로 벌려 침대로 날아들었다. 그의 팔목 안쪽에 장착

된 35 센티미터 길이의 비수가 붉은빛을 토하자 주변의 커튼들이 그대로 쩍쩍 갈라졌다.

'응? 마나의 벽 1단계?'

무기에서 붉은빛이 뿜어진다는 것은, 저 무기에 응축된 마나가 실렸다는 뜻이다. 하라간은 상대의 수준을 한눈에 파악했다.

문제는 저 어쌔신(Assassin: 암살자)의 정체!

이곳 북부에는 마나의 벽을 돌파한 능력자가 거의 없었다. 무술에 재능이 있는 인재들은 대부분 솔샤르가 되는데 전념하지 무술 그 자체를 깊게 파고들지 않기 때문이다.

'그렇다면 이자는 남부에서 파견된 어쌔신인가?'

하라간은 미간을 찌푸렸다.

이것도 논리가 맞지 않았다. 남부인들은 북부를 극도로 두려워했기에 어쌔신이나 정보원들을 파견한 적이 거의 없었다. 그나마 150년 전까지는 주기적인 시도를 했었지만, 그 시도들이 모두 실패로 돌아간 이후로는 북부로 요원을 침투시킨 적이 없었다. 최근 150년 사이 북부를 제대로 밟은 사람은 카일 백작과 루잉이 유일했다.

'그렇다면 이자의 정체가 뭐지?'

하라간이 의문을 품었다.

그사이 어쌔신은 하라간과의 거리를 15 미터까지 줄였

다. 어쌔신이 오른손을 살짝 튕기자 붉은빛으로 한 겹 감싼 비수가 하라간을 향해 일직선으로 쭝! 날아왔다.

눈에 보이지도 않는 속도!

비수의 속도가 어찌나 빨랐던지 붉은 광선이 쭉 뻗어 오는 듯했다.

하라간은 여자의 목을 잡아 옆으로 쓰러뜨린 것과 동시에 자신도 반대쪽으로 몸을 던졌다.

붉은 광선이 하라간의 머리 위를 아슬아슬하게 스쳐 지나갔다. 그러곤 하라간의 등 뒤에 있던 여인의 몸통을 꿰뚫었다.

"꺅!"

여인은 그대로 뒤로 넘어갔다.

어쌔신이 허공에 점프한 상태에서 오른손을 살짝 까딱였다.

쭈웅!

두 번째 붉은 광선이 하라간을 노리고 일직선으로 날아들었다.

하라간은 상대의 연속 공격을 예측이라도 한 듯 침대 위에서 앞구르기를 했다. 붉은빛에 휩싸인 비수가 하라간이 머무른 자리를 꿰뚫고 지나가 침대에 날카로운 구멍을 뚫었다. 그 와중에 여인 한 명이 비수에 베여 팔에서 피를 흘렸다.

"꺄악!"

분수처럼 뿜어진 붉은 선혈이 침대를 흠뻑 적셨다.

그사이 앞구르기로 상대와 거리를 좁힌 하라간은 용수철처럼 튀어 오르며 어쌔신의 사타구니를 갈랐다. 하라간의 손에는 어느새 황금으로 장식된 검이 들려 있었다.

까앙!

날카로운 소리와 함께 불똥이 튀었다.

"크읍!"

손등에 착용한 갈고리로 하라간의 공격을 간신히 막은 어쌔신이 날아오던 자세 그대로 뒤로 튕겨 나갔다.

하라간은 그 뒤를 바짝 따라붙으며 검을 위아래로 휘저었다. 하라간이 뿜어낸 검의 기세가 포효하는 드래곤처럼 뻗어 나가 어쌔신을 집어삼켰다.

"크윽! 크으윽!"

어쌔신은 양손의 갈고리를 풍차처럼 휘저어 하라간의 공격을 아슬아슬하게 막았다. 둘 사이에 쉴 새 없이 불똥이 튀고, 날카로운 기세에 주변 기물들이 잘려나갔다. 폭풍처럼 공격을 퍼부은 뒤, 하라간은 잠시 멈춰 섰다.

어쌔신의 얼굴에 경악이 어렸다.

"말도 안 돼! 어떻게 솔샤르가 마나의 벽을!"

사선으로 늘어뜨린 하라간의 검에선 은은한 우윳빛 광채가 발산되는 중이었다. 과거 루잉 백작은 검에서 흑색의 광채를 뿜어내었지만, 지금 하라간은 검은색 대신 우윳빛 광채를 발산했다.

물론 아직 마나의 벽 1단계를 완전히 돌파한 것은 아니라 광채를 유지하는 시간이 고작 2, 3분밖에 되지 않았다.

어쨌거나 하라간이 마나의 벽 1단계에 도달한 것은 사실. 부단한 노력이 하라간의 경지를 끌어 올려 주었다.

어쌔신은 휘둥그레진 눈으로 하라간의 검에서 쏟아지는 광채를 바라보았다. 어쌔신의 얼굴을 반쯤 가렸던 로브는 어느새 너덜너덜해졌고, 가슴에 착용한 보호대는 길게 찢겨 핏물이 배어 나왔다. 그 외에도 어쌔신의 몸에는 자잘한 검상이 곳곳에 새겨져 있었다.

"쳇!"

하라간은 얼굴을 살짝 일그러뜨렸다.

"아직 멀었군. 38번 검을 휘둘러서 겨우 19번만 성공시키다니!"

하라간이 머릿속으로 예상한 숫자는 37번이었다. 38번의 연속 공격 가운데 처음 한 번은 상대의 갈고리를 튕겨 내는 용도였고, 그 후 37번은 모두 상대의 몸뚱어리에 상처를 남길 요량으로 검을 휘둘렀다.

그런데 무려 18번이나 상대의 방어에 막혔다. 하라간이 머릿속으로 그린 동작을 몸이 따라가지 못했다는 뜻이었다. 하라간은 스스로에게 실망했다.

“쯧쯧쯧! 요새 너무 게으르게 지냈나 봐. 좀 더 바짝 조여야겠어.”

스스로 마음을 다잡은 뒤, 하라간은 반대편 벽을 향해 검끝을 겨눴다.

“이제 그만 나오지그래.”

하라간의 말이 떨어지기 무섭게 벽의 일부가 스르륵 허물어지며 어쌔신 한 명이 추가로 등장했다. 이어서 우측과 좌측의 벽에서도 어쌔신들이 등장했다.

새로 등장한 어쌔신이 3명.

그들의 복장은 모두 동일했다. 뾰족한 로브와 하얀 가죽옷을 입었고, 로브 중앙에 붉은 원을 새겨 넣은 모습들이었다. 팔뚝에 착용한 토시에는 비수가 하나씩 꽂혀 있었고, 손등엔 날카로운 갈고리를 착용했다.

하라간이 입꼬리를 비틀었다.

“훗! 고작 4명이냐?”

하라간의 정면에 선 어쌔신이 낮게 으르렁거렸다.

“오늘 넌 이 자리에서 죽는다.”

Chapter 4

"뭐?"

하라간의 반문에 어쌔신이 다시 한 번 말했다.

"솔샤르 주제에 어떻게 마나의 벽을 돌파했는지는 모르겠다만, 너 혼자서 우리 넷을 당할 수는 없다. 네놈이 믿고 있는 마물은 절대 사용할 수 없을 테니까."

그 말이 끝나기 무섭게 4명의 어쌔신은 품에서 푸른 돌을 꺼냈다. 그다음 돌의 뾰족한 면을 바닥에 내리찍어 콱 박아 넣었다.

빠지직! 빠카카캉!

하라간을 중심으로 동서남북 네 방위에 박힌 푸른 돌이 서로 반응하며 푸른 스파크를 만들어 내었다. 곧이어 푸르스름한 막이 돔 형태로 나타나 하라간과 4명의 어쌔신을 완전히 에워쌌다.

하라간의 심장에 갑자기 찌릿하고 전기가 통했다.

하라간은 얼굴을 일그러뜨렸다.

"뭐야? 이건?"

"이 돔 안에서 모든 마정석은 그 기능을 잃는다. 네놈의 마정석 안에 웅크리고 있는 마물도 에너지를 잃고 수면에 빠져들 터, 이제 너는 솔샤르의 주력 무기를 빼앗긴 채 우리와 싸워야 한다."

어쌔신의 입에선 놀라운 이야기가 흘러나왔다.

마정석의 기능 정지!

마물의 강제 수면!

하라간은 이와 같은 일이 가능하리라고는 생각지도 못했다. 만약 이것이 가능하다면 세상의 모든 솔샤르들에게는 엄청난 타격이 될 것이다.

어쌔신이 양팔을 높이 들었다.

촤악!

그의 토시에서 튕겨 나온 비수 두 자루가 어쌔신의 손에 꽉 잡혔다. 칼날이 새끼손가락 쪽을 향한 역수의 자세!

나머지 3명의 어쌔신도 똑같은 자세로 비수를 거꾸로 들고 하라간을 노려보았다.

하라간이 고개를 좌우로 한 번씩 꺾었다.

"허어! 그래? 마정석의 기능을 정지시켜서 마물을 사용하지 못하게 만든단 말이지?"

말이 끝나기 무섭게 하라간이 한 발 앞으로 내디뎠다. 우윳빛 광채를 머금은 하라간의 검이 기이한 궤적을 그리며 공간을 갈랐다. 그 속도가 벼락처럼 빠르고 궤적이 너무 이상해서 어쌔신들은 순간적으로 하라간의 검을 시야에서 놓쳤다.

"크흡!"

하라간의 공격을 받은 어쌔신이 비수를 X자로 교차해서 가슴을 막았다. 두 자루 비수에 어린 붉은 광채가 섬뜩하게 일렁거렸다.

하라간의 검이 그 위에 작렬했다.

금속이 끊어지는 듯한 소리와 함께 비수 두 자루가 동시에 허공으로 떠올랐다.

하라간은 검을 한 번 휘둘러 상대의 무기를 공중으로 쳐올린 다음, 왼손 검지로 왼편의 어쌔신을 지목했다.

그러자 핑그르르 돌면서 허공에 떠오른 비수 두 자루가 하라간의 손끝이 가리킨 방향을 향해 벼락처럼 쏘아졌다.

퍼억!

워낙 순식간에 벌어진 일이라 다들 정신을 차리지 못했다. 하라간의 왼편에 있던 어쌔신은 공격할 기회만 노리고 있었는데, 눈 깜짝할 사이에 동료의 비수가 날아와 가슴에 푹 박히자 정신이 아득해졌다.

"이, 이게 무슨! 끄루룩!"

심장이 뚫린 어쌔신은 가슴을 움켜잡으며 그대로 고꾸라졌다.

어쌔신들이 깜짝 놀라 쓰러지는 동료를 바라보았다.

하라간은 그 짧은 틈을 놓치지 않고 전면으로 파고들었다.

당황한 어쌔신이 갈고리로 몸을 방어하려 했으나, 이미 늦었다.

“아, 안 돼!”

어쌔신이 입을 쩍 벌리는 순간, 하라간의 검은 그의 머리부터 시작해서 턱과 목, 가슴, 배를 차례로 지나 사타구니로 빠져나왔다.

푸확!

핏물이 튀고 사람의 몸이 반으로 갈렸다. 하라간은 쏟아지는 핏물 속으로 뛰어들어 방향을 바꾼 다음, 왼손을 수평으로 쫙 뻗었다.

몸이 반으로 갈린 어쌔신은 허리에 보조 비수 세 자루를 착용하고 있었는데, 그 비수들이 하라간의 손짓에 따라 벼락처럼 쏘아졌다.

빠앙! 퍼버벅!

세 자루 비수가 공기를 가르며 날아가 후방에 서 있던 어쌔신의 이마와 목, 심장에 하나씩 박혔다.

눈 깜짝할 사이에 어쌔신 셋이 죽었다.

홀로 남은 어쌔신은 어떻게 해야 할지 판단을 못 하고 머뭇거렸다. 그사이 하라간이 다가와 목젖에 검을 대었다.

"큭!"

어쌔신이 입술을 꽉 깨물었다.

그는 지금 눈앞에서 벌어진 일들을 도저히 믿을 수가 없었다. 하라간은 그저 검을 두 번 휘둘러서 어쌔신 하나를 베었을 뿐이다. 그런데 아군의 비수가 저절로 움직여 동료들을 죽여 버렸다.

눈에 보이는 모든 검들을 자유롭게 움직이는 경지!

"설마…… 마나의 벽 2단계?"

홀로 남은 어쌔신이 쥐어짜듯 물었다.

하라간은 대답이 없었다.

어쌔신이 갑자기 어금니를 꽉 물었다. 상대는 마나의 벽 2단계에 올라선 절대자다. 도저히 대적할 수 없으니 포로로 붙잡혀 고문을 당하기 전에 자살해야 한다. 이렇게 판단한 어쌔신은 어금니 사이에 끼워 둔 독약을 터뜨렸다.

그때 하라간의 검이 그의 복부로 확 쑤시고 들어왔다.

"커억!"

배가 화끈했다. 턱 근육이 맥없이 풀리며 독약을 깨물지 못했다. 하라간은 인체에 정통했기에 신체 어느 부분을 자르면 턱에 힘이 빠지는지 잘 알았다.

하라간은 검날을 좌우로 비틀어 상대의 내장 일부를 끊은 다음 검을 그대로 뽑았다.

"크어어!"

어쌔신은 배에서 핏물을 분수처럼 쏟아 내며 앞으로 주저앉았다.

대량의 피가 갑자기 몸에서 빠져나가자 어쌔신의 의식이 가물가물해졌다. 그렇게 흐려진 어쌔신의 눈에 하라간이 히죽 웃는 모습이 들어왔다.

"난 알아. 피를 많이 흘려서 정신을 잃긴 하겠지만 넌 죽지 않아. 그리고 다시 깨어났을 때는 무척 재미있는 일을 겪게 될 거야. 아마도 네가 아는 모든 정보를 다 털어놓게 될 테니까, 그때까지 푹 자두라고."

하라간은 어쌔신의 뺨을 툭툭 두드리며 이렇게 중얼거렸다.

그다음 손가락을 세 번 튕겼다.

하라간의 손끝에서 날아간 조그만 포자가 죽은 어쌔신 3명의 목덜미에 박혀 빠르게 뿌리를 내렸다. 그 뿌리가 시체의 혈관을 타고 뻗어 나가 뇌와 심장을 차례로 장악했다.

잠시 후.

구어어어!

어쌔신의 시체가 꿈틀꿈틀 일어섰다. 이건 죽은 자를 일으켜 세워는 네크로맨서의 흑마법과는 전혀 다른 능력이었다. 어쌔신들은 죽기 전에는 사람이었지만, 하라간의 권능에 의해 다시 일어났을 때는 전혀 새로운 종으로 변모했다. 어쌔신 3명의 키는 모두 180 센티미터로 변했고, 체형은 슬림하면서도 역삼각형을 갖추었다. 눈동자는 타는 듯이 붉었고, 피부는 칙칙한 회백색이었다. 이빨은 칼날처럼 뾰족뾰족하게 바뀌었는데, 잇몸이 없어 무척 흉측해 보였다. 머리카락은 모두 밤색으로 바뀌어 허리까지 늘어졌다. 손톱과 발톱은 누런 빛깔을 띠었다.

이것들의 정체는 괴뢰!

혹은 숙주!

하라간은 죽은 이의 시체로 숙주를 만들었다. 꾸물꾸물 일어선 숙주들이 기절한 어쌔신을 어깨에 둘러멨다.

놀라운 점은, 방 안에 여전히 푸른 돔이 쳐 있다는 것이다.

어쌔신들은 분명히 선포했다. 이 마법의 돔 안에서 모든 마정석은 기능을 잃고 마물들은 강제로 숙면에 들 것이라고! 그리하여 모든 솔샤르들은 이 마법의 돔 안에서 힘을 잃게 될 거라 자신했다.

하라간에게는 통하지 않는 선포였다.

하라간은 도플갱어!

그는 마정석을 이용해서 마물과 결합한 것이 아니다. 도플갱어의 권능으로 마물과 하나가 되었을 뿐이다.

Chapter 5

피가 흥건한 방 안.

"아아악!"

"아흐흐흐!"

여자들이 뒤늦은 비명을 질렀다. 어찌나 놀랐던지 그녀들은 제대로 몸도 가누지도 못했다.

당연한 일이었다. 한창 하라간을 유혹하던 중에 어쌔신의 갑자기 나타났으니 우선 놀랄 수밖에 없었고, 그 어쌔신들이 피를 철철 흘리며 죽었다가 해괴한 모습으로 되살아났으니 더더욱 기겁할 수밖에 없었다. 여인들은 도통 정신을 차리지 못했다.

게다가 침대 옆에는 그녀들의 친구 한 명이 죽어 나자빠졌다. 운이 나쁘게 어쌔신의 비수에 가슴이 꿰뚫린 탓이었다.

하라간이 나른한 눈빛으로 여자들을 바라보았다.

여자들이 이빨을 딱딱 마주쳤다.

"아으으, 살려 주세요."

"저희는 전혀 모르는 일입니다. 저희는 정말 모릅니다.

흐흐흑!"

겁에 질린 여인들은 침대 밖으로 뛰쳐나와 하라간의 발밑에 납죽 엎드렸다. 피를 흠뻑 머금은 양탄자 때문에 그녀들의 옷이 붉게 젖어들었다. 하지만 지금 그녀들은 옷을 신경 쓸 겨를이 없었다. 혹시라도 어쌔신과 한패로 오해를 받을까 봐 두려워 부들부들 떨 뿐이었다.

하라간이 중얼거렸다.

"그렇게 두려워할 필요 없다. 너희는 그저 프타의 명령에 따라 나를 즐겁게 해 줄 생각이었겠지."

"그렇사옵니다. 저희는 그저 주인님의 명에 따라 귀인께 봉사할 생각이었습니다. 이 암살자들과 저희는 전혀 모르는 사이이옵니다."

"흐흐흑! 제발 저희의 말을 믿어 주소서. 흐흐흐흑!"

여인들이 눈물을 펑펑 흘렸다.

하라간은 흔쾌히 고개를 주억거렸다.

"믿어 주고말고."

여인들이 고개를 번쩍 들었다.

"네에? 정말 저희의 말을 믿어 주시는 것이옵니까?"

"저희를 벌주지 않으실 것이옵니까?"

"그래. 나는 죄 없는 이에게 벌을 내리는 사람이 아니다."

"으흐흑! 감사하옵니다."

"하라간 님, 감사하옵니다."

여인들은 엉금엉금 기어와 하라간의 발등에 입을 맞추었다. 바닥에 뿌려진 피가 온몸을 적셔도 그녀들은 상관하지 않았다.

그저 죽은 줄 알았던 목숨이 되살아나 감격하고 또 감격할 뿐이었다.

그때였다.

"하라간 님!"

"괜찮으십니까?"

라티파와 레다 자매가 방문을 그대로 부수며 안으로 뛰어들어 왔다.

쌍둥이 자매의 어깨 너머로 처참하게 부서진 복도가 살짝 엿보였다. 복도 벽면엔 거인이 손톱으로 할퀴고 지나간 것처럼 기다란 흔적이 남았고, 천장과 바닥엔 소용돌이가 뚫고 지나간 것처럼 구멍이 뚫린 상태였다.

라티파와 레다 자매는 단지 복도를 부수며 쳐들어온 것이 아니었다. 길게 이어진 복도 곳곳엔 피투성이가 되어 벽에 기대거나 바닥에 쓰러진 병사들이 한가득이었다. 그 병사들 가운데는 마물과 결합한 솔샤르들도 제법 섞여 있었다.

하라간은 레다에게 시선을 던졌다.

레다는 지금 마물과 결합한 상태!

그녀의 몸 주변엔 거무튀튀한 방패 19개가 둥실 떠올라 위성처럼 빙글빙글 돌아가는 중이었고, 그 방패 사이로 시커먼 창 24개가 돋아나 있었다.

이것은 해구 1층 레벨의 마물 막레르!

연해—해구—심해저로 구분되는 마해에서 연해와 해구의 마물은 전투력 차이가 엄청나다. 감히 겁도 없이 레다에게 덤벼들었던 솔샤르들은 모두 피바다에 나뒹구는 중이었다.

하라간이 라티파를 나무랐다.

"쯧쯧쯧! 내가 신호를 보내면 그때 들어오라니까."

라티파가 얼굴을 붉혔다.

"죄송합니다, 하라간 님. 하지만 안에서 병장기 부딪치는 소리가 들리고 비명이 울려서 그냥 있을 수가 없었습니다."

"프타는 붙잡았나?"

"네. 일이 터지자마자 네페르와 우세르가 프타를 인질로 붙잡았고, 융과 테티가 엄호를 하는 중입니다."

하라간이 라티파와 대화하는 동안 숙주들은 실내 네 귀퉁이에 박힌 푸른 돌을 수거했다. 4개 방위에서 돌을 빼내자 마법의 돔이 스르륵 해제되었다.

라티파가 바닥에 엎드린 여자들을 매섭게 노려보았다.

"이 여자들도 프타의 사주를 받은 한패겠지요?"

"아니. 걔들은 프타에게 이용만 당했을 뿐이야. 그냥 놔줘."

하라간이 이렇게까지 말하자 라티파도 어쩔 수 없었다.

"네, 하라간 님."

"감사합니다. 감사합니다. 흐흐흑!"

"저희 미천한 것들의 목숨을 살려 주셔서 감사합니다."

라티파가 눈짓을 보내자 여인들은 후다닥 밖으로 나갔다.

"자, 이제 프타를 만나러 가 볼까? 그 두툼한 입술로 뭐라고 변명을 하는지 들어 봐야지."

하라간이 휘적휘적 걸었다.

라티파와 레다가 그 뒤를 바짝 쫓았다.

Chapter 6

폐허가 된 복도를 걸으면서 하라간은 손가락을 몇 번 튕겼다. 그의 손끝에서 날아간 포자가 죽은 병사의 목덜미로 파고들어 뇌와 심장에 뿌리를 내렸다. 이윽고 시체가 우두둑 변형을 시작했다. 눈이 빨갛고 이빨이 뾰족한 숙주들이 주섬주섬 일어나 좀비처럼 하라간의 뒤를 쫓았다.

건물 밖은 지금 치열한 대치 중이었다.

화려하게 차려진 연회장 중앙.

키가 작고 뚱뚱한 주근깨 소년이 한 손으로 프타의 머리카락을 우악스레 쥐고 다른 손으로 프타의 목에 칼을 들이민 모습이 보였다. 소년은 하라간의 친위대원 가운데 한 명인 우세르였다.

우세르의 마물은 아이쉐아!

연해 3층에서 주로 서식하는 이 마물은 생김새가 전갈, 혹은 지네와 비슷하며, 총 24개, 즉 12쌍의 다리를 지녔다. 아이쉐아의 몸통 길이는 무려 30 미터에 달하며, 입 좌우에 돋아난 갈고리 모양의 뿔에서 강한 독침을 쏘아 내는 것이 특징이었다. 또한 아이쉐아는 꼬리에도 강렬한 독침을 감추고 있었다.

지금 우세르는 마물을 겉으로 불러낸 상태.

덕분에 우세르의 하반신은 두 다리 대신 거대한 마물의 몸통으로 대체되었고, 하늘을 향해 전갈처럼 둥글게 말린 꼬리에는 독액이 뚝뚝 흐르는 독침이 길게 뻗어 나온 상황이었다.

그 독침이 하늘에서 땅을 바라보며 프타의 머리통을 겨냥했다. 독특하게도 독침 표면에 이빨이 뾰족한 마물의 아가리가 자리해서 입을 쩍 벌리고 있었다.

우세르의 옆쪽엔 네페르가 자리했다. 네페르는 양손을 좌우로 뻗어 언제라도 용암을 뱉어 낼 준비를 마쳤다.

네페르의 마물은 그누크!

연해 3층에 서식하는 희귀한 마물은 용암을 분출해서 적을 공격하는 것이 주특기였다.

우세르와 네페르 앞에는 융과 테티가 나서서 사방을 경계하는 중이었다.

융의 마물은 막케토!

지금 융의 양팔은 네 갈래로 갈라져 있었는데 각 갈래마다 전기뱀장어처럼 생긴 마물이 돋아나 꿈틀거렸다. 그 4개의 머리에서 방출되는 전하가 4개의 머리통 사이의 빈 공간에 차곡차곡 쌓여 시퍼런 에너지 기둥을 형성했다.

이 전하가 방출되면 강렬한 전기 에너지가 무려 100 미터 길이로 뻗어 나간다.

융은 언제라도 공격할 태세를 갖추고 매의 눈으로 전방을 둘러보았다.

한편 융의 왼쪽은 테티가 방어를 맡았다.

테티의 마물도 아이쉐아!

테티의 하반신은 12쌍의 다리를 가진 거대한 지네처럼 변한 상태였고, 테티의 등 뒤엔 아위쉐아의 머리가 목을 길게 빼고 튀어나와 허공에서 까딱거렸다. 아이쉐아의 아가리 좌우 양쪽에 돋아난 둥근 뿔에선 독액이 뚝뚝 흘렀다.

츠르르— 츠르르르—

테티의 아위쉐아는 방울뱀 우는 소리를 내면서 적들을 위협했다.

융과 테티의 앞쪽.

창과 방패로 무장한 병사들이 융과 테티를 포위 중이었다. 병사들 사이사이, 솔샤르의 모습도 보였다. 키야의 솔샤르들은 마물을 꺼내 놓고 융 일행과 대치 중이었는데, 다들 적대감 가득한 눈빛으로 융과 테티를 노려보았다.

그도 그럴 것이, 양측 사이엔 끔찍하게 뭉그러진 시체가 잔뜩 널브러져 있었다.

그 시체들은 모두 키야의 병력들. 이 가운데 절반은 아이쉐아의 독침에 쏘여 몸이 퉁퉁 붓고 피부가 시퍼렇게 썩어 들어가는 중이었고, 나머지 절반은 고압 전기에 노출되어 뼈까지 타 버린 모습이었다.

키야의 솔샤르 가운데 가장 선임자가 나서서 호통을 쳤다.

"이게 무슨 짓이오? 호의로 연회를 베풀고 정성껏 대접을 했더니 갑자기 프타 님을 인질로 잡고 우리 동료들을 죽이다니!"

그러자 주변 솔샤르들이 함께 나섰다.

"어서 프타 님을 풀어 주시오!"

"그렇지 않으면 우리도 가만있지 않겠소."

키약의 솔샤르들이 흥분하자 그들과 결합한 마물들이 날카로운 포효를 질렀다.

하지만 융과 테티는 눈썹 하나 까딱하지 않았다.

그때 하라간 일행이 건물 밖으로 나왔다.

레다가 버럭 소리를 질렀다.

"이 무엄한 것들! 지금 이 자리엔 장차 이 나라의 모든 과업을 물려받으실 하라간 님이 친림하셨느니라. 너희가 감히 하라간 님 앞에서 무기를 꺼내 들고도 목이 남아날 줄 아느냐?"

레다의 호통엔 그녀와 결합한 막레르의 기세가 고스란히 실려 있었다.

막레르는 해구 레벨의 마물!

달리 '귀족'으로 분류되는 상위 포식자다. 막레르의 등장에 키야의 솔샤르들이 목을 움츠렸다. 게다가 하라간의 이름이 거론되자 솔샤르들의 마음이 한층 더 위축되었다.

레다가 한 번 더 호통을 쳤다.

"이런, 이런! 이 찢어 죽여 마땅한 놈들을 봤나! 너희가 감히 하라간 님 앞에서 무기를 겨누다니! 내 오늘의 이 일을 위대하시고 또 위대하신 분께 아뢰어 이곳 키약을 개미 새끼 한 마리 남기지 않고 모조리 도륙해 버릴 것이다."

위대하시고 또 위대하신 분!

너무나 높아 감히 그 이름을 입에 담을 수도 없는 분!

군나르가 거론되자 솔샤르들의 안색이 하얗게 질렸다. 겁에 질린 솔샤르 가운데 일부가 무기를 땅에 내려놓고 마물을 거둬들인 다음 무릎을 꿇었다. 그렇게 한 명, 두 명 항복하자 나머지 솔샤르들도 차례로 무너졌다.

솔샤르에 이어 일반 병사들도 모두 항복을 표시했다.

"크으윽!"

부하들이 무너지는 모습에 프타가 입술을 꽉 깨물었다.

조금 시간이 흐르자 프타의 부하들 가운데 아무도 서 있는 사람이 없었다.

오직 한 명.

선두에 나섰던 선임자만이 반쯤 무릎을 꿇고 쥐어짜듯 물었다.

"우리는 감히 하라간 님께 대적할 마음이 없습니다. 하지만 이유라도 알려 주시기 바랍니다. 하라간 님의 친위대인 그대들이 왜 프타 님을 포박하고 인질로 잡으신 것입니까?"

"그건, 여기 있는 프타가 감히 하라간 님을 함정에 빠뜨려 목숨을 위협했기 때문이다."

콰쾅!

키약의 솔샤르들은 입을 쩍 벌렸다.

하라간의 목숨을 노렸다니!

그렇다면 이건 반역이다. 만약 이 사실이 군나르의 귀에 들어간다면 이곳 키약의 모든 생명체가 떼죽음을 당할 수도 있다.

"그, 그게 정말입니까?"

키약의 솔샤르들이 붉게 충혈된 눈으로 프타를 바라보았다.

프타는 힘차게 도리질을 했다.

"거짓말! 거짓말! 나는 그런 적이 없소. 하라간 님, 하라간 님, 제발 소신의 말을 믿어 주십시오. 위대하시고 또 위대하신 분의 후계자를 저같이 미천한 자가 어찌 감히 도모할 수 있단 말입니까? 소신은 절대 아닙니다. 저들이 지금 하라간 님의 눈과 귀를 가리고 소신을 음해하고 있습니다."

라티파가 코웃음을 쳤다.

"흥! 변명하지 마라. 감히 하라간 님을 공격한 자들은 이미 죽음을 당했거나 포로로 붙잡혔다. 그 포로가 입을 여는 순간, 모든 것이 다 밝혀질 것이다."

라티파는 말을 하면서 숙주를 가리켰다.

사람들의 눈길이 숙주에 어깨에 걸려 축 늘어진 어쌔신에게 향했다.

프타의 눈동자가 미세하게 흔들렸다.

하지만 프타는 끝까지 잡아뗐다.

"하라간 님, 이건 음해이옵니다. 저자가 누구인지 소신은 모릅니다. 제발 소신의 말을 믿어 주십시오."

하라간이 선뜻 고개를 끄덕였다.

"그래. 난 그대의 말을 믿어."

프타의 얼굴이 환해졌다.

"그렇지요. 영명하신 하라간 님께서는 역시 세상의 옳고 그름을 판별하는 눈을 지니셨습니다. 그 날카로운 눈으로 소신의 죄가 없음을 알아봐 주시니 정말 다행이옵니다."

프타의 말이 채 끝나기도 전에 하라간이 말을 이었다.

"그러니까 그대는 안심하고 나를 따라오면 돼."

"따라……오라니요? 어디로 가신다는 말씀인지요?"

프타가 불안하게 눈을 굴렸다.

하라간은 손가락으로 동남쪽을 가리켰다.

"어디긴? 저기 사막 너머 수도로 가야지. 거기 가면 진실을 캐내는 재주를 가진 사람들이 많거든. 만약 그대가 죄가 없으면 아주 간단한 조사만 받고 풀려날 거야. 그러니 걱정하지 마."

"커헉! 하라간 님!"

하얗게 질렸던 프타의 안색이 이번엔 새까맣게 죽었다.

제5화

게브를 손에 넣다

Chapter 1

하라간 일행은 사막 도시 키약을 출발해 다시 군나르 왕국의 수도로 향했다. 지리적 여건상 이번에도 카말 대사막을 횡단할 수밖에 없었다.

구름 한 점 없이 까만 하늘에 은색 별이 총총히 떴다. 물결치듯 구불텅구불텅한 모래 언덕을 열다섯 마리 낙타가 일렬로 올라갔다. 등이 두 번 굽은 쌍봉낙타들이었다. 털이 지저분하게 뒤엉킨 낙타들은 기다란 혀로 자신의 콧구멍을 핥으며 터벅터벅 발걸음을 옮겼다. 길게 자란 낙타의 속눈썹에 모래알갱이들이 다닥다닥 달라붙었다.

행렬의 선두는 천으로 얼굴을 가리고 등에 삼지창을 멘

남자가 맡았다.

하라간의 친위대원, 융이었다. 융의 어깨엔 매 한 마리가 올라앉아 부리부리한 눈으로 사방을 경계했다.

융의 뒤엔 호저가 뒤따랐다.

수도로 올라가는 것이 불안했던지 호저의 안색은 그리 밝지 않았다. 그는 사막을 건너는 중에 몇 번씩이나 뒤를 돌아보았다. 그때마다 호저의 눈에는 '혹시라도 도망갈 길이 없을까?' 기대하는 마음이 어려 있었지만, 곧바로 머리를 흔들어 그 생각을 지웠다. 이렇게 사방이 탁 트인 사막에서 도망치기란 불가능했기 때문이다.

"후우우—"

호저는 무겁게 한숨을 내쉬었다.

호저의 뒤는 네페르와 레다의 차지였다. 두 소녀는 차광막이 설치된 낙타의 등에 앉아 끝없이 펼쳐진 사막의 풍경을 즐겼다.

하라간은 레다의 바로 뒤에 위치했다.

하라간도 쌍봉낙타의 등에 설치된 차광막 안에 앉아 지그시 눈을 감았다. 하라간의 차광막은 다른 여자들의 차광막보다 더 크고 높았으며, 색깔도 황금색이었다.

라티파가 하라간의 뒤를 바짝 좇았다. 라티파도 머리 위에 하얀색 차광막을 둘렀다.

그 뒤는 우세르가 지켰다.

"얌얌, 맛있다. 헤헤헤!"

식탐이 많은 우세르는 낙타 위에서 계속 입을 우물거렸다. 우세르의 낙타에는 밧줄이 길게 매어져 있었는데, 그 밧줄에 연결된 낙타의 등에는 온몸이 밧줄로 묶인 프타가 앉아 있었다. 수염이 덥수룩하게 자란 프타는 무척 초췌해 보였다.

프타의 뒤를 쫓는 낙타의 등엔 포로로 붙잡힌 어쌔신이 짐짝처럼 얹혀 있었다. 어쌔신은 아직까지도 정신을 차리지 못하고 기절한 상태였다.

행렬의 마지막은 테티가 책임졌다. 테티는 융과 비교할 만큼 키가 크고 무술 실력이 뛰어난 소년이었을 뿐 아니라 집안도 빵빵했다. 테티는 하라간의 큰외삼촌인 메렌레의 아들이자, 하라간과는 외종사촌 사이였다. 그 테티가 행렬의 맨 뒤에서 후방의 안전을 담당했다.

테티는 짐을 짊어진 낙타 다섯 마리도 함께 챙겼다.

하라간!

하라간을 보필하는 6명의 친위대!

꼽추 호저!

키약의 토후였다가 포로로 붙잡힌 프타!

하라간을 암습했던 정체불명의 어쌔신!

이상 10명이 열 마리의 낙타를 타고 카말 대사막을 횡단했다. 등에 짐을 실은 여분의 낙타 다섯 마리가 그 뒤를 졸래졸래 쫓았다.

하늘에선 희미한 초승달이 사막의 여행자들을 내려다보고 있었다. 보석 가루처럼 반짝이는 별들이 둥근 호선을 그리며 밤하늘을 지나갔다.

사막에선 시간이 느리게 흘렀다.

지루하기 짝이 없는 카말 대사막을 관통해 봉긋한 산허리를 끼고 돌자 황금색으로 물든 밀밭이 나타났다. 너른 곡창지대 저 너머 신기루처럼 대도시가 솟아 있었다.

수십 미터 높이의 각종 조각상들이 시가지 곳곳에 우뚝 서 있고, 도로와 건물들이 반듯반듯하게 정리된 어마어마한 규모의 대도시!

이곳이 바로 군나르 왕국의 수도다.

"와아! 이제 돌아왔구나!"

멀리 수도가 보이자 네페르가 만세를 불렀다. 사막을 횡단하는 것은 무척이나 지루하고 고된 일이었다. 특히 여자들에게는 더욱 가혹했다.

"에이, 찝찝해. 어서 가서 몸부터 깨끗하게 씻어야지. 그 다음 만년설에 꿀을 부어서 만든 시원한 얼음 빙수부터 먹는 거야. 하아! 행복해라.”

네페르는 양손을 모아 뺨에 대고는 행복한 상상에 젖었다.

레다도 무의식중에 입맛을 다셨다.

하라간이 차광막을 반쯤 걷고 모두에게 선물을 주었다.

“그동안 수고 많았지? 수도에 돌아가면 일주일간 휴가를 줄 테니까 다들 푹 쉬라고.”

“진짜요? 아이, 좋아라.”

네페르는 낙타 위에서 손을 들고 덩실덩실 춤을 추었다.

“하하하하!”

그녀의 익살스러운 모습에 친위대원들의 피로가 풀렸다.

뿌우우— 뿌우우우우—

황금 차광막을 얹은 낙타가 접근하자 나팔수들이 성벽 위로 뛰어 올라와 나팔을 불었다.

“성문을 활짝 열어라! 귀하신 분께서 입성하신다.”

수비대장이 목청을 높였다.

구그그그긍!

낡은 천으로 하체만 겨우 가린 건장한 노예 16명이 육중한 성문을 낑낑대고 밀어 활짝 열었다. 높이 5 미터, 넓이 10 미터의 대형 문이었다. 평소에는 이 큰 성문이 통째로

열린 적이 없었다. 수도를 오가는 사람들은 보통 성문 옆의 조그만 문으로 드나들었다.

큰 문이 열리자 주변을 오가던 사람들이 행동을 멈추고 그 자리에 주저앉았다.

나팔수가 이마에 핏줄을 세우고 길게 나팔을 불었다.

뿌우우우우—

물소의 뿔로 만든 나팔이 크고 웅장한 소리를 내었다.

창을 든 병사들은 도로 양편에 늘어서 열을 맞춘 다음, 창대를 높이 들었다가 바닥을 쾅 찍었다. 동시에 발목을 착 붙여 군례를 취했다.

"충! 성!"

하라간은 병사들의 군례를 받으며 성문을 통과한 뒤, 낙타에서 내려 마차로 갈아탔다. 말 열두 필이 끄는 하라간 전용 마차엔 직사광선을 막아 주는 차광막이 설치되어 있었다. 라티파와 레다 자매가 하라간과 함께 마차에 올라 근접 호위를 맡았고, 나머지 친위대원들은 2인승 마차를 타고 하라간을 앞뒤에서 호위했다.

성벽 위에서 수비대장이 다시 목청을 높였다.

"하라간 님께서 복귀하셨다. 어서 왕궁에 이 소식을 전하라."

"넵!"

통신병은 부랴부랴 매를 날렸다. 날개를 퍼덕이며 날아오른 매는 하라간의 마차 위를 가로질러 저 멀리 왕궁을 향해 날아갔다.

수평선을 가득 채우며 펼쳐진 거대한 대도시!

그 중심부로 연결된 큰길 양편에 우뚝 솟은 2개의 조각상이 눈에 두드러졌다. 높이가 무려 100 미터에 달하는 대형 조각상들이었다. 하라간 일행은 두 조각상 사이를 가로질러 왕궁 동문에 도착했다.

뿌우우우―

동문 성벽 위에서 또다시 나팔 소리가 울렸다.

왕궁 수비대장 메렌레가 황급히 달려 나와 하라간의 마차 앞에 한쪽 무릎을 꿇었다.

"충성! 신 메렌레, 하라간 님의 존귀하신 얼굴을 뵙습니다."

하라간은 차광막을 반쯤 들추고 아는 체를 했다.

"큰외삼촌, 오랜만입니다."

"오오! 하라간 님!"

하라간이 큰외삼촌이라고 친근하게 불러 주자 메렌레는 크게 감격했다. 그 벅찬 감정이 메렌레의 얼굴에 고스란히 드러났다.

"조만간 한번 뵙지요."

하라간은 메렌레를 스쳐 지나가며 이렇게 속삭였다.

그 말에 메렌레의 얼굴이 확 밝아졌다.

"네, 하라간 님."

마차와 말이 차례로 성문 안에 들어가고, 마침내 테티가 통과할 차례가 되었다. 테티는 메렌레의 친아들이었다.

"아버님, 하라간 님을 모시고 잘 다녀왔습니다."

테티가 2인승 마차 위에서 꾸벅 머리를 숙였다.

메렌레는 짧게 아들의 인사를 받았다.

"오냐, 수고했다. 지금은 임무에 충실하고, 나중에 집에서 보자."

"알겠습니다, 아버님."

행렬의 꼬리 부분, 그러니까 짐을 실은 말들까지 모두 성문을 통과하자 메렌레가 주먹을 번쩍 들었다.

"성문을 닫아라!"

뿌우— 뿌— 뿌—

나팔이 짧게 세 번 울리고, 왕궁 성문이 다시 굳게 닫혔다.

무더위가 기승을 부리는 오후 2시의 일이었다.

Chapter 2

하라간의 전용 마차는 넓은 왕궁을 일직선으로 파고들었다. 왕궁 내부 겹겹이 둘린 관문들이 모두 활짝 열려 하라간의 복귀를 반겼다.

히이이힝!

마차를 끄는 열두 필의 말은 웃전 입구에서 발걸음을 멈추고 투레질을 했다.

"하라간 님께서 도착하셨다."

"어서 안으로 뫼시어라."

웃전의 환관들이 우르르 달려 나와 하라간 앞에 머리를 조아렸다.

"하라간 님, 어서 안으로 드시지요."

"위대하시고 또 위대하신 분께서 애타게 기다리고 계시옵니다."

환관들이 발을 동동 굴렀다.

"가자."

하라간은 환관들을 앞장세웠다.

"하라간 님, 저희는 여기서 기다리겠습니다."

레다가 하라간의 등 뒤에서 목청을 높였다.

"음."

하라간은 뒤도 돌아보지 않고 고개만 끄덕였다.

이곳은 군나르가 머무는 성역!

제아무리 하라간의 친위대원이라고 하더라도 감히 이곳에 발을 들일 수는 없다. 6명의 친위대원들은 웃전 입구에서 팔짱을 끼고 대기 상태에 들었다.

"으아하함!"

여독이 남아 몸이 나른한 네페르가 길게 하품을 했다.

웃전의 복도는 꼬불꼬불하게 굽어 있었다. 복도에 드리워진 촘촘한 대나무 발이 태양광을 적당히 차단한 덕분에 실내는 어둡고 아늑했다. 복도에 인접한 문 안엔 호위 무사들이 일정한 간격으로 배치되어 있었는데, 그들은 모두 솔샤르였다. 하라간은 눈으로 보지 않고서도 무사들의 은신처 및 그들의 무력 수준을 파악했다.

무사들 가운데 일부는 환관이었고, 또 일부는 환관이 아닌 솔샤르였다.

하라간이 복도 중간쯤 걸어가고 있을 때 맞은편에 두 사람이 등장했다.

연보라빛 튜닉을 입고 어깨에 황금빛 숄을 두르고 머리에 칠보관을 쓴 중년 여인. 그리고 그 중년 여인의 손을 꼭 붙잡은 귀여운 꼬마 아가씨.

"어머?"

40대 초중반으로 보이는 중년 여인은 하라간을 발견하고는 걸음을 잠시 멈췄다. 그러곤 입가에 부드러운 미소를 담았다.

귀여운 꼬마 아가씨도 눈을 반짝이며 하라간을 바라보았다.

"헤에, 예쁜 오빠다."

꼬마 아가씨는 하라간의 아름다운 용모를 힐끔거리다가 하라간과 시선이 마주치자 볼을 발갛게 물들이며 눈을 내리깔았다. 그러다 하라간이 성큼 다가오자 부끄러움을 느끼고는 몸을 배배 꼬기 시작했다.

"마이림 님."

하라간이 먼저 아는 체를 했다.

여인의 이름은 마이림.

그녀는 군나르의 친딸이자 하라간에게는 고모할머니가 되는 지체 높은 왕족이었다. 마이림은 겉보기로는 40대의 외모지만 실제 나이는 올해로 83세나 되었다.

한편 마이림에게 딱 달라붙어 있는 꼬마 아가씨는 마이림의 친손녀인 아뮤넷이었다. 아뮤넷의 나이는 올해 여덟 살. 부모를 모두 잃은 아뮤넷에겐 마이림이 유일한 보호자였다.

하라간이 다가오자 마이림은 무릎을 꿇고 고개를 살짝 조아린 다음, 다시 일어나 부드러운 표정으로 물었다.

"어머! 이게 누구야? 중요한 일을 처리하러 외부에 나갔다고 들었는데. 갔었던 일은 잘 처리된 게지요?"

하라간이 대답을 하기도 전에 수석 환관이 끼어들었다.

"마이림 님, 참으로 송구하오나 하라간 님께선 위대하시고 또 위대하신 분의 과업을 이어받으실 분이시옵니다. 이런 말씀을 드리기는 정말 죄송하오나 외부에 보는 눈들이 있으니 하라간 님의 위엄을 존중해 주심이 좋을 듯하옵니다."

수석 환관은 조심스레 직언을 올렸다. 어렵게 빙 돌려 말하고 있으나, 수석 환관의 말뜻은 단순했다.

하라간 님은 장차 이 왕국을 물려받을 후계자시니 극존칭을 써 달라!

이것이 수석 환관이 말하고자 하는 바였다.

'흥! 이것들이 감히!'

마이림의 눈가에 얼핏 불쾌한 기색이 스쳐 지나갔다. 하지만 마이림은 곧바로 표정을 풀고는 손으로 입가를 가리고 웃었다.

"어머! 내 정신 좀 봐! 우리 하라간 님을 만난 것이 너무 반가워서 그만 말실수를 했네요. 다른 사람들이 보는 앞에서는 내가 마땅히 존칭을 써 줘야지요. 호호호! 하라간 님, 제가 실수를 했답니다. 너그러이 용서하소서."

"괜찮습니다, 마이림 님."

하라간은 마이림의 어투에 크게 신경 쓰지 않았다. 그렇다고 마이림에게 '고모할머니'라고 친근하게 부른 적도 없었다. 언제나 그렇듯이 하라간은 마이림과 일정한 거리를 두고 냉랭하게 대했다.

마이림도 그 사실을 느끼고 있었다.

'요 괘씸한 녀석. 나를 대하는 네 녀석의 태도가 아주 가관이구나!'

속으로는 이렇게 노여워했지만, 노련한 마이림은 속마음을 겉으로 내비치지 않았다.

"이런! 하라간 님처럼 바쁘신 분을 붙잡고 제가 주책을 떨었습니다. 다음에 다시 뵙겠습니다, 하라간 님."

"네, 또 뵙지요."

인사와 동시에 하라간이 등을 돌렸다. 하라간은 뒤도 돌아보지 않고 환관들에게 둘러싸여 모습을 감추었다.

마이림의 서늘한 눈빛이 그런 하라간의 뒷모습을 쫓았다.

"할머니?"

아뮤넷이 커다란 눈을 깜빡이며 마이림을 올려다보았다.

시선을 돌려 아뮤넷을 내려다보는 순간 마이림의 눈에서 서늘한 기색이 사라졌다. 마이림은 곱게 빗은 아뮤넷의 머리를 쓰다듬은 다음, 화제를 돌렸다.

"우리 아뮤넷, 오후 간식을 줘야지? 오늘은 우리 뭘 만들어 먹을까?"

"으응? 응…… 얼음에 재운 밀과자?"

"어머나! 아뮤넷! 할머니도 마침 그게 먹고 싶었는데! 아유, 우리 귀염둥이는 어쩌면 이렇게 나랑 마음이 잘 맞을까? 그래. 오늘은 우리 밀과자를 얼음에 재워서 먹자. 시녀들에게 얼음을 곱게 빻아 오라고 시켜야겠다."

"네, 좋아요! 히히히! 어서 가요."

신이 난 아뮤넷이 마이림의 손을 잡아끌었다.

"호호호호! 그렇게 좋을까?"

마이림이 모처럼 마음을 열고 웃었다. 다른 사람들에게는 문을 꽁꽁 닫고, 오직 아뮤넷에게만 마음을 여는 마이림이었다.

Chapter 3

웃전의 꼬불꼬불한 복도와 8개의 문을 차례로 지나자 마침내 마지막 아홉 번째 문이 나타났다. 30 센티미터의 높이의 대리석 단 위에 설치된 문 입구엔 소용돌이치는 모양의 금박 옷으로 가슴과 엉덩이만을 가린 반라의 미녀 2명이 무릎을 꿇고 대기 중이었다.

하라간을 모시고 온 환관이 문을 향해 무릎을 꿇고 목소리를 가다듬었다.

“위대하옵고 또 위대하신 분이시여, 하라간 님께서 오셨나이다.”

잠시 후 반라의 미녀가 대신 대답했다.

“안으로 들라고 하십니다.”

말과 동시에 문이 열렸다.

문 안쪽에서 쌉싸래한 향기가 흘러나왔다. 직사각형의 길쭉한 방 천장엔 수천 개의 약봉지가 주렁주렁 매달려 있었다. 약봉지 너머 기다란 방 저편에 수염이 희끗희끗한 노인이 바른 자세로 앉아 있는 모습이 보였다.

노인은 하얀 옷에 사자 갈기로 만든 숄을 두르고 검은 바탕에 금색 줄무늬가 새겨진 지팡이를 든 차림이었다. 노인의 눈 주변에 칠해진 짙은 스모키 화장이 위엄을 더했고, 눈빛은 어둠을 불살라 버릴 듯이 날카로웠다.

이 노인이 바로 군나르 아르네 솔샤르!

북부의 아홉 군주 가운데 한 명이자 이곳 군나르 왕국의 지배자다.

하라간은 성큼 방 안으로 들어가 왼쪽 가슴에 오른쪽 주먹을 대고 무릎을 꿇었다.

"위대하고 또 위대하신 분을 뵙습니다."

"허어! 그렇게 예의 차릴 것 없다. 어서 이리 와서 앉거라. 허허허!"

군나르가 하라간을 향해 손짓을 했다.

하라간을 바라보는 군나르의 눈빛은 아뮤넷을 바라보는 마이림의 그것을 닮아 있었다. 너무나 부드럽고 따사로워서 애정이 절로 느껴지는 눈빛. 그 눈빛을 접하자 하라간의 입가에 절로 미소가 걸렸다.

"어서 오라니까."

군나르가 한 번 더 재촉했다.

하라간은 그제야 자리에서 일어나 앞으로 다가갔다.

"할아버님, 제가 자리를 비운 동안 별일 없으셨지요?"

군나르 앞에 앉은 하라간은 증조부의 주름진 손을 붙잡았다. 세상에서 군나르의 허락 없이 그의 손을 먼저 잡을 수 있는 사람은 하라간이 유일했다.

군나르가 하라간의 손을 꼭 마주 잡았다.

"허허! 이 안에서 별일이 있을 리가 있나. 하라간, 너는 어떠했느냐? 대사막을 횡단하느라 고생이 많았지?"

말을 하는 와중에도 군나르의 눈은 우리 귀한 증손주가 어디 다친 곳이라도 없나 샅샅이 살피느라 바빴다.

하라간이 천천히 고개를 가로저었다.

"고생이라니요? 그런 건 없었습니다. 오히려 사막 여행이 나름 재미있더라고요. 비록 성과는 없이 허탕만 쳤지만 말입니다."

"엉? 허탕을 쳤어? 왜? 키약에 변종 마물이 없었더냐?"

군나르의 반문에 하라간이 쓴웃음을 지었다.

"아닙니다. 변종 마물이 있기는 했는데, 여우 같은 것들에게 그만 선수를 빼앗겼습니다. 송구합니다."

순간 군나르의 얼굴에 노기가 어렸다.

"빼앗겨? 어느 놈이 감히!"

콰앙!

군나르는 탁자를 손바닥으로 내리쳤다.

"대체 누가 감히 우리 증손자가 세울 공을 가로챘더란 말이냐?"

단단한 원목 탁자 위에 군나르의 손바닥 자국이 10 센티미터 깊이로 찍혔다. 강렬한 독 기운 탓에 손바닥 자국 주변이 시꺼멓게 타들어 갔다.

군나르가 노여움을 토하자 벽 너머에 은신 중이던 호위무사 4명이 반사적으로 튀어나와 군나르를 향해 무릎을 꿇었다. 4명 모두 하얀 의복에 하얀 천으로 얼굴을 가린 모습들이었다.

하라간은 뒤도 돌아보지 않고 이들 4명의 수준을 파악했다.

'해구 2층 레벨의 솔샤르들.'

해구 2층 레벨이면 보기 드문 강자들이다.

군나르가 4명의 수하들을 향해 낮게 으르렁거렸다.

"잡아오너라. 하라간의 공을 가로챈 자들을 당장 붙잡아 내 앞에 대령해."

"넷!"

4명의 무사들이 한목소리로 대답하고는 곧장 행동에 나서려고 했다.

하지만 바로 이어지는 하라간의 말에 동작을 멈출 수밖에 없었다.

"불가능할 겁니다."

"뭐?"

군나라가 하라간을 돌아보았다.

하라간은 주전자에서 찻물을 따라 마시며 덤덤하게 아뢰었다.

"변종 마물을 가로채 간 자들을 잡아 오는 것이 불가능할 거라고 말씀드렸습니다."

"어째서? 너는 이 할아비의 힘을 믿지 못하겠다는 것이냐? 이곳에서 내가 마음먹어 찾지 못할 자는 없다. 데려오지 못할 자도 없다."

군나르가 오만한 표정을 지었다.

"당연한 말씀이시지요. 하지만 변종 마물을 가로채 간 범인들은 우리 왕국에 있지 않습니다. 저 먼 북부, 토브욘에 꽁꽁 숨어 있거든요."

"토브욘!"

군나르의 눈썹이 꿈틀 움직였다.

"하면, 네 공을 가로채 간 자들이 토브욘의 개들이란 말이냐?"

"그렇습니다. 제가 키약에 도착했을 때 녀석들은 이미 변종 마물의 사체를 마력함에 싣고 도망친 상태였습니다."

토브욘은 북부의 아홉 왕국 가운데 가장 마법이 발달한 곳이다. 그곳의 마력함이 출현했다면 하라간이 뒤를 따라잡을 방법이 없었을 것이다.

군나르는 주먹을 불끈 쥐었다.

"끄으응! 토브욘 놈들이 대체 어떻게 알고 그곳에 나타났단 말인가! 저 먼 북해에 사는 녀석들이 사막 도시 키약에 변종 마물이 등장할 것을 어찌 알고?"

토브욘 왕국과 군나르 왕국은 결코 가까운 거리가 아니

었다. 군나르는 저들이 어떻게 변종 마물의 등장을 예측했는지 이해할 수가 없었다.

하라간은 차를 한 모금 목으로 넘기고는 말을 이었다.

"할아버님, 그리고 또 한 가지 말씀드릴 일이 있습니다."

"무엇이냐? 또 무슨 일이 있었어?"

"말씀드리기 송구하오나, 키약에서 감히 저를 암살하려는 자들이 있었습니다."

"뭐랏? 암살!"

암살이라는 단어를 들었을 때 군나르가 보인 반응은 그야말로 폭발하는 활화산 같았다. 그렇지 않아도 손이 귀한 군나르였다. 왕국을 물려받을 후계자가 암살 위협을 받았다면 이보다 더 큰 일은 없었다. 군나르의 등 뒤로 무시무시한 기세가 뻗어 나가 벽을 할퀴고, 방 안 기물을 갈가리 찢어 놓았다. 웃전 건물이 통째로 진동했다.

"어떤 놈들이 가암히! 가아암히! 으드득!"

군나르의 두 눈이 시퍼런 광채를 토했다. 4명의 호위 무사들이 그 기세를 견디지 못하고 벌벌 떨었다. 반면 하라간은 아무렇지도 않게 홀짝홀짝 차를 들이켰다.

'으음! 차향이 그윽하네. 이게 무슨 차라고 했더라?'

긴 여행의 끝에 음미하는 쌉쌀한 차가 아주 꿀맛이었다.

Chapter 4

하라간에 대한 암살 시도!

실로 엄청난 일이 터졌다. 이건 군나르 왕국 전체에 피바람을 일으킬 만한 중대 사건이었다.

하지만 군나르 왕궁의 분위기는 생각보다 평온했다. 하라간이 "키야에서 벌어진 사건을 비밀에 붙여야 범인을 잡기 쉽습니다."라고 군나르를 설득한 덕분이었다.

대신 하라간은 군나르로부터 중요한 권력 한 가지를 양도받았다.

바로 왕국의 비밀 감찰 조직 '게브'

군나르는 충성심이 강한 환관들을 부려서 감찰 조직을 만들었는데, 그 명칭이 게브였다. 게브의 환관들은 주로 권력이 강한 대신들의 뒷조사를 도맡았다.

예전 라티파는 하라간에게 다른 것은 몰라도 게브는 최대한 빨리 손에 넣어야 된다고 충언을 올린 적이 있었다.

하라간은 그 말을 잊지 않고 염두에 두고 있었는데, 드디어 그 게브가 하라간의 손에 들어왔다.

군나르 왕궁 지하의 밀실.

횃불이 만들어 낸 그림자가 칙칙한 회백색 벽 위에서 춤을 추었다.

군데군데 검붉은 핏물이 묻은 벽!

천장에 주렁주렁 걸려 있는 고문 도구!

이런 것들이 한데 어울려 스산한 분위기를 자아내었다.

정치범에 대한 고문 용도로 사용되는 밀실 한가운데는 피부가 벗겨지고 살이 해체된 비대한 고깃덩이가 쇠사슬에 묶여 대롱대롱 매달려 있었다.

그 앞에서 가죽 마스크로 얼굴의 절반을 가린 고문관 3명이 생닭을 뜯어먹었다. 고문관들의 입가는 고기 기름과 피가 얼룩져 보기 싫게 번들거렸다.

형체도 알아보기 힘들게 뭉개진 고깃덩이의 정체는 프타.

키약의 토후였던 그가 군나르 왕궁으로 끌려와 말로 형언할 수 없이 가혹한 고문을 받는 중이었다. 프타는 피에 물들고 퉁퉁 부은 눈으로 고문관들을 내려다보았다. 그의 가슴엔 긴 흉터가 남아 있는데, 마물과 결합한 마정석을 강제로 빼낸 흔적이었다.

"크크크!"

프타의 터진 입술 사이로 웃음이 흘러나왔다.

'어쩌다 내가 이 꼴이 되었을까? 키약의 토후였던 내가

어쩌다가?'

프타는 '어쩌면 이게 다 꿈이 아닐까?' 라는 생각을 했다. 그러자 터져 나오는 웃음을 참을 수가 없었다.

"어엉?"

"저게 웃는다."

"이쁜이가 웃어. 우흐흐."

고문관들이 생닭을 뜯어먹다 말고 프타를 올려다보았다.

인성이라고는 찾아볼 수 없는 충혈된 짐승의 눈!

고문관들의 눈빛은 사람의 것이 아니었다. 처음 저들의 눈을 보았을 때 프타는 심장이 덜컥 내려앉는 줄 알았다.

그런데 지금은 오히려 웃음이 나왔다.

"크크크큭!"

프타가 툴툴거리며 웃었다. 이빨을 몽땅 뽑힌 탓에 웃을 때마다 프타의 입 안에서 핏물이 흘러나왔다.

"으흐흐!"

고문관 가운데 한 명이 두툼한 입술을 뒤틀며 웃었다.

"크크크큭!"

프타가 마주 웃었다.

"으흐흐흐흐!"

실실 웃던 고문관이 닭 뼈를 내팽개치고 일어나 프타에게 다가왔다.

"크큭! 크큭! 크크큭! 크하하하!"

프타는 좀 더 거세게 웃었다.

"우흐흐흐!"

고문관도 좀 더 입을 벌리고 활짝 웃었다. 누런 이빨 사이로 생닭의 찌꺼기가 낀 모습이 보기에도 끔찍했다. 얼굴이 맞닿을 정도로 가까이 다가온 고문관은 프타의 등 뒤로 돌아가 바지를 주섬주섬 풀었다.

"크헙!"

그러자 프타의 얼굴에서 웃음이 사라졌다.

지금까지 프타가 받은 100여 가지 고문 가운데 가장 끔찍한 고문!

영혼이 산산이 파괴되고, 인간이기를 포기하게 되는 그 지독한 고문!

"우흐흐흐!"

프타의 목덜미에 고문관의 뜨거운 콧김이 닿았다. 고문관이 입을 벌리자 고기 썩는 고약한 냄새와 역한 비린내가 함께 끼쳤다.

"우욱! 우우욱!"

고문관의 손이 자신의 엉덩이를 벌리는 순간 프타는 헛구역질을 했다.

"이, 이쁜이. 범, 범해 줄게. 우흐흐!"

등 뒤에서 고문관이 더듬거리며 속삭였다. 그의 억센 손이 프타의 얼굴을 꽉 움켜잡았다.

이윽고 벼락처럼 내리꽂히는 영혼이 찢어지는 통증!

"웨에엑! 우웨에엑! 커헉!"

프타는 고문관의 손바닥 위에 토악질을 했다.

"우히히히! 이, 이쁜이."

고문관은 손바닥에 묻은 더러운 토사물을 프타의 얼굴에 뭉개며 허리를 파도치듯 움직였다.

그 짐승 같은 광경에 나머지 2명의 고문관들이 닭 뼈를 내던지고 일어섰다.

"우허허!"

프타의 눈이 급속도로 생기를 잃었다.

하라간이 등장한 것은 세 번째 고문관이 한창 허리를 흔들고 있을 때였다. 철컹! 소리와 함께 문이 열리고 로브를 쓴 대머리 환관 4명이 쪼르르 안으로 들어와 목청을 돋웠다.

"위대하시고 또 위대하신 분의 과업을 이어받으실 분! 하라간 님께서 친림하셨다. 다들 자리에 엎드려라!"

그 소리에 고문관들이 화들짝 놀라 엎드렸다.

직후, 하라간이 들어와 프타 앞에 섰다.

프타는 원래 체격이 비대했다. 그런 데다 허공에 쇠사슬로 대롱대롱 매달려 있어 프타가 하라간을 내려다보고 하라간이 올려다보는 모양새가 되었다.

"쯧!"

하라간이 눈을 찌푸렸다.

눈치 빠른 환관이 버럭 호통을 쳤다.

"네놈들! 감히 이분이 어느 분이시라고 죄인에게 불손한 눈높이를 허락한단 말이냐? 어서 죄인을 끌어내려 바닥에 기게 만들라!"

이곳 밀실의 고문관들은 비밀 감찰 조직 게브의 환관들이 키워 낸 도구들이었다. 그들은 어려서부터 환관들의 혹독한 조련을 받아 인성을 상실한 고문관으로 성장했기에 환관들의 목소리만 들어도 벌벌 떨었다.

"네이, 네이!"

고문관들은 벌벌 떨면서 도르래를 풀었다.

투웅!

쇠사슬이 쫙 풀어지면서 프타의 비대한 몸뚱이가 바닥에 처박혔다.

고문관이 프타의 머리채를 붙잡아 바짝 들었다.

"크윽!"

프타는 벌레처럼 엎드린 상태에서 고개만 들고 하라간을

올려다보았다.

하라간은 프타의 눈빛을 살폈다.

아무런 이성이나 감정도 남아 있지 않고 철저하게 파괴된 회색 눈!

하라간의 입꼬리가 살짝 올라갔다.

"좋아."

하라간의 입에서 칭찬이 나오자 고문관들의 얼굴이 환해졌다.

반면 하라간의 등 뒤에 늘어선 환관들은 부르르 몸서리를 쳤다.

게브의 환관들이 지하 밀실을 운영하게 된 것은 군나르의 명령 때문이었다. 간땡이가 부어 감히 왕실에 죄를 지은 자들이 이곳 밀실로 끌려와 상상도 못 할 끔찍한 고문을 당했다.

오랜 예전, 군나르는 딱 한 번 이곳에 와서 친히 고문하는 장면을 참관했다. 그러곤 얼마 지켜보지 않고 나가더니 다시는 이곳을 방문하지 않았다.

게브의 지하 밀실은 그만큼 끔찍한 곳이었다. 어지간히 비위가 강한 사람도 이곳에서 벌어지는 일들을 지켜보면 단 1분도 견디지 못했다.

심지어 이곳을 운영하는 환관들도 직접 내려오는 것을

꺼릴 정도였다. 그들도 인간이기 때문이다. 여기 한 번 내려오면 한 달간 내리 악몽을 꾸게 되기 때문이다.

그런데 하라간은 달랐다.

처음 하라간이 고문실에 내려간다고 했을 때 환관들은 일제히 손사래를 쳤다.

"하라간 님, 다시 생각해 주소서. 귀하신 분께서 굳이 그 지옥에 가실 필요는 없사옵니다."

"그러하옵니다. 저희는 귀하신 분의 눈과 귀가 더럽혀질까 두렵사옵니다. 그러다 식욕을 잃으실까 걱정되옵니다."

"저희가 하라간 님을 대신하여 죄인의 모든 것을 밝힐 것이오니 더러운 일은 저희 손에 맡겨 주시옵소서."

환관들이 간곡하게 만류했지만 하라간은 듣지 않았다.

Chapter 5

"시끄럽다. 어서 앞장이나 서라."

"네이!"

"지엄하신 명을 받들겠나이다."

하라간의 고집을 꺾지 못한 환관들은 부랴부랴 눈짓을 나눴다.

‘어서 밀실에 사람을 보내. 가서 지저분하고 끔찍한 것들은 대강 정리하고, 가능하면 깔끔하게 손을 보라고.’

‘고문도 잠시 멈추라고 해. 그리고 짐승 같은 고문관 녀석들은 하라간 님의 눈에 띄지 않게 멀리 감춰 놓으라고.’

‘그렇지. 그 지저분한 짐승들을 고귀하신 하라간 님의 눈에 띄게 만들어선 안 되지.’

환관들은 바쁘게 손짓을 하며 이런 대화를 나눴다. 하지만 하라간의 발걸음이 너무 빨라 미처 행동에 옮기지 못했다.

때마침 밀실 안에서는 최악의 고문이 벌어지는 중이었다.

밀실의 문을 연 환관들은 두 눈을 질끈 감고 치밀어 오르는 구토를 억지로 삼켰다. 그러곤 하라간이 곧 이곳을 박차고 나오게 될 것이라 예상했다.

한데 웬걸?

상상을 초월하는 고문에 하라간이 두 눈을 찌푸리며 자리를 뜰 것이라는 예상과는 달리, 하라간은 호기심 어린 눈빛으로 밀실의 구조나 고문 도구를 꼼꼼히 살폈다. 프타의 정신이 얼마나 파괴되었는지도 직접 알아보았다.

지독한 고문 끝에 인간성을 상실한 프타를 내려다보면서 하라간이 고개를 끄덕였다.

"좋아. 마음에 들어."

이 한마디에 환관들의 심장이 덜컥 내려앉았다.

'허억!'

'방금 하라간 님이 뭐라고 하셨지?'

군나르는 왕국을 오랫동안 통치해 온 위대하고 또 위대하신 분이시다. 백성들은 군나르를 두려워하면서도 존경했고, 대신들은 군나르 앞에서 말을 더듬을 정도로 긴장했다. 군나르가 내뿜는 삼엄하면서도 날카로운 기세를 접하면 솔샤르들은 오줌을 지릴 만큼 겁을 먹곤 했다.

하지만 왕실의 음지에서 일하는 게브 소속 환관들의 판단은 조금 달랐다.

군나르는 분명 강하고 엄격한 군주이시지만, 사실 뼛속까지 강인한 분은 아니었다. 특히 혈육을 대할 때는 의외로 약한 면모를 보이곤 했다. 게브의 환관들은 군나르의 이러한 약점이 외부로 드러나지 않도록 철저하게 정보를 통제했다.

한데 하라간은 군나르와 전혀 달랐다.

모친을 빼어 닮은 하라간의 외모는 그 어떤 미녀보다도 더 아름다워 전혀 강한 느낌이 들지 않았다. 날카로운 군나르에 비하면 하라간은 너무나 부드럽고 고운 외모를 지녔다.

한데 그 미모 뒤에 감춰진 하라간의 내면은 그야말로 괴물!

'으으으! 우리는 정말 무서운 분을 군주로 모시게 되었구나!'

하라간의 등 뒤에서 머리를 조아린 환관들은 소리 죽여 침을 삼켰다.

그사이 하라간은 프타를 붙잡고 여러 가지 질문을 던졌다.

"나를 암살하라고 시주한 원흉이 대체 누구인가?"

"나를 죽여서 네가 받을 이익은 뭐지?"

"그 어쌔신들은 어디서 온 자들이지?"

"어쌔신들과의 연결 고리는?"

"어쌔신들 말이야, 혹시 장벽 너머 남부에서 데려온 것인가?"

인성이 낱낱이 파괴된 프타는 높낮이가 없는 회색빛 톤으로 하라간의 질문에 모두 답했다. 하지만 하라간을 만족시키기에는 프타가 알고 있는 정보가 너무나 제한적이었다.

"뭐야? 이거 제대로 아는 게 없잖아?"

하라간이 손을 툭툭 털고 일어나 눈썹 사이를 찌푸렸다.

그래도 실마리 한두 개는 찾았다.

"똑똑한 라티파라면 이 실마리를 더듬어 올라가서 실체에 접근할 수 있겠지? 이만하면 되었다. 더 아는 것도 없는 것 같은데 가자."

하라간이 냉정하게 등을 돌렸다.

프타가 하라간을 향해 간절히 손을 뻗었다.

"제, 제발 저를…… 주……죽여 주시……."

프타의 입에서 갈라진 음성이 나왔다. 아는 것을 모두 불었으니 이제 그만 이 지옥에서 해방시켜 달라는 것이 프타의 마지막 소원이었다.

하라간은 들은 체도 하지 않았다.

쿠웅!

밀실의 철문이 다시 굳게 닫혔다.

"우흐흐흐흐!"

"흐에! 흐에!"

꽉 닫힌 철문 틈새로 고문관들의 웃음소리가 희미하게 새어 나왔다. 프타의 생지옥은 아직 끝나지 않았다.

몸 전체를 뒤덮은 새하얀 가죽옷.

콧날 위까지 깊게 드리운 뾰족한 로브.

로브 중앙에 새겨진 붉은 원.

팔뚝에 찬 붉은 토시.

토시 안쪽에서 툭 튀어나온 35 센티미터 길이의 비수 두 자루.

그리고 그 비수에서 뿜어진 붉은빛!

하라간을 암습했던 어쌔신들은 이와 같은 모습을 하고 있었다. 하라간은 골똘히 생각에 잠긴 채 방 안을 맴돌았다.

'무기에서 붉은빛이 뿜어진다는 것은, 그 무기에 응축된 마나가 실렸다는 의미잖아? 그렇다면 그 어쌔신들은 마나의 벽 1단계를 돌파한 수준이란 말이지.'

남부에는 마나의 벽을 돌파한 무사들이 존재한다. 그들은 개인의 무력을 갈고 닦아 마나의 벽을 돌파하는 데 온 힘을 쏟곤 했다.

하라간의 영혼에 안착한 루잉 백작도 그 가운데 한 명이었다.

반면 이곳 북부에서는 마나의 벽을 돌파한 자를 찾아보기 힘들었다. 북부에서 무술에 재능이 있는 자들은 마나의 벽을 돌파 대신 솔샤르가 되는 길을 택하기 때문이었다.

'혹시 그 어쌔신들, 남부에서 파견한 자들인가?'

여기까지 생각한 하라간은 이내 머리를 좌우로 흔들었다.

'아니지. 아니야.'

그럴 리 없었다. 남부인들은 절대 장벽을 넘어오지 못했다. 솔샤르들이 우글거리는 이곳 북부에 감히 발도 들이밀 만큼 미친 사람은 없었다.

설령 그런 미치광이가 있다고 해도 북부로 넘어오자마자 붙잡혀 죽을 것이 뻔했다. 언어가 통하지 않으니 아무것도 할 수 없었다.

'남부인이 아니라면, 과연 그 어쌔신들의 정체는 뭐지?'

또 한 가지 의문!

사막 도시 키약에서 하라간을 암습했던 어쌔신들은 희한한 마법을 사용했다. 그들이 동서남북 네 귀퉁이에 푸른 돌을 박아 넣자 이내 푸른 돔이 형성되어 하라간을 뒤덮었다.

하라간은 따로 챙겨 놓았던 푸른 돌들을 꺼내 유심히 살펴보았다.

어쌔신들은 '이 푸르스름한 마법의 돔 안에서 모든 마정석은 기능을 잃고 마물들은 강제로 숙면에 들 것' 이라고 자신했다.

"심장의 마정석을 동결시켜서 마물들을 강제 숙면에 들도록 만드는 마법 돔이라! 이거야말로 솔샤르들에게 치명적인 수단인데, 대체 놈들은 어떻게 이런 마법 돔을 만들었지?"

이 밖에도 궁금한 것이 한두 가지가 아니었다.

하라간은 머리를 벅벅 긁었다.

"하아! 모르겠다. 결국 어쌔신의 입을 열 때까지 기다려 볼 수밖에."

프타는 비교적 쉽게 굴복시켰다.

하지만 하라간이 포로로 붙잡은 어쌔신은 정신력이 차돌처럼 단단해서 쉽게 무너뜨릴 수 없었다.

"모르겠다. 모르겠어. 이렇게 머리가 복잡할 땐 차라리 검이나 휘둘러야지. 그래야 답답한 속이 뻥 뚫리지."

하라간은 벽을 향해 손을 뻗었다.

휘리릭!

검 한 자루가 허공에 둥둥 떠서 날아와 하라간의 손에 안착했다.

Chapter 6

하라간은 검을 머리 위로 들고 수직 내리치기 동작에 들어갔다. 하지만 그의 머릿속은 온통 딴생각으로 가득 찼다.

'내게 변종 마물의 출현을 알려 준 그 편지! 누가 어떤 의도로 그 편지를 보냈을까?'

처음엔 의문의 편지가 떠올랐다. 이어서 키약에서 벌어

진 사건들이 하라간의 머릿속에서 재구성되었다.

'토브욘 일족은 어떻게 알고 변종 마물을 가로채 갔지?'

'요새 변종 마물이 부쩍 자주 등장하던데, 무슨 이유라도 있나?'

'프타는 왜 나를 암살하려고 했을까?'

'프타의 배후에 누가 있지?'

'그나저나 서둘러서 마나의 벽 1단계를 완전히 돌파해야 하는데, 아직도 벽에 어중간하게 걸쳐 있는 상태야. 분명히 예전에 한 번 걸었던 길인데 왜 이렇게 발전 속도가 느린 거야?'

'마나의 벽 1단계를 완전히 돌파하고, 이곳의 복잡한 일들을 정리한 다음엔 장벽 너머 남부에 한번 가 봐야지. 이곳 북부에 넘어올 때 신께 약속을 했잖아. 만약 내가 북부에서 살아남는다면, 복수를 하기로 말이야.'

검을 휘두르는 동안 이 모든 생각들이 꼬리에 꼬리를 물고 하라간을 괴롭혔다. 그가 아무리 전력을 다해 검을 휘둘러도 머릿속이 정돈되지 않았다.

"휴우! 이렇게 일이 복잡할 때는 우선순위를 정해서 한 번에 하나씩 해결하는 편이 좋지."

하라간은 잠시 검을 멈추고 머릿속으로 우선순위를 매겼다.

첫째, 군나르 왕국에서 벌어지는 복잡한 일들을 깔끔하게 마무리할 것!

둘째, 짬짬이 검술을 연마해서 마나의 벽 1단계를 완벽하게 돌파하기!

셋째, 남부로 내려가서 복수를 마무리 짓기!

이렇게 처리할 순서를 정하자 한결 정돈된 기분이 들었다.

"후으으읍! 좋아!"

하라간은 크게 숨을 들이켰다.

"우선은 이곳 상황부터 깔끔하게 해결하고 보자. 나머지는 그다음이다."

하라간은 마음을 다잡고 다시 검을 휘둘렀다.

이번엔 검에 정신이 집중되었다. 방 안 공기가 후끈 달아올랐다.

왕국을 물려받을 후계자에 대한 암살 시도!

이건 보통 일이 아니었다. 비록 하라간의 요청에 의해 자세한 전후 사정이 외부에 알려지지는 않았지만, 비밀 감찰 조직 게브가 곧바로 활동에 들어갔다. 게브에서 운영하는 지하 밀실도 오랜만에 손님(?)을 받았다.

키약의 토후 프타.

하라간을 암살하려고 시도한 어쌔신 한 명.

하라간에게 의문의 편지를 전달하는 데 관여한 궁녀 2명.

중간에 심부름 역할을 한 어린 환관 하나.

왕궁 행사 때 춤을 추는 무희 둘.

왕궁 경비병 3명.

하나둘 늘어나기 시작한 지하 밀실의 손님은 이제 그 수가 열을 헤아릴 정도로 늘었다. 하라간의 명을 받은 게브의 환관들은 어둠 속에서 왕궁 내외부를 샅샅이 훑으며 의문의 편지와 관련된 자들을 색출해 나갔다.

그러는 동안 라티파의 할아버지이자 하라간의 글 선생인 칼리프는 왕궁 도서관에 처박혀서 고문서를 탐독 중이었다.

칼리프를 도서관으로 밀어 넣은 장본인은 바로 하라간.

"칼리프, 이 돌에 대해서 한번 조사해 줘."

며칠 전 하라간은 칼리프를 몰래 불러 푸른 돌 하나를 건네주었다. 물론 돌의 기능에 대해서도 대략적으로 설명했다.

솔샤르들에게 있어서 몸속 마정석은 심장의 대체품, 즉 제2의 목숨이나 다름없었다. 그런데 그 중요한 마정석을 무력화시키는 방법이 존재한다니!

깜짝 놀란 칼리프는 만사 내팽개치고 푸른 돌에 대한 집중 조사에 들어갔다.

칼리프는 군나르 왕국에서 첫 번째로 손꼽히는 석학이자 타고난 노력파였다. 그는 푸른 돌을 직접 실험하는 한편, 왕궁 도서관의 고문서들을 샅샅이 뒤져서 혹시 과거에 이와 같은 사례가 기록되어 있는지 탐색했다.

하지만 답은 쉽게 찾아지지 않았다.

군나르와 아침 식사를 함께한 뒤, 하라간은 자신의 궁으로 돌아왔다. 하라간의 시중을 드는 대머리 환관 2명이 궁 입구에서 하라간을 반갑게 맞았다.

"하라간 님, 하라간 님, 어서 와서 이것 좀 봐 주십시오."

"저희가 하라간 님의 명을 완수했사옵니다."

대머리 환관들이 가리킨 곳에는 20명 남짓한 괴인들이 일렬로 서 있었다.

이들의 정체는 민치!

하라간이 시체에 포자를 심어서 되살린 괴뢰들이다.

민치의 외모는 모두 동일했다.

그들의 일률적으로 180 센티미터의 키에, 몸은 역삼각형이고 허리가 슬림한 체형을 지녔다. 민치의 피부는 온통 회백색인데 오직 2개의 눈알만 루비를 끼운 듯 새빨갛게 번들거렸다. 이빨은 다이아몬드를 박아 넣은 것처럼 뾰족했다. 한데 입술이 없어 잇몸과 이빨이 흉측하게 드러났다. 민치의 머리카락은 짙은 밤색. 손톱과 발톱은 보기 흉한 누런 빛깔을 띠었다.

민치는 겉보기에는 각각 독립된 개체처럼 보이지만, 사실은 하나의 생명체였다.

그 증거로 민치의 두개골 안에는 뇌가 존재하지 않았다. 모든 생각은 하라간이 하고, 민치 각 몸체들은 하라간의 뇌가 생각한 일을 행동으로 옮기는 괴뢰 역할을 맡았다.

대머리 환관이 자랑스럽게 민치를 가리켰다.

"어떻사옵니까? 저희의 패션 감각이!"

가지런히 빗어 뒤로 넘긴 밤색 올백 머리.

입과 코를 가린 검은색 마스크.

낙타의 내장을 벗겨 만든 얇은 가죽 장갑.

슬림한 체형에 딱 맞는 신축성 있는 복장.

왼쪽 어깨에 장착된 금속 보호대와 오른쪽 허리에 매단 둥그런 칼.

가슴에 새겨진 하라간의 문장.

마물 민치도 이렇게 꾸며 놓으니 마치 잘 훈련된 호위 무사 같았다. 하라간은 선뜻 고개를 주억거렸다.

"괜찮네."

하라간의 칭찬에 대머리 환관들의 얼굴이 환해졌다.

"홀홀홀! 하라간 님께서 마음에 드신다니, 저희는 정말 큰 영광이옵니다."

"의복 안에 날렵하면서도 강인함이 표현될 수 있도록 머리를 쥐어짰는데, 저희의 노력이 하라간 님의 눈에 들어서 참으로 다행이옵니다. 홀홀홀홀!"

환관들은 자신들의 공을 은근슬쩍 드러내었다.

하라간이 화제를 돌렸다.

"오늘 아침 군나르 님께서 내 친위대와 호위대를 대폭 늘리라고 하시더군."

"예이! 저희도 조금 전 웃전으로부터 그 이야기를 전해 들었사옵니다."

"마땅하고 또 마땅한 일이옵니다. 하라간 님께선 위대하시고 또 위대하신 분의 모든 과업을 물려받으실 분이 아니시옵니까? 당연히 지금보다 열 배, 백 배, 더 친위대를 늘리고 호위 무사도 대폭 보강해야 하옵니다."

대머리 환관들이 냉큼 맞장구를 쳤다.

하라간이 턱으로 민치를 가리켰다.

"친위대는 차차 늘리기로 하고, 우선 호위 무사부터 보강을 하자. 우선 저들부터 내 호위 무사에 편입시키고, 앞으로 호위 무사의 복장도 모두 저렇게 통일시켜."

그 말에 대머리 환관들이 냉큼 바닥에 엎드렸다.

"아이고! 하라간 님, 참으로 황공하옵니다."

"저희의 도안을 호위 무사의 복장으로 채택하시다니요! 그리고 저희 일족을 호위 무사로 선택해 주시다니요! 저희 미천한 것들에게 이보다 더 큰 영광은 없을 것이옵니다."

환관들은 민치를 동류, 즉 자신들과 같은 환관으로 오해했다. 민치에게 의복을 갈아입히다가 그들의 사타구니에 생식기가 없는 모습을 본 탓이었다.

원래 권력은 왕과 가까운 곳에서 나오게 마련이다. 이곳 군나르 왕국에서 환관들의 감찰 조직인 게브와 군왕의 직속 호위 무사 조직, 그리고 군나르의 친위대는 권력의 삼대 축으로 통했다.

'위대하시고 또 위대하신 군나르 님께선 우리 환관들을 부려서 비밀 감찰 조직인 게브를 창설하셨지. 하지만 호위 무사들은 환관이 아닌 일반 솔샤르들 중에서 뽑으셨어. 나름대로 힘과 권력이 한쪽에 쏠리지 않도록 안배를 하신 셈이라고.'

'맞아. 하지만 하라간 님께선 생각이 다르신 것 같아. 하라간 님은 게브를 물려받으셨을 뿐 아니라, 호위 무사도 우리들 중에서 선발하셨단 말이지. 다시 말해서 그만큼 우리

환관들을 믿고 계시다는 뜻이라고! 흐흐흑!'

어찌나 감격했는지 환관들의 눈에 습기가 차올랐다. 환관들은 소매로 눈가를 찍으며 하라간의 발밑에 연신 머리를 조아렸다.

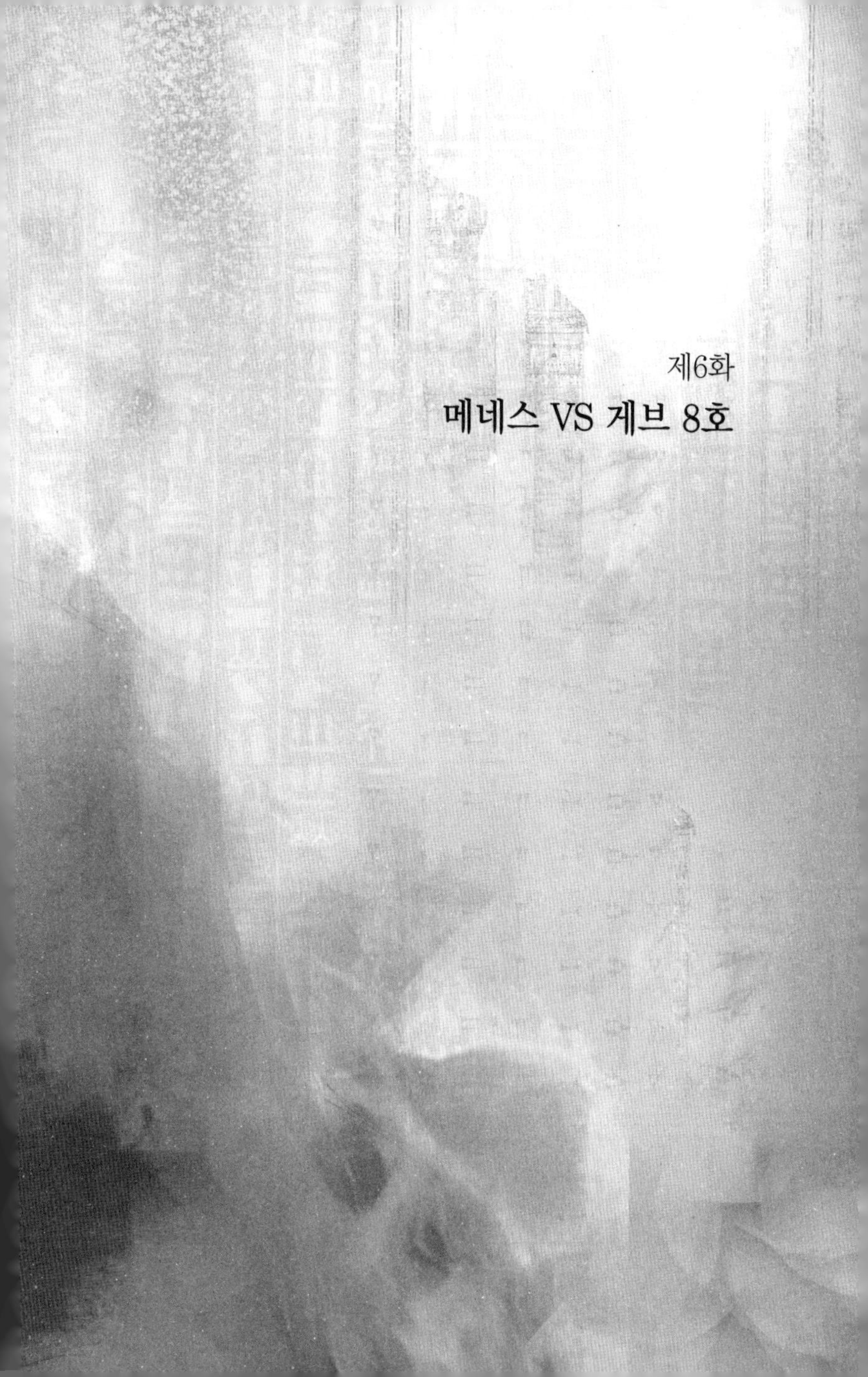

제6화

메네스 VS 게브 8호

Chapter 1

강물이 도도하게 흘렀다. 강물 표면은 아침 햇살을 받아 갓 잡아 올린 물고기 비늘처럼 싱싱하게 반짝였다. 강변엔 성인 남자보다 더 크게 웃자란 갈대가 끝없이 펼쳐졌다. 바람이 한 번 불자 갈대들이 너울너울 춤을 추었다.

이곳은 군나르 왕국의 수도를 관통해서 흐르는 리안 강변.

어부들은 이른 아침부터 강에 나가 그물을 던졌고, 농부들은 너른 평원에서 밀 수확이 한창이었다. 아낙네들은 강어귀에 모여 잡담을 하면서 빨래를 했다.

빨래터에서 조금 떨어진 으슥한 갈대밭.

몸에 하얀 튜닉을 걸치고 새까만 머리카락을 등 뒤로 길게 늘어뜨린 여인 한 명이 흐르는 강물을 물끄러미 바라보고 있었다.

여인은 반투명한 삼각형 천으로 눈 아래를 가려 얼굴을 명확하게 알아보기는 어려웠다. 하지만 얼굴의 드러난 부분이나 미끈한 체형으로 짐작건대 보기 드문 미녀임에 틀림없었다.

부스럭!

그렇게 여인이 강물을 응시하고 있을 때 등 뒤에서 기척이 들렸다.

곧이어 체형이 날렵하고 얼굴이 길쭉한 사내가 모습을 드러냈다. 사내는 웃옷을 입지 않아 근육질의 상반신이 고스란히 보였다. 하체엔 로인클로스만 두른 차림이었다.

사내가 여인의 등 뒤에 무릎을 꿇었다.

"마마님."

사내의 목소리를 듣고도 여인은 아무런 반응도 보이지 않았다. 그저 물끄러미 강물만 바라볼 뿐이었다.

둘 사이에 침묵이 한동안 지속되었다.

마침내 여인이 침묵을 깼다.

"실패했네요."

"송구합니다."

사내가 무릎을 꿇은 채로 고개를 푹 숙였다.

"하아!"

여인이 한숨을 쉬었다.

'크윽!'

그 모습을 본 사내는 가슴을 칼로 후벼 파는 듯한 쓰라림을 느꼈다.

여인이 다시 입을 열었다.

"휴우우! 이미 엎질러진 물이니 할 수 없지요. 하지만 이번 실패 때문에 일이 많이 꼬인 것은 사실이에요. 지금 왕궁의 비밀 감찰 조직인 게브가 움직이고 있어요. 게다가 황금 사슴은 높은 담 안에 꽁꽁 숨어 버렸고요. 이래서 언제 또 기회가 올지 모르겠네요."

"마마님, 송구합니다."

사내는 더더욱 깊숙이 머리를 숙였다.

마마님이라 불린 여인이 다시 침묵했다.

'큭!'

사내는 차마 뭐라고 말을 붙일 수 없어 입술만 꽉 깨물었다.

잠시 후 여인이 다시 말문을 열었다.

"제가 모시는 분이 늘 하시던 말씀이 있어요. 한번 들어볼래요?"

사내는 주먹을 자신의 왼쪽 가슴에 대었다.

"물론입니다. 귀를 열고 경청한 다음 마음에 새기겠습니다."

"사람은 누구나 실패를 할 수 있다. 하지만 실패로부터 아무런 교훈도 얻지 못한다면 그건 사람이 아니다."

"음!"

"이번에 우리는 작전을 실패했어요. 왕궁의 높은 담 안에 머무르던 황금 사슴을 변방의 사막 도시로 유인하는 데는 성공했지만, 결국 아무것도 얻지 못했지요. 실패는 누구나 할 수 있으니까 괜찮아요. 하지만 이번 실패로부터 교훈을 얻지 못한다면 우리의 말로는 비참해질 거예요. 우리뿐 아니라 우리가 모시는 존귀하신 분까지 위험해질 테고요."

"으으음!"

여인의 입에서 '존귀하신 분'이 언급되자 사내의 안색이 딱딱하게 굳었다.

여인이 갑자기 등을 홱 돌렸다. 그러곤 사내의 얼굴을 정면으로 쏘아보며 다그쳤다.

"그래서, 이번에 얻은 교훈은 무엇인가요? 황금 사슴에 대해서 얼마나 파악했죠? 황금 사슴을 보호하는 호위 무사들에 대해서는요? 이번 작전을 망가뜨린 제1 원인은 무엇이죠? 대체 어떤 레벨의 호위 무사가 따라붙었기에 다잡은 황금 사슴을 놓쳤나요?"

"죄송합니다. 파악하지 못했습니다."

사내가 이마를 땅에 대었다.

여인은 기가 막힌다는 듯이 머리를 흔들었다.

"하! 말도 안 돼! 아무것도 파악하지 못했다고요? 실패로부터 아무런 교훈도 얻지 못했다고요? 황금 사슴을 해치우기 위해 우리는 얼음 대지의 맹수들을 끌어들였어요. 그 맹수들이 얼마나 사납고 다루기 까다로운지 모르나요? 그런데도 우리는 과감하게 그들을 끌어들였어요. 어디 그뿐인가요? 위험하기 짝이 없는 벨커스의 추종자! 그 불온한 족속들과도 손을 잡았다고요. 그런데도 작전은 망가졌고, 우리의 꼬리는 노출되었어요. 황금 사슴은 멀쩡히 궁으로 복귀했고요. 당신은 대체 이 사태를! 이 엉망진창인 사태를 어떻게 책임질 거예욧? 대체 어떻게!"

여인의 입에서 쇳소리가 나왔다.

사내가 단호하게 답했다.

"송구합니다. 실패의 책임을 물어 자결하라고 하시면 이 자리에서 그냥 혀를 깨물고 죽겠습니다."

"뭐예요?"

여인은 뒷말을 뭐라고 쏘아붙이려고 하다가 차마 입 밖으로 내뱉지 못하고 입술만 벙긋거렸다. 갈대밭에 다시 침묵이 흘렀다.

한참 만에 여인이 침묵을 깼다.

"꼬리를 자르세요."

"이미 잘랐습니다."

"그래도 더 자르세요. 지금 상황이 생각보다 더 안 좋아요. 딱 필요한 만큼만 자르지 말고, 그보다 몇 단계 앞에서 과감하게 꼬리를 잘라내고 숨어 있어요. 한바탕 폭풍이 지나갈 때까지 절대 고개를 내밀지 말라고요. 자칫 잘못하다가는 우리가 모시는 분에게까지 해가 미칠 수 있어요."

"으음! 마마님의 명을 따르겠습니다."

사내가 순순히 대답하자 여인은 강물을 향해 다시 등을 돌렸다. 여인의 맑은 눈동자에 리안 강의 수려한 풍경이 담겼다.

"후우!"

사내가 숨죽여 한숨을 내쉬었다.

여인이 딱 잘라 말했다.

"메네스, 눈에 띄지 않게 주의하세요. 당신은 20년 전에 죽은 것으로 되어 있잖아요. 함부로 움직이면 곤란해요."

"후우, 알겠습니다. 마마님, 그럼 다시 뵐 때까지 건강하십시오."

메네스라 불린 사내는 복잡한 표정으로 여인의 뒷모습을

바라보다가 인사 한마디만 남기고는 바람처럼 사라졌다.

휘이잉, 휘잉!

강가에 부는 바람이 여인의 머리카락을 훑으며 지나갔다.

"하아아! 하아아아—!"

여인은 리안 강을 향해 긴 한숨을 내쉬었다.

무거운 한숨이 강변의 자욱한 안개 사이로 가라앉았다.

Chapter 2

"하아아!"

하라간의 육체가 따뜻한 물속으로 가라앉았다.

벌거벗은 시녀 둘이 인간 의자를 만들어 하라간의 몸을 수중에서 떠받쳤다. 나머지 한 명의 시녀는 정성스레 하라간의 머리를 감겼다. 하라간의 윤기 흐르는 머리카락이 물 위에 둥글게 퍼진 뒤, 해초처럼 일렁거렸다.

머리를 감으면서 하라간은 손으로 시녀들의 탱탱한 몸을 더듬었다. 그의 기다란 손가락은 너무나 능숙하고 농염하게 여제를 연주했다.

'흐윽!'

‘하아악!’

시녀들의 볼과 목덜미가 복숭아 빛깔로 발갛게 달아올랐다. 그녀들은 숨죽여 호흡을 가다듬었다.

하라간의 손이 조금 더 깊은 곳으로 과감하게 파고들었다.

“하악!”

시녀들은 더 이상 참지 못하고 가쁜 숨을 내뱉었다.

“하라간 님!”

그때 환관 한 명이 욕실에 들어왔다. 다른 환관들과 달리 허리에 긴 장검을 착용하고 눈에 스모키 화장을 짙게 한 자였다. 그는 욕조 밖에 무릎을 꿇었다.

“하라간 님, 게브 11호입니다. 급하게 아뢸 것이 있어 무례를 범했사옵니다. 용서하소서.”

“무슨 일인가?”

하라간이 욕조에서 일어섰다. 물보라가 촤악 일고, 하라간의 신체가 그대로 드러났다.

게브 11호라고 스스로를 밝힌 환관은 잠시 당황해하다가 황급히 머리를 숙였다.

“저, 저기, 드디어 역적 무리의 꼬리를 잡았습니다.”

“호오?”

하라간이 눈매를 가늘게 좁혔다.

"드디어 역적의 꼬리를 잡았다고?"

"그렇사옵니다. 하라간 님의 처소에 수상한 편지를 놓아 둔 범인은 다름 아닌 하라간 님의 식사 시중을 들던 시녀였사옵니다. 지금 저희들이 그 시녀를 포박해서 취조 중이옵니다."

하라간은 욕조 밖으로 나와 게브 11호의 보고를 마저 들었다.

시녀 셋이 부지런히 뒤를 쫓아 부드러운 천으로 하라간의 몸에 맺힌 물기를 닦아 주었다.

하라간이 환관을 위에서 굽어보면서 물었다.

"그러니까 내 식사 시중을 들던 애들 중 한 명이 범인이었단 말이지?"

"그렇사옵니다. 만일의 경우를 대비해서 동료 시녀들도 모두 체포해 두었습니다."

하라간이 한쪽 입꼬리를 슬쩍 비틀었다.

"좋아! 꼬리를 잡았으니 이제 몸통으로 더듬어 올라가면 되겠네?"

"물론이옵니다. 감히 하라간 님께 위해를 끼치려 한 역적 무리들을 저희들 손으로 반드시 붙잡아 소탕하겠나이다."

게브 11호가 굳은 결의를 내비쳤다.

왕궁 전경이 한눈에 내려다보이는 첨탑 위.

눈 주변에 짙은 스모키 화장을 한 중년의 환관이 뒷짐을 지고 아래를 내려다보았다. 환관의 허리춤엔 기다란 장검이 대롱대롱 매달렸다.

중년 환관이 혼잣말을 되뇌듯이 입을 열었다.

"왕궁은 넓지. 넓어도 아주 넓어. 이 드넓은 왕궁에 빌붙어 먹는 사람이 몇 명인 줄 아나?"

"글쎄요?"

한 발 뒤에 시립해 있던 젊은 환관이 고개를 갸웃거렸다. 젊은 환관도 눈에 스모키 화장을 했는데, 왼쪽 눈 밑에 새겨 넣은 붉은 별 문신이 눈에 도드라졌다.

중년 환관이 답을 알려 주었다.

"매일 드나드는 대신들을 제외하고, 왕궁에 상주하는 사람들만 따져도 무려 80,000명이 넘어."

"그렇게나 많습니까?"

젊은 환관의 눈이 휘둥그레졌다.

중년 환관은 뒤도 돌아보지 않고 말을 이었다.

"그래. 그렇게나 많지. 그런데 이 80,000명 가운데 오늘 새벽에 시체로 발견된 사람이 몇 명인 줄 아는가?"

"어엇? 시체가 나왔단 말씀이십니까?"

"음."

"대체 몇 명이나 죽었습니까?"

중년 환관은 대답 대신 손바닥을 쫙 펼쳐 보였다.

젊은 환관이 냉큼 되물었다.

"다섯?"

"아니."

중년 환관이 고개를 가로저었다.

젊은 환관이 깜짝 놀랐다.

"다섯이 아니라고 하시면, 설마 50명입니까?"

중년 환관은 무겁게 고개를 주억거렸다.

"그래. 50명! 80,000명 가운데 50이면 결코 적은 숫자는 아니야. 이런 떼죽음이 결코 자연스러운 현상은 아니란 말이지. 놈들의 꼬리 자르기가 시작된 게야."

젊은 환관이 펄쩍 뛰었다.

"아니! 아무리 꼬리를 자른다고 해도 그렇지! 5명도 아니고, 무려 50명입니다. 이게 말이나 됩니까?"

"말이 되지 않으면, 내가 거짓말을 한다는 뜻인가?"

중년 환관이 퉁명스레 쏘아붙였다.

젊은 환관은 검지로 자신의 눈 밑에 새긴 붉은 별 문신을 긁었다.

"허어! 부총관님께서 제게 거짓말을 하실 이유가 없지

요. 그렇다면 이거 보통 일이 아니군요. 역적 무리의 규모가 상상외로 큰 것 같습니다. 이곳 왕궁에 잠입해 있는 꼬리만 무려 50명이라니!"

그 말에 중년 환관이 몸을 180도 돌렸다. 그러곤 젊은 환관을 똑바로 바라보았다.

"8호."

"넵! 부총관님"

젊은 환관이 발목을 척 붙이며 대답했다.

"이제 이번 일이 얼마나 심각한지 깨달았겠지?"

"네, 깨달았습니다."

"그러니 네가 직접 나서줘야겠다. 놈들이 과감하게 꼬리를 잘라 버린 탓에 몸통을 추적할 단서를 잃어버렸어. 한 번 끊긴 단서를 되살리려면 네 능력이 필요해."

"제가요?"

젊은 환관은 손가락으로 자기 자신을 가리켰다.

중년 환관이 무겁게 고개를 끄덕였다.

"그래. 8호, 너."

젊은 환관이 어깨를 으쓱했다.

"부총관님, 부총관님께서도 아시다시피 저는 심장의 마정석을 봉인 당한 몸입니다. 20년 전의 불미스러운 사건으로 인해 이렇게 폐기 처분되었지요."

말을 하면서 젊은 환관은 자신의 옷깃을 풀어헤쳐 보였다. 그의 왼쪽 가슴에 꽉 박힌 둥그런 원반이 햇빛을 받아 반짝 빛났다.

부총관이 원반을 향해 손을 뻗었다.

"게브 2호이자 게브의 부총관인 내게 주어진 권한으로 8호, 너의 봉인을 해제한다."

우득, 우드드득!

말과 함께 게브 2호의 손가락이 기괴하게 자라났다. 수십 센티미터 길이로 자라난 부총관의 손가락은 그 끝이 열여섯 갈래로 갈라졌다.

게브 8호의 가슴에 박힌 원반 둘레엔 총 16개의 홈이 파여 있었는데, 부총관의 손가락 열여섯 갈래가 그 홈에 쏙 들어가 원반을 움켜잡았다.

Chapter 3

까라락! 까라라락!

부총관이 원반을 반시계 방향으로 돌렸다. 그러자 게브 8호의 가슴에서 은빛 원반이 떨어져 나갔다.

이 원반의 기능은 알람!

게브 8호가 마정석 안에 담겨 있는 마물의 힘을 사용하는 즉시 알람을 울리도록 되어 있다. 그 알람 봉인이 이제 해제된 것이다.

"아!"

무려 20년이나 매달고 살았던 봉인이 해제되자 게브 8호의 입에서 짧은 탄성이 흘렀다.

부총관이 명을 내렸다.

"게브 8호! 이 시간 부로 너는 현업에 복귀한다."

"넷!"

게브 8호가 발목을 척 붙이며 대답했다. 게브 8호의 눈에서 시퍼런 광채가 쏟아졌다. 앳되어 보이는 외모와 달리 게브 8호는 어지간한 대신들보다 더 나이가 많은 노련한 사냥개였다. 한 번 물은 먹이는 절대 놓치지 않는 집요하고 무서운 사냥개!

게브 역사상 최강의 사냥개가 목줄을 풀고 뛰쳐나왔다.

무려 20년 만의 일이었다.

20년 전.

군나르 왕궁에 피바람이 불었다.

당시 군나르에게는 4명의 손자가 있었다. 핏줄에 대한 애착이 강한 군나르는 4명의 손자들이 원하는 일이라면 무엇이든 다 들어주었다. 그렇게 과잉보호를 받으며 자란 후계자들 가운데 3명은 지극히 독선적이고 고집불통으로 자라났다. 그들은 원하는 것이 있으면 반드시 손에 넣어야 직성이 풀리는 성격이었다.

반면 나이가 가장 어린 마지막 1명의 손자는 사촌 형들과는 반대로 부끄러움을 심하게 타고 연약한 성격으로 자라났다.

망나니 셋에 연약한 손자 한 명!

군나르는 자신의 손자들이 마음에 들지 않았다. 고삐 풀린 망아지 3명은 물론이고, 계집애 같은 막내도 성에 안 차기는 마찬가지였다.

하지만 군나르에겐 다른 후손이 없었다. 군나르는 이 4명 가운데 누구를 진짜 후계자로 삼을지 고민을 했다.

그 즈음 군나르 왕국에 전설적인 미녀가 등장했다.

이만!

역대 그 어떤 미녀들보다도 더 아름답다고 칭송을 받는 절대 미녀!

군나르 왕국을 넘어 북부 전체를 술렁이게 만든 미녀 중의 미녀!

군나르의 망나니 손자 3명은 이 아름다운 미녀에게 완전히 홀려버렸다. 그들은 모두 결혼을 한 상태였지만, 이만을 위해서라면 본처를 버리는 행동도 주저하지 않았다. 결국 질투에 눈이 먼 3명의 손자들은 서로가 서로를 죽이는 참극을 일으켰다. 군나르가 잠시 한눈을 판 사이에 4명 가운데 셋이 목숨을 잃은 것이다.

직계 혈통의 죽음!

"내가 다스리는 왕국에서 어떻게 감히 이런 일이 벌어진단 말인가! 우와아아아아!"

군나르의 분노가 온 왕국을 뒤덮었다.

감히 후계자를 죽게 만든 이만도 당장 붙잡혀 와 목이 잘릴 판이었다.

그때 마지막 한 명 남은 후계자가 이만을 살렸다. 가장 나이가 어린 막내도 이만을 짝사랑했던 것이다. 단지 기가 센 사촌 형들에게 밀려서 자신의 마음을 표현하지 못했던 것뿐.

결국 군나르는 홀로 남은 후계자와 이만을 짝지어 주었다.

그리고 4년 뒤, 두 사람 사이에서 하라간이 태어났다.

"20년 전에 많은 사람들이 죽었다고?"

하라간이 푹신한 소파에 비스듬히 누운 채 질문했다.

상의를 반쯤 풀어 헤친 시녀가 포도를 한 알 따서 껍질을 벗긴 다음 하라간의 입에 넣어 주었다. 하라간은 포도를 목으로 넘기며 시선을 앞에 던졌다.

소파 앞.

게브의 부총관이 무릎을 꿇고 앉아 하라간을 올려다보는 중이었다. 부총관은 비밀 감찰 조직 게브의 서열 2위였다.

부총관이 하라간의 질문에 대답했다.

"그렇습니다. 20년 전에 큰 내홍이 있었사옵니다."

"나도 대충은 들었어. 내게 큰아버지가 되시는 분, 그리고 그분의 사촌 형제들이 서로 죽고 죽였다며? 돌아가신 내 어머니를 차지하기 위해서 말이야."

"참으로 송구한 말씀이옵니다만, 그 말씀이 맞습니다. 당시 발생해서는 안 될 참사가 벌어졌습니다."

"뭐, 내 아버지는 내성적인 성격이라 운 좋게 그 싸움에서 빠졌다고 하더라고. 어쨌거나 왕궁이 발칵 뒤집혔겠네. 군나르 님의 후계자 3명이 서로에게 칼을 겨누고 싸웠으니 말이야. 어디 싸움이 간단했겠어? 후계자 3명 뒤에 줄을 댄 파벌들도 주인을 대신해서 서로 맞붙었을 것 아냐?"

하라간의 추측은 예리했다.

당시 군나르는 4명의 손자를 두고 있었는데, 그 가운데 3명이 후계자감으로 손꼽혔다. 권력에 민감한 대신들은 이 3명에게 달라붙어 은밀한 파벌을 형성했다. 그러다 이만 때문에 후계자 3명이 맞부딪치자 3명을 지지하는 파벌들도 서로 전쟁을 벌일 수밖에 없었다.

"그 3개의 파벌 말이야, 아직도 남아 있나?"

하라간이 몸을 반쯤 일으키며 물었다.

부총관이 고개를 가로저었다.

"아닙니다. 다 해체되었습니다. 당시에 파벌을 만들어 위대한 혈족에게 상해를 입힌 주동자들은 모두 목이 잘렸습니다. 위대하시고 또 위대하신 분께서 크게 진노하신 까닭입니다. 불미스러운 일에 연루된 자들은 지위의 높낮이에 상관없이 모두 처형을 당했고, 결국 파벌도 없어졌습니다."

"3대 파벌이 모두 와해되었단 말이지?"

"그렇사옵니다."

부총관이 공손히 대답했다.

하라간이 피식 웃었다.

"에이, 거짓말."

"네에?"

"내 어머니, 내 외척들. 당시에 단두대로 끌려가지 않고 모두 살아남았잖아. 불미스러운 일에 직접 연루되었지만 죽지는 않았다고."

"그야…… 이만 님께서는 특별한 분이시지 않습니까?

그분은 하라간 님의 모후이십니다. 당연히 벌을 피하셨지요."

"거 봐. 당시에 다 죽은 건 아니라고. 할아버님께서는 다른 사람들에겐 단호하시지만 혈족에게는 마음이 약하시거든. 물론 20년 전 그 사건에 연루된 귀족이나 일반인들은 다 죽었겠지. 하지만 왕족들은 분명 살아남았을 거야. 당시 왕족들 중에서도 3대 파벌에 낀 사람들이 있었지?"

하라간이 시녀의 가슴에 손을 넣어 주무르며 물었다.

다른 사람들은 이런 하라간의 행동이 방탕하고 퇴폐적이라고 느낄 수 있겠지만, 부총관의 생각은 달랐다. 지금 게브의 부총관은 하라간으로부터 엄청난 압박감과 위압감을 받는 중이었다. 그 압박이 어찌나 무거웠던지 부총관의 눈에는 하라간의 퇴폐적인 행동이 눈에 들어오지도 않았다. 부총관은 이마에 흐르는 식은땀을 훔치며 대답했다.

"분명…… 그런 일이 있었사옵니다. 당시 왕족들 가운데는 3개의 파벌에 한 발 걸치신 분들도 계셨습니다."

"그들은 죽지 않았지?"

"그렇사옵니다. 관련 정도에 따라 벌을 받기는 했사오나 목숨까지 빼앗기지는 않았습니다."

하라간이 손가락을 까딱거렸다.

"그 명단 좀 뽑아 봐."

Chapter 4

"네?"

부총관이 얼떨떨한 표정으로 하라간을 올려다보았다.

하라간이 나른하게 다시 말했다.

"당시 3대 파벌에 끼었던 왕족들의 명단 말이야. 그걸 뽑으라고."

"왕족들의 명단을 말씀이십니까?"

부총관의 질문에 하라간이 눈썹을 슬쩍 찌푸렸다.

"뭘 자꾸 되물어? 명단을 뽑으라니까."

"아, 알겠사옵니다. 바로 뽑아드리겠사옵니다."

하라간의 호통에 부총관의 얼굴이 하얗게 질렸다. 그의 등엔 땀이 흥건히 흘렀다.

하라간이 한 가지 명령을 덧붙였다.

"그리고 이 기회에 작전도 한번 짜 봐."

"무슨 작전을 말씀하시는 것인지요?"

"뻔하잖아. 권력에 관심이 많아 파벌 싸움에 끼어들었던 왕족들! 그 욕심 많은 왕족들이 세월이 좀 지났다고 해서 권력에 초탈해졌을까? 난 아니라고 봐. 그런데 마침 좋은 기회가 생겼거든. 이참에 그 왕족들을 좀 가지치기해야겠어. 그러니 게브에서 작전 좀 구상해 봐."

"아아!"

부총관이 입을 딱 벌렸다.

지금 왕궁의 비밀 감찰 조직 게브는 역적 무리를 수색 중이다. 감히 하라간에 대한 암살을 시도한 간악한 역적 무리!

이 사건에 잘못 휘말려 들어가면 아무리 지체 높은 대신도 살아남지 못한다. 지체 높은 왕족이라고 해도 처벌을 피할 수 없다. 온몸이 산산이 갈려 버릴 것이다.

그런데 하라간은 이 기회를 이용하자고 한다. 이참에 지난 권력의 잔재들까지 함께 쓸어버리자고 한다.

'아아아! 이분이 과연 17세 소년이시란 말인가!'

하라간은 열일곱이라고는 믿어지지 않을 만큼 노련했다. 게브의 부총관은 자신도 모르게 몸서리를 쳤다.

"하나 더!"

하라간이 손가락 하나를 일직선으로 폈다.

부총관은 잔뜩 긴장해 말을 더듬었다.

"마, 말씀하소서."

"방계 왕족들을 뒷조사할 때 한 사람을 제외할 것 같아서 노파심에 미리 경고하는 거야. 이번 조사에서 아무도 빼

먹지 마."

"조사에서 누군가를 일부러 제외하다니요? 저희가 그럴 리 없사옵니다. 모든 방계 왕족들을 낱낱이 조사할 것이니 저희를 믿어 주소서."

부총관이 펄쩍 뛰었다.

하지만 이어지는 하라간의 한마디에 얼굴이 하얗게 질릴 수밖에 없었다.

하라간은 한 사람의 이름을 입에 담았다.

'마이림 님.'

물론 실제로 목소리는 내지 않고 입술만으로 '마이림' 이라는 이름을 내뱉었다.

게브 부총관의 눈이 마치 바퀴처럼 휘둥그레졌다.

"네넷? 지금 누구라고 하셨사옵니까?"

하라간은 이번에도 목소리는 내지 않고 입술만 벙긋거렸다.

'마. 이. 림. 님. 내 고모할머니 말이야. 그분도 예외는 아니야. 빼놓지 말고 게브의 조사 명단에 넣어.'

'설마 마이림 님을 말씀이십니까?'

부총관도 목소리를 내지 않고 입술만 벙긋거렸다. 하라간에게 달라붙은 시녀는 그 입술 모양을 볼 수 없는 위치였다.

'그래. 마이림 님.'

하라간이 단호하게 지목했다.

'아아아!'

부총관의 안색은 하얗게 질리다 못해 까맣게 죽었다.

마이림은 방계 왕족 나부랭이가 아니었다.

그녀는 직계 중의 직계!

군나르의 친딸이자 하라간의 고모할머니였다.

그 존귀한 분을 뒷조사하라니!

만약 이 사실이 군나르의 귀에 들어가는 날에는 게브의 환관들이 모조리 도륙을 당할 것이다. 그렇다고 하라간의 명을 거역했다가는 역시 게브의 환관들 모두 참형을 피할 수 없다.

'아아아! 이 일을 어떻게 해야 한단 말인가! 대체 어떻게!'

게브의 부총관은 바닥에 엎드려 부들부들 몸을 떨었다.

부총관이 비틀거리며 물러났다.

하라간은 시녀의 허벅지를 베고 누워 포도를 우물우물 먹었다. 그러면서 머릿속으로는 다른 생각을 했다.

'부총관은 나를 권력의 화신으로 여기겠지? 이 기회에 잠재적인 정적들을 모두 제거하려는 권력의 화신 말이야.'

하지만 아니었다. 하라간은 군나르 왕국의 권력을 독차지하기 위해 이런 일을 벌이는 것이 아니었다. 그는 왕위에 목을 매지도 않았다.

하라간의 목적은 오직 하나!

'내가 할아버님을 지켜드려야 해.'

하라간은 군나르가 불안했다. 군나르는 겉으로는 강해 보이지만, 속이 너무나 여렸다.

'할아버님은 마치 카일 스승님과 같아.'

하라간은 이렇게 생각했다.

카일은 하라간이 루잉 백작이던 시절 그의 스승이었다.

평생을 전쟁터에서 살아온 강인한 기사 카일!

하지만 사실 카일은 속이 여린 사람이었다. 그래서 부인의 외도를 눈치채고도 우유부단하게 번민만 하다가 결국 죽임을 당했다.

최근 들어 하라간은 증조부인 군나르가 과거의 스승 카일과 비슷하다고 느끼는 중이었다. 증조부를 대할 때면 그 주름진 얼굴 위로 카일 스승의 얼굴이 겹쳐 보이곤 했다.

'안타깝게도 나는 스승님을 지켜드리지 못했어. 그리고 아직까지 스승님의 복수를 해드리지도 못했지. 하지만 과거의 복수보다 현재 소중한 사람을 지키는 것이 더 중요해. 대륙 남부로 내려가서 스승님의 복수를 하기에 앞서서, 우

선 할아버님의 안전부터 확실하게 챙겨야지.'

군나르는 북부를 통치하는 아홉 군주 가운데 한 명이었다. 그는 단순히 강하다는 말로는 표현할 수 없을 만큼 막강한 초인이었다.

하지만 하라간의 눈에는 너무나 약하게만 보였다.

'할아버님의 무력이야 그럭저럭 쓸 만하지. 하지만 할아버님은 마음이 여려서 안 돼. 권력을 탐내는 왕족들이 뒤에서 수작질을 부리더라도 할아버님은 핏줄에 대한 연민 때문에 그들을 단호하게 쳐 내지 못하셔. 그러다가 위험에 빠지시는 거지. 그러니 내가 할아버님의 주변을 깨끗하게 정리해 드려야겠어. 감히 할아버님에게 위해를 끼칠 만한 잡초들은 이번 기회에 모조리 뽑아 버려야지. 그래야 내가 안심하고 남부에 다녀오지.'

하라간은 한바탕 피의 비를 뿌려 볼 생각이었다.

이번 사태로 인해 몇 백 명이 죽어 나가건, 아니면 몇 천이나 몇 만이 죽건 상관없었다. 하라간의 눈에는 오직 군나르만 보였다.

Chapter 5

하라간의 시중을 들던 시녀가 옷깃을 여미고 자리에서 물러났다. 시녀는 16세의 어린 나이였으나 몸매가 성숙하고 외모가 고울 뿐 아니라 머리도 제법 총명했다. 그래서 하라간의 시녀로 선발된 것이다.

시녀를 물린 하라간은 검을 손에 들었다.

지금은 수련을 할 시간.

하라간은 검 끝에 시선을 집중하고는 내리치기 동작을 반복했다. 휙휙 공간이 갈렸다. 하라간의 표정은 진지했다.

하지만 이런 겉모습과 달리 하라간의 마음은 검에 깃들지 않았다. 지금 하라간은 감각을 넓게 확장해서 조금 전 자리를 뜬 시녀를 뒤쫓는 중이었다.

하라간의 시녀가 종종걸음으로 왕궁을 가로질렀다.

그 모습이 하라간의 감각에 걸렸다.

베이지색 벽돌 건물로 들어간 시녀는 곧 동료들과 합류했다.

그 모습 역시 하라간의 감각에 생생하게 잡혔다.

어린 시녀들이 서로의 손을 맞잡고 참새처럼 재잘거렸다. 그리고 잠시 후 까만 머리카락의 미인이 시녀들의 방에 들어왔다.

시녀들은 벌떡 일어나 공손히 허리를 숙였다.

"저희가 마마님을 뵙습니다."

"마마님을 뵙습니다."

한 명이 선창을 하자 나머지 시녀들이 그 말을 따라 했다.

마마님이라 불린 여인은 시녀들의 얼굴을 휙 둘러본 다음, 하라간의 시중을 들던 바로 그 시녀에게 손짓을 했다.

"거기 너, 잠깐 나 좀 볼까?"

"네, 마마님."

지목을 당한 시녀가 마마님이라는 여인을 쫓아서 방을 나갔다.

하라간의 감각도 그 뒤를 쫓았다.

복도를 걸으면서 까만 머리카락의 여인이 시녀에게 은밀하게 손짓을 했다.

'수화인가?'

하라간이 고개를 갸웃거렸다.

시녀도 손가락을 빠르게 움직였다. 시선은 전방에 두고, 아무도 눈치채지 못하게 손가락만 샤샤샥!

하지만 하라간의 감각에는 그 손동작 하나하나가 고스란히 잡혔다.

'역시 수화가 맞구나.'

까만 머리카락의 여인과 하라간의 시녀는 한동안 그렇게 손으로 대화를 나누었다. 그러다 마마님이라는 여자가 몸을 홱 돌렸다.

"뭣? 그 중요한 것을 못 들었어? 이 바보! 어떻게든 그걸 들었어야지!"

"마마님!"

시녀가 겁을 먹은 듯 주변을 두리번거렸다.

지금 왕궁의 시녀들은 초긴장 상태였다. 며칠 전에 하라간의 식사 시중을 드는 시녀들이 단체로 사라져 버렸는데, 그 이유를 알 수 없어 다들 바짝 얼어붙었다.

마마님이라 불린 까만 머리카락 여인도 흠칫 놀라 주변을 둘러보고는 가슴에 손을 얹고 호흡을 가다듬었다.

"미안! 내가 흥분을 했구나. 미안하다."

까만 머리카락의 여인은 시녀에게 사과를 한 뒤, 다시 손짓을 시작했다. 그에 맞춰 하라간의 시녀도 현란하게 손가락을 놀렸다.

둘이 주거니 받거니 수화를 나누는 모습을 보면서 하라간은 들었던 검을 다시 내려놓았다. 검이 허공에 둥실 떠서 다시 벽으로 날아가 걸렸다.

하라간은 흔들의자에 턱을 괴고 앉았다.

"수화를 모르니 저들이 무슨 이야기를 나누는지 알 길이 없네. 하지만 뭐 내용은 뻔하겠지. 나와 게브의 부총관이 무슨 대화를 나눴는지, 그 이야기일 거야."

하라간의 계책은 단순했다.

우선 게브를 움직여 왕궁에 불안감을 조성한다.

그다음 방계 왕족을 타깃으로 삼을 것이라는 내용을 은밀하게 흘린다. 하라간은 역적 무리 가운데 분명 방계 왕족의 일부가 끼어 있을 것이라 확신했다. 하여 그곳을 들쑤시면 무언가 반응이 나올 것이라 예상했다.

일단 그렇게 말을 흘린 다음엔 감각을 활짝 열고 수상한 움직임이 있는지 체크를 하면 끝.

하라간의 촉에 마마님이라는 여자가 걸렸다. 놈들이 꼬리를 자르면서 끊어졌던 실마리가 되살아났다.

"막대기로 풀밭을 들쑤셨으니 이제 숨어 있던 뱀이 뛰쳐나오겠지."

하라간이 히죽 웃었다.

휙! 휙휙! 휙!

무성한 갈대밭이 좌우로 갈렸다.

"칫!"

얼굴이 길쭉한 사내가 갈대밭을 무섭게 헤치며 일직선으로 달려갔다. 며칠 전 이곳 갈대밭에서 마마님이라는 여인과 접촉했던, 바로 그 사내였다.

사내의 이름은 메네스.

그의 복장은 며칠 전과 동일했다. 상의를 입지 않아 근육질 상반신을 그대로 드러냈고, 하체엔 로인클로스 한 장만 걸쳤다.

슈각!

날카로운 소리와 함께 메네스의 머리 위 갈대가 한 움큼 잘려 나갔다.

"큽!"

메네스는 반사적으로 허리를 숙여 칼날을 피한 다음, 나뒹굴 듯이 몸을 옆으로 날려 방향을 직각으로 꺾었다.

메네스가 몸을 피한 직후, 콰콰콰콱! 투창 네 대가 날아와 그가 머물렀던 자리에 내리꽂혔다. 메네스의 반응이 조금만 늦었더라면 목이 잘리거나 등판에 투창이 꽂혔을 것이다.

'칫! 게브의 사냥개들이 어떻게 나를 추적했단 말인가!'

메네스는 입술을 꽉 깨물었다.

지금 메네스를 뒤쫓는 자들은 왕궁의 비밀 감찰 조직 게브의 환관들이었다. 그것도 낮은 서열의 환관들이 아니라 최소한 서열 30위권 안쪽의 정예들이 붙었다.

메네스는 오른쪽으로 방향을 트는 척했다가, 다시 땅을 박차 왼쪽으로 몸을 뺐다.

눈에 보이지 않을 정도로 능숙한 페인트 모션!

하지만 메네스의 정면에서는 기다렸다는 듯이 불덩이가 날아왔다.

화르르륵!

마른 갈대를 태우며 날아든 물동이만 한 크기의 불덩이는 강력한 열기를 품고 있었다. 게다가 속도도 너무 빨라 피할 수 없었다.

"큭!"

메네스는 양팔을 교차해서 앞을 방어했다.

우드드득!

메네스의 두 팔뚝이 눈 깜짝할 사이에 평평하게 부풀어 방패로 변했다. 검게 번들거리는 방패 한 쌍이 날아오는 불덩이와 정면으로 부딪쳤다.

퍼엉! 화르르륵!

불덩이가 터지면서 뜨거운 화염이 방패를 타 넘었다. 그러자 방패가 길쭉하게 늘어나면서 화염까지 완벽하게 틀어막았다.

2개의 방패가 겹친 틈 사이, 메네스의 두 눈이 무시무시한 기운을 내뿜었다.

"크흡!"

불덩이를 내쏘았던 환관은 메네스의 눈빛에 눌려 움찔 몸을 떨었다.

"으득! 정말 해 보자는 거냐?"

메네스가 사납게 으르렁거렸다. 그의 두 팔은 검정색으로 번들거리는 방패로 변한 상태였고, 10개의 손가락은 뾰족한 투창으로 변해 사방을 겨냥했다. 어깨와 등에도 14개의 투창이 길게 돋아나 고슴도치처럼 보였다. 게다가 메네스의 몸 주변에는 17개의 방패가 돋아나 허공에 둥둥 뜨더니 메네스를 중심으로 호위하듯이 빙글빙글 돌았다.

막레르!

19개의 방패와 24개의 창으로 무장한 해구 1층 레벨의 마물이 그 모습을 드러냈다.

강력한 마물의 등장에 주변 공기가 달라졌다. 특히 메네스에게 불덩이를 쏘았던 환관은 겁에 질려 얼굴이 딱딱하게 굳었다.

환관이 결합한 마물은 버퍼!

버퍼와 결합한 솔샤르들은 가슴에 불쑥 돋아난 커다란 구멍으로부터 고온의 불덩이를 쏘아내는 것이 특징이다.

버퍼는 연해 2층 레벨의 마물.

이 녀석도 제법 강력하기는 하지만 결코 막레르의 상대는 아니었다. 버퍼와 결합한 환관은 감히 메네스의 눈을 마주 보지 못하고 시선을 피했다.

"후후훗!"

그때 메네스의 등 뒤에서 비웃음이 들렸다.

Chapter 6

"이야! 천하의 메네스도 갈 데까지 갔구나. 한때는 위대하시고 또 위대하신 분의 호위 무사였던 자가 고작 어린 환관에게 협박질이라니 말이야."

"뭐랏?"

등 뒤에서 들리는 비웃음에 메네스가 몸을 홱 돌렸다. 그러곤 잇새로 신음을 토했다.

"으으음! 너는!"

메네스를 비웃은 사람은 다름 아닌 게브 8호였다. 외모는 20대로 보이지만 실제로는 수십 년 이상 게브에서 버텨 온 노련한 환관! 게브 역사상 가장 지독한 사냥개라 불리는 바로 그 게브 8호 말이다.

"끄으응! 게브 8호!"

생각지도 못했던 인물의 등장에 메네스의 눈이 암울하게 물들었다.

게브 8호가 히죽히죽 웃으며 손가락으로 자신의 문신을 긁었다.

"이야! 20년 전에 죽었다고 알려진 사람을 이렇게 만나니 엄청나게 반갑네. 메네스. 요 타락한 배덕자여!"

"닥쳐라! 나는 타락한 배덕자가 아니다!"

메네스의 눈에서 불이 뿜어졌다. 꽉 다문 그의 입술이 분노로 푸들푸들 떨렸다.

게브 8호가 입꼬리를 비틀었다.

"흥! 네가 타락한 것이 아니면 누가 타락했단 말이냐? 위대하시고 또 위대하신 분께서는 너를 신뢰하여 호위 무사로 삼으셨다. 그런데 20년 전 네가 무슨 짓을 벌였느냐? 너는 감히 그 위대하시고 또 위대하신 분의 혈통을 끊어 놓았어."

"그건……!"

메네스의 말문이 막혔다.

20년 전, 메네스는 군나르의 손자 가운데 한 명을 죽였다. 그 뒤 자취를 감췄다가 이번에 종적이 발각된 것이다.

게브 8호가 입에서 불을 토하듯 쏘아붙였다.

"그 저주받은 날! 너는 위대하시고 또 위대하신 분의 은혜를 저버리고 배덕한 만행을 저질렀다. 그리고 네놈의 참담한 악행을 막지 못했던 나는 무려 20년이나 능력을 봉인당해야 했다. 그동안 죽은 척 연기를 하더니만, 요렇게 꼬리를 붙잡히니 정신이 번쩍 들지? 으흐흐! 일단 내 눈에 걸린 이상 너는 끝장이다! 메네스, 타락한 배덕자여!"

말과 함께 게브 8호의 신체도 변화를 시작했다.

우득! 우드득! 우두두둑!

게브 8호의 두 팔뚝은 길쭉한 타원형 방패로 변했고, 10개의 손가락은 모두 날카로운 창이 되었다. 등과 어깨에도 14개의 투창이 돋아나 무서운 기세를 내뿜었다.

그게 전부가 아니었다.

메네스의 몸 주변에 17개의 방패가 둥실 떠올라 엄호를 하는 것처럼, 게브 8호의 주변 허공에도 길쭉한 물체 17개가 떠올라 게브 8호를 중심으로 빙글빙글 회전했다.

이 물체들은 방패라고 하기엔 너무 가늘고, 창이라고 부르기엔 너무 두툼했다. 하지만 방패보다는 창에 더 가까웠다.

게브 8호가 결합한 마물도 막레르!

하지만 게브 8호의 막레르는 일반적인 막레르와는 다른 특이종이었다. 일반 막레르가 19개의 방패와 24개의 투창을 보유하는 데 반해, 게브 8호의 마물은 2개의 방패와 42개의 창을 지녔다.

방어는 최소화하고 오로지 공격에 특화된 특이종!

이것이 바로 게브 8호의 막레르였다.

처음부터 게브 8호의 막레르가 이런 특이종이었던 것은

아니었다. 공격적인 성향이 강한 게브 8호의 특성에 맞춰서 마물이 진화를 한 것이다.

"으으음!"

메네스의 입에서 신음이 흘렀다.

막레르와 막레르의 대결에 환관들은 멀찍이 물러났다. 그러면서도 그들은 메네스가 도주하지 못하도록 포위망을 단단히 구축했다.

휘이잉!

리안 강변 갈대밭에 사나운 바람이 불었다.

휘리릭!

소용돌이치며 날아오는 투창에 휘말려 질긴 갈대가 그대로 뜯겨 올라갔다. 그렇게 뜯긴 갈댓잎이 소용돌이에 휘말려 허공에서 뱅글뱅글 돌았다.

강한 회전력이 걸린 투창은 허공에서 두 번이나 방향을 틀면서 메네스에게 내리꽂혔다.

메네스의 몸 주변을 맴돌던 방패가 좌라락 겹치면서 게브 8호의 투창을 막았다. 그가가가각! 불똥이 튀었다. 게브 8호가 날린 투창 창날에 아가리가 쩍 벌어지더니 그 아가리 속 뾰족한 이빨들이 방패의 표면을 무시무시하게 갉아먹었다.

메네스의 방패에서도 아가리가 돋아나 게브 8호의 투창을 마주 물어뜯었다.

그뿐만이 아니었다. 메네스의 방패 테두리에는 뿔과 같은 것이 돋아나 있었는데, 그 뿔의 뾰족한 끝에서 빠직! 빠지지직! 시퍼런 전하가 튀어나와 게브 8호의 투창을 지져댔다.

그렇게 마물 아가리들이 서로를 갉아먹는 사이 게브 8호는 3개의 투창을 더 날렸다.

휘류류류류—

한 번에 3개의 창이 소용돌이치면서 날아오자 그 회전력에 뜯겨 올라온 갈댓잎이 온 사방을 어지럽게 뒤덮었다.

메네스는 몸 주변에 띄워 놓은 방패로 3개의 창을 모두 막았다. 그러면서 백스텝을 밟아 충격을 최대한 완화했다.

적의 연속 공격을 막은 다음, 메네스는 검지를 뻗어 어지럽게 휘날리는 갈댓잎 사이를 가리켰다.

쭈왕—!

일직선으로 쏘아진 투창이 허공을 찔렀다.

까앙! 소리와 함께 불똥이 튀었다.

상대의 위치를 확인했으니 이제 반격할 차례.

메네스는 곧바로 투창 4개를 쏘아 게브 8호를 몰아칠 생각이었다. 그다음 기회를 봐서 포위망을 뚫고 도망치겠다는 것이 메네스의 계획.

한데 미처 공격을 해 보기도 전에 등골이 오싹했다.

"흡!"

메네스는 반사적으로 몸을 뒤틀어 옆으로 피했다.

직후, 하늘에서 다섯 줄기의 투창이 벼락처럼 내리꽂혔다. 게브 8호는 노련했다. 그는 처음 한 개의 투창, 이어서 3개의 투창을 날려 갈댓잎을 휘날리게 만든 다음, 메네스 몰래 등판의 투창을 하늘로 쏘아 메네스의 머리 위로 곡사 공격을 한 것이다.

메네스는 나뒹굴 듯이 게브 8호의 공격을 피한 다음, 다시 손가락을 뻗었다.

한데 그 어떤 곳에서도 게브 8호의 행방을 찾을 수가 없었다. 온 사방엔 갈댓잎만 휘날릴 뿐, 하늘과 땅 사이 어디에서도 게브 8호의 기척이 느껴지지 않았다.

'위험하다!'

위기를 느낀 메네스는 몸 주변을 맴도는 방패들을 바짝 끌어당겨 몸을 웅크렸다.

제7화

이간책

Chapter 1

재빠른 판단이 메네스의 목숨을 살렸다.

메네스가 거북이처럼 몸을 웅크린 직후였다.

쩌저저정!

하늘에서 투창이 정신없이 내리꽂혔다.

게브 8호는 이 한 방에 모든 것을 걸은 사람처럼 한 호흡만에 투창 30개를 동시에 쏘아 메네스를 타격했다.

쩌정! 쩌저정! 쩌저저저정!

강한 회전력이 실린 투창들이 메네스의 방패 위로 무수히 내리꽂혔다. 겹겹이 쌓은 방패가 크게 뒤흔들렸다. 투창이 때린 자리를 또 때리자 번들거리는 방패 표면에 금이 쩍

쩍 갔다.

그가가가각—!

방패에 꽂힌 투창에선 마물이 아가리를 쩍 벌리고 이빨로 방패 표면을 물어뜯었다. 30번의 충격이 동시에 쏟아지자 메네스는 그 힘을 견디지 못하고 풀썩 무릎을 꿇었다.

"크윽!"

결국 메네스는 게브 8호의 공격에 무릎을 꿇었다.

20년 전, 환관들 가운데 최강자는 게브의 총관인 게브 1호였다. 그다음 게브 3호와 게브 8호가 서로 경쟁하듯이 이름을 날렸다.

한편 군나르의 호위 무사들 가운데 최강자는 호위대장 무무로 손꼽혔다. 무무의 뒤를 이어 호위대 가운데 4명의 솔샤르가 두각을 나타냈는데, 이들을 호위 4인방이라 불렀다. 메네스도 이 4인방 가운데 하나였다.

게브의 환관들과 호위 무사 조직은 오랜 라이벌 관계.

그 탓에 게브 8호와 메네스는 서로를 강하게 의식했었다. 당연히 과거에 몇 차례 맞부딪친 적도 있었다.

'게브 8호! 20년 동안 봉인을 당했는데도 실력이 전혀 줄지 않았구나! 아니! 오히려 20년 전보다 더 강해진 것 같아.'

메네스는 입술을 꽉 깨물었다.

'하지만 그렇다고 내가 질 수는 없지.'

메네스는 이를 악물고 몸을 활짝 폈다.

콰르르르—

심장에서 시작된 맹렬한 기운이 위쪽을 향해 무섭게 치달려 올라갔다. 메네스의 머리 위를 감쌌던 방패 17개가 동시에 폭발하면서 주변을 다 날려 버렸다.

빼버버벙—!

어마어마한 폭음과 함께 갈대밭 전체가 크게 뒤흔들렸다. 폭발한 방패의 파편이 사방을 무참하게 휩쓸었다.

"으아악!"

"크악!"

멀리 떨어져 있던 게브의 환관들도 그 폭발에 휩쓸려 나뒹굴었다.

급소에 파편이 꽂힌 환관들은 즉사!

급소를 피한 환관들도 치명타를 입고 피투성이가 되어 나뒹굴었다.

메네스는 폭발과 동시에 몸을 쭉 뽑아 올렸다. 방패를 폭발시키는 능력이야말로 지난 수십 년간 메네스가 남몰래 연마해 온 비장의 한 수였다.

'이 폭발에 휘말린다면 호위대장인 무무 님이나 게브의 총관도 무사할 수 없어. 게브 8호도 당연히 예외일 수 없지.'

메네스는 게브 8호가 폭발에 휘말려 죽었을지도 모른다고 생각했다. 설령 운 좋게 목숨을 건졌다고 하더라도 치명상을 입었을 것이 분명했다.

물론 메네스도 몸이 만신창이인 것은 마찬가지였다. 폭발시킨 방패를 재구성하려면 앞으로 1년 넘게 꼼짝도 못할 것 같았다.

'어쨌거나 일단 게브 녀석들에게 붙잡히지는 말아야지. 내가 붙잡히면 마마님이나 존귀하신 분께도 피해가 갈 게야.'

메네스는 허공으로 몸을 쑥 뽑아 올렸다가 남쪽을 향해 그대로 몸을 날렸다.

하지만 곧이어 기겁을 하며 땅바닥으로 추락했다.

"그냥 가려고?"

메네스의 옆에서 으스스한 음성이 들렸다.

그보다 한발 앞서 메네스의 옆구리가 불로 지진 듯이 화끈해졌다.

"컥! 어, 어떻게?"

메네스는 믿지 못하겠다는 표정으로 시선을 돌렸다.

기다란 투창이 자신의 왼쪽 옆구리를 꿇고 몸통을 가로지른 다음 오른쪽 옆구리로 튀어나온 모습이 보였다. 창대에는 마물의 아가리가 쩍 벌어져 흉흉한 이빨을 드러내고 있었다. 그리고 창이 날아온 저편, 게브 8호가 휘날리는 갈댓잎 사이에 우뚝 서 있는 모습이 시선에 잡혔다.

게브 8호의 행색은 엉망진창이었다. 머리카락은 산발이 되었고, 몸 곳곳에 피가 흘렀다. 오른팔은 반쯤 뭉개져 뼈가 허옇게 드러났다.

하지만 치명상을 입은 것 같지는 않았다.

메네스는 도저히 이 상황을 믿을 수 없었다. 군나르를 제외하면 궁전 내 최강자는 단 두 사람으로 좁혀진다.

환관들 가운데 일인자인 게브 1호!

호위대장 무무!

이 둘도 메네스의 폭발을 가까이에서 받으면 치명상을 피할 수 없다. 메네스는 그렇게 확신했다.

그런데 게브 8호가 그 엄청난 폭발을 견뎌 내다니!

"어, 어떻게 폭발을 피했지?"

메네스가 쥐어짜듯 물었다.

게브 8호는 대답 대신 왼팔을 들어 보였다.

검게 번들거리는 방패 위, 하얀 빛무리가 환상처럼 어린 모습이 보였다.

메네스의 입술 사이로 신음이 터졌다.

"으으윽! 그건 남부의 기술! 마나의 벽!"

게브 8호가 고개를 끄덕였다.

"맞아. 남부인들이 사용하는 마나의 벽이지. 네 녀석 때문에 나는 20년간 솔샤르의 능력을 봉인당했어. 그래서 죽어라 창과 방패를 연습했더니 놀랍게도 남부 녀석들이 발휘하는 능력이 개발되었지 뭔가."

위급한 폭발의 순간, 게브 8호는 양팔의 방패에 마나를 잔뜩 둘렀다. 그렇게 마나로 방패를 강화한 덕분에 그 엄청난 폭발을 가까이서 맞고도 버틸 수 있었다.

"그 폭발, 정말 대단하더군. 덕분에 내 오른팔이 이렇게 너덜너덜해졌어."

게브 8호가 잔뜩 뭉개진 오른팔을 억지로 들어 보였다. 그러곤 히죽 웃었다.

"하지만 오른팔과 왼팔의 방패를 둘 다 뚫어 버릴 정도는 아니더군. 자! 타락자 메네스! 이제 우리 진지한 이야기를 나눠 볼까?"

말과 동시에 게브 8호가 왼손을 앞으로 뻗었다.

메네스의 옆구리를 관통한 투창이 주우욱 늘어나 고무줄처럼 변하더니 메네스의 몸통을 휘리릭 감아 포박했다.

"크윽!"

메네스가 그 힘을 이기지 못하고 털썩 무릎을 꿇었다.

투창 창날에 매달린 아가리가 쩌억 벌이지는 광경이 메네스의 눈에 들어왔다.

콰득!

게브 8호의 투창은 독사처럼 달려들어 메네스의 목덜미를 물었다.

그것으로 끝.

"끄으응!"

메네스는 곧바로 의식을 잃었다.

Chapter 2

왕궁의 업무 조직 가운데 '페브릭' 은 다양한 종류의 실을 개발하고 베틀에 그 실을 넣어 천을 짜는 것이 주 임무였다. 그다음 천을 염색하고 재단하여 옷을 짓는 일까지 페브릭의 업무 범위에 속했다. 위로는 군주 군나르에게 올릴 귀한 의복부터 시작해서, 아래로는 왕궁에서 허드렛일을 하는 사람의 복장까지 모두 페브릭을 통해서 완성되었다.

당대 페브릭의 책임자는 엘리.

페브릭 소속 시녀들은 엘리를 '마마님' 이라고 높여서 불렀다. 엘리는 옷 제작에 경험이 풍부할 뿐 아니라 디자인 감각까지 탁월한 여인이었다. 지금도 군나르를 비롯한 왕족들의 옷은 엘리의 손을 거치지 않고서는 만들어지지 않았다. 특히 왕족들 가운데 안목이 높은 마이림은 엘리가 지은 옷만 고집하기로 유명했다.

짜악!

엘리의 손에서 고급 천이 날카로운 비명을 지르며 찢어졌다. 마이림에게 지어 올릴 귀한 옷감이 엘리의 꽉 움켜쥔 주먹 안에서 잔뜩 구겨졌다.

"그게 사실이냐? 그가! 그가 체포되었다고?"

엘리의 물음에 중년의 시녀 한 명이 빠르게 고개를 주억거렸다.

"틀림없습니다. 20년 전 죽었다고 알려진 메네스가 이번에 붙잡혀 게브의 지하 감옥으로 끌려갔다고 합니다. 대체 이 일을 어쩌면 좋사옵니까, 마마님!"

중년 시녀는 사시나무 떨듯이 온몸을 떨었다.

"끄으으으!"

엘리는 주름진 손으로 자신의 이마를 붙잡았다.

중년 시녀가 발을 동동 굴렀다.

"마마님! 지금 게브에서 마구잡이로 사람들을 잡아들이고 있사옵니다. 처음에는 무고한 사람들도 많이 잡혔으나, 지금은 주로 우리와 관련이 있는 시녀들이 붙잡히고 있습니다. 시간이 갈수록 점점 목이 조여 오는 듯합니다. 흐흐흑!"

"닥쳐라! 어디서 그런 입방정을 떠는 것이냐? 어서 눈물을 그치지 못할까!"

엘리가 버럭 호통을 쳤다.

중년 시녀는 자신의 손으로 입을 막으며 울음을 그치려고 애썼다.

"끄윽! 끅! 끅! 마마님, 죄송합니다. 흐흐흑!"

"으으음! 이 일을 어쩐다? 이 일을 대체 어쩌면 좋단 말인가?"

엘리는 심각한 표정으로 실내를 서성였다. 그러다 걸음을 우뚝 멈추고 입술을 꽉 깨물었다.

"지금부터 내가 하는 말을 잘 들어라."

"네, 네. 마마님."

중년 시녀가 눈물 가득한 눈으로 엘리를 바라보았다.

엘리는 목소리를 낮춰 속삭였다.

"메네스가 붙잡혔다면 조만간 게브의 사냥개들이 이곳 패브릭에 들이닥칠 것이다."

"흐흑! 마마님! 그러니 어쩜 좋습니까?"

"그때 네가 나를 고발해라."

엘리의 입에서 충격적인 말이 나왔다.

"네에? 마마님! 그게 무슨 말씀이십니까?"

중년 시녀가 펄쩍 뛰었다.

하지만 엘리는 눈 하나 깜짝하지 않았다.

"어차피 나는 붙잡히게 되어 있다. 어설프게 밑에 아이들 몇 명 던져 준다고 해서 이번 일이 덮어질 것 같으냐? 어림도 없는 소리다. 차라리 처음부터 내가 희생양이 되고 너희가 살아남는 것이 더 낫다. 나를 밀고하여 너희는 목숨을 건져라."

"마마님! 그건 아니 됩니다. 그럴 수는 없습니다. 저희가 그동안 마마님께 받은 은혜가 얼마나 큰데 어찌 그런 일을 할 수 있겠습니까? 저는 못 합니다. 흐흐흑!"

중년 시녀가 바닥에 엎드려 엘리의 발목을 붙잡았다.

엘리가 시녀의 손을 뿌리치며 호통을 쳤다.

"어허! 경망되게 울지 말라니까. 그리고 그동안 너희가 받은 은혜는 내가 아니라 그분께서 내려 주신 것이니라. 나를 보호하려다가 너희가 모두 붙잡히고, 결국 나까지 게브의 손에 포박당하면 앞으로 그분은 누가 지켜드린단 말이냐?"

"마마님! 흐흐흑!"

"나는 너희를 위해 희생하는 것이 아니다. 내가 붙잡힌 뒤, 그분을 위해서 너희가 살아남아야 하느니라."

"마마님! 으흐흐흑! 마마님!"

중년 시녀는 서럽게 오열했다.

그 모습을 내려다보는 엘리의 두 눈도 붉게 충혈되었다.

'콰히라' 는 왕족들을 위한 음식을 만드는 요리방이었다. 군나르를 비롯하여 하라간, 마이림 등 귀한 분들은 모두 콰히라에서 만든 요리를 먹었다.

콰히라의 책임자는 아부부.

그녀는 요리 경력만 35년이 넘은 군나르 왕국 최고의 요리사였다. 콰히라 소속 시녀들은 아부부를 마마님이라고 높여 불렀다.

지금 콰히라에서도 패브릭과 비슷한 일이 벌어지고 있었다.

땡그랑!

은으로 장식된 비싼 접시가 바닥에 떨어져 깨졌다.

아부부는 접시를 떨어뜨린 것도 잊고 손으로 이마를 붙잡았다.

"아아! 죽은 것으로 위장했던 메네스가 체포되었다니! 아아아!"

아부부의 앞, 2명의 중년 시녀가 발을 동동 굴렀다.

"마마님, 이 일을 어쩌면 좋습니까?"

"하라간 님의 음식 시중을 들던 아이들이 이미 게브에 잡혀갔습니다. 그런데 이번 일까지 터졌으니 겁이 나서 죽겠습니다."

아부부는 굳은 표정으로 중년 시녀들을 바라보다가 입술을 꽉 깨물었다.

"메네스가 붙잡혔다면 나는 빠져나갈 구멍이 없겠구나! 20년 전, 그의 죽음을 위장하는 데 나도 힘을 보탰었거든."

"흐흑! 마마님!"

"그러니 이 일을 어쩌면 좋습니까?"

아부부가 심각하게 입을 열었다.

"그러니 너희가 먼저 나를 게브에 고발해라."

지금 아부부의 입에선 엘리가 했던 말이 그대로 튀어나왔다.

중년의 시녀 2명이 펄쩍 뛰었다.

"안 됩니다. 저희가 어찌 마마님을 고발한단 말씀이십니까?"

"그렇습니다. 마마님께선 저희의 스승님이시자 어머님입니다. 저희는 절대 그럴 수 없습니다."

아부부는 두 시녀를 자애로운 눈으로 바라보다가 천천히 고개를 가로저었다.

"그래. 너희는 내 수제자들이자 내 딸들이지. 세상에 어느 어머니가 딸을 죽음으로 데려간단 말이더냐? 그가 붙잡혔으니 나는 어차피 죽은 목숨이다. 너희는 나를 따라 죽을 생각하지 말고, 살아남아라. 너희가 살아야 그분께서도 버티실 수 있느니라. 그리고 너희가 살아야 우리 콰히라의 아이들이 죽지 않고 살 수 있어."

아부부의 말이 옳았다. 아부부 단 한 명만 희생하면 콰히라의 시녀들 대부분은 살아남을 가능성이 컸다.

"흐흑! 마마님!"

"으흐흐흑!"

중년 시녀들은 두 손으로 얼굴을 가리고 흐느꼈다.

"후우우!"

아부부는 길게 한숨을 한 번 쉬고는 제자들의 등을 토닥여 주었다.

"괜찮다. 나는 괜찮아."

"흐흐흑! 마마님!"

"스승님! 으흐흐흑!"

두 시녀가 아부부의 품에 안겨 펑펑 울었다.

아부부도 제자들을 꽉 끌어안았다.

"괜찮다니까. 나는 괜찮으니 이렇게 울지 말거라."

말은 이렇게 했지만, 천장을 향해 고개를 치켜든 아부부의 뺨에도 뜨거운 눈물이 주르륵 흘러내렸다.

Chapter 3

의복을 만드는 페브릭의 책임자 엘리

왕족 전용 요리방인 콰히라의 책임자 아부부

약초를 관리하는 셀레의 책임자 메나

3명의 마마님이 게브의 환관들에게 포박되어 지하감옥에 끌려왔다. 이들 세 여인들은 왕궁에서 평생을 살아온 여인들이라 게브의 환관들도 함부로 대하지 못했다. 때문에 다른 시녀들과는 달리 비교적 깨끗한 방에 격리 수용되었다.

굵은 창살을 사이에 두고 엘리와 아부부, 메나가 마주 앉았다.

"하아아!"

"휴우!"

세 여인이 거의 동시에 한숨을 쉬었다. 창살 사이로 복잡한 눈빛이 오갔다.

하지만 눈빛만 주고받을 뿐 이어지는 말은 없었다. 세 여인은 약속이라도 한 듯이 입을 꾹 다물고 아무런 대화도 나누지 않았다.

혹시라도 환관들이 엿들을까 두려웠기 때문이다.

처음 예상과는 달리 세 여인에게는 딱히 고문이 가해지

지 않았다.

대신 한 층 아래의 지하에선 하루가 멀다 하고 끔찍한 비명이 들렸다. 비명을 지르는 사람은 대부분 여자였지만 간혹 고통에 찬 남자의 신음 소리도 들려왔다. 세 마마님은 특히 여인들의 비명이 들릴 때마다 몸을 움찔움찔 떨었다.

식사는 그렇게 좋지 않았다. 납작하고 딱딱한 밀가루 빵에 정체를 알 수 없는 스프 반 접시. 이것이 세 마마님에게 제공되는 음식의 전부였다.

그것도 하루에 딱 한 끼만 나왔다.

처음에 입맛이 맞지 않아 식사를 거부하던 세 여인은 이틀을 굶고 사흘째가 되자 빵과 스프를 모두 먹었다.

더 이상 음식이 맛없다는 생각은 들지 않았다. 다만 남다르게 미각이 예민한 아부부만이 식사 중간중간에 헛구역질을 했을 뿐이다.

며칠 더 시간이 흐르자 게브의 감옥에 수감자의 수가 늘었다.

"빨리빨리 움직엿!"

한 층 아래 지하에서 환관의 날카로운 음성과 함께 채찍 휘두르는 소리가 났다.

"아악!"

뒤이어 여인의 비명이 들렸다.

세 마마님은 불안한 표정으로 아래층에서 들리는 소리에 귀를 기울였다.

다시 하루가 흘렀다.

철컹!

갑작스러운 금속성과 함께 지하 감옥의 문이 활짝 열렸다.

엘리와 아부부, 메나는 힘겹게 엉덩이를 떼고 창살 가까이 다가왔다. 새로운 수감자로 누가 붙잡혀 왔나 보기 위해서였다.

하지만 그 전에 귀청을 찢는 징소리가 먼저 울렸다.

쾌애애애앵~!

뒤이어 환관의 목소리가 날아들었다.

"모두 당장 일어나 자리에 엎드려라! 위대하시고 또 위대하신 분의 과업을 이어받으실 분! 하라간 님께서 친림하셨느니라!"

'뭣?'

'하라간 님이 친히 이곳에 오셨다고?'

엘리를 비롯한 세 여인들은 부랴부랴 자리를 털고 일어나 창살 바깥쪽을 향해 무릎을 꿇고 머리를 조아렸다.

잠시 후, 저벅거리는 발걸음 소리와 함께 화려한 복장의 미소년이 등장했다.

"아!"

창살 밖을 곁눈질하던 세 여인이 동시에 탄성을 질렀다.

엘리와 아부부, 메나는 하라간의 얼굴을 가까이서 본 적이 없었다. 귀동냥으로 하라간이 정말 눈부시게 아름다운 미소년이라는 말을 들었을 뿐이다.

한데 실제로 목격한 하라간의 미모는 입이 떡 벌어질 정도였다. 세 여인 모두 하라간의 얼굴에서 시선을 떼지 못했다.

하라간의 뒤에 서 있던 환관이 언성을 높였다.

"무례한 것들! 이분이 어떤 분이신데 감히 고개를 빳빳이 드느냐!"

그 말에 세 여인이 정신을 차렸다.

"소, 송구하옵니다."

"저희가 큰 무례를 범했사옵니다."

엘리를 비롯한 세 여인은 하라간을 향해 납죽 엎드렸다.

하라간은 무표정하게 세 여인을 바라본 다음 이어서 감방 내부를 스윽 훑었다. 그러곤 자신의 뒤에 서 있던 게브 9호에게 손가락을 까딱했다.

"풀어 줘."

"네에?"

뜬금없는 하라간의 말에 게브 9호의 눈이 휘둥그레졌다.

넉넉하게 웃는 인상에 몸에 살집이 적당히 잡힌 게브 9호는 이곳 지하 감옥을 관리하는 고문 전문가였다. 사람 좋아 보이는 인상과 달리 게브 9호는 '인간 도축 업자'라는 별명으로 불릴 만큼 악명이 높았다.

하라간은 새끼손가락을 세워 자신의 귓구멍을 후볐다.

"내 말 못 들었어? 이 여자들, 풀어 주라고."

"하오나 하라간 님, 이들은 역적 메네스를 숨겨 준 중죄인들이옵니다. 소신은 아직 이들에 대한 본격적인 취조도 하지 못했사옵니다."

게브 9호가 울상을 지었다.

하라간은 들은 척도 하지 않았다.

"풀어 줘."

"하오나……."

"풀어 줘."

하라간의 입에서 벌써 세 번째 같은 말이 나왔다. 말이 반복될 때마다 하라간의 음성은 조금씩 가라앉았다.

게브 9호는 하라간이 이곳 지하 감옥을 방문할 때마다 의전을 담당했던 인물이었다. 하라간의 음성이 낮아지자 게브 9호의 등에 소름이 쫙 돋았다.

결국 게브 9호가 굴복했다. 그는 천을 꺼내 얼굴에 흐르는 진땀을 닦고는 공손히 대답했다.

"알겠사옵니다. 하라간 님께서 말씀하신 대로 이루어질 것이옵니다."

그 말을 끝으로 하라간은 지하 감옥에서 나갔다.

게브 9호는 유리알처럼 번들거리는 눈으로 세 여인을 노려본 다음, 잇새로 으르렁거렸다.

"하라간 님의 명이시다. 저 죄인들을 풀어 줘라."

"넵!"

지하 감옥을 지키던 환관들이 발목을 착 붙이고 대답했다.

3명의 마마님들은 그렇게 영문도 모르고 석방되었다. 엘리와 아부부, 메나가 어리둥절한 얼굴로 지하 감옥을 나올 즈음, 건물 옥상에서는 하라간과 게브 9호가 그 모습을 내려다보고 있었다.

하라간이 먼저 입을 떼었다.

"내가 말한 그 여자, 지금 가서 붙잡아 와."

"비돔의 책임자 말씀이시옵니까?"

"그래. 비돔."

하라간은 감옥에서 풀려난 세 여인을 내려다보며 말했다.

옷을 짓는 의복방, 페브릭.

왕의 요리를 만드는 요리방, 쾨히라.

온갖 약초를 관리하는 약초방, 셀레.

그리고 왕족의 시중을 들 시녀들을 육성하는 침방, 비돔.

하라간은 이 가운데 페브릭과 콰히라, 셀레의 책임자들을 체포해서 8일간 가둬 두었다. 그다음 뜬금없이 이 3명의 여인들을 풀어 준 다음 이번엔 비돔의 책임자 티티이를 붙잡아 오라고 명했다.

게브 9호는 하라간이 무슨 의도에서 이런 일을 벌이는지 알지 못했다. 하지만 감히 하라간에게 그 이유를 물을 용기도 없었다.

"알겠사옵니다. 당장 아이들을 풀어 비돔의 책임자를 붙잡아 오겠사옵니다."

"네가 직접 가."

"제, 제가요?"

게브 9호가 손가락으로 자신의 얼굴을 가리켰다.

"그래, 너."

하라간의 시선이 게브 9호에게 향했다.

게브 9호는 감히 그 눈길을 마주 받지 못하고 얼른 머리를 조아렸다.

"알겠사옵니다. 소신이 직접 비돔으로 가겠사옵니다."

하라간이 한마디를 덧붙였다.

"비돔의 책임자를 포박할 때, 주변의 시녀들이 그 모습을 보겠지? 그때 시녀들 귀에 다 들리게 이 한마디를 붙여."

"말씀하소서. 소신이 뭐라고 하면 되옵니까?"

"앞에서 다 불었다."

하라간이 나직하게 말했다.

게브 9호는 그 말을 입 안에서 굴리다가 손뼉을 딱 쳤다.

"앞에서 다 불었다? 앞에서 다 불었다! 설마 하라간님! 조금 전 풀어 준 여인들과 비돔의 책임자를 서로 이간질……."

"거기까지!"

"넵!"

하라간의 지적에 게브 9호는 두툼한 양손으로 자신의 입을 꽉 막았다.

Chapter 4

흑발에 눈부시게 아름다운 여인이 자신을 빙 둘러싼 환관들을 향해 앙칼진 목소리를 냈다.

"나는 비돔의 책임자다! 위대하시고 또 위대하신 분을 직접 시중드는 사람이 바로 나란 말이다. 존귀하신 마이림 님의 시중을 드는 것도 내가 담당하거늘! 네놈들이 감히 내게 이런 짓을 하고도 무사할 것 같으냐?"

여인이 화를 내자 환관들도 함부로 달려들지 못했다.

지금 빽 소리를 지른 여인의 정체는 다름 아닌 비돔의 책임자 티티이였다. 열흘쯤 전, 하라간의 시녀와 손으로 대화를 나눴던, 바로 그 여인이기도 했다. 보름쯤 전에 리안 강변의 으슥한 갈대밭에서 메네스와 남몰래 접촉했던 여인도 바로 이 티티이였다.

티티이는 군나르의 시중을 드는 여인이었다. 게다가 그녀는 매일 아침 마이림의 궁을 방문해 아침 화장을 돕는 것으로도 유명했다. 그런 거물급 마마님을 함부로 다루었다가 나중에 어떤 날벼락이 떨어질지 몰랐다. 환관들은 티티이에게 직접 손을 대지 못하고 진땀만 흘렸다.

주변 시녀들이 기둥 뒤에 숨어서 손으로 입을 가리고 이 광경을 지켜보았다.

게브 9호는 티티이를 체포하면서도 자세한 속사정을 파악하지 못했다.

'패브릭의 엘리, 콰히라의 아부부, 셀레의 메나는 모두 메네스와 관련이 있는 인물들이지. 하지만 비돔의 책임자인 티티이, 이 여자는 메네스와 연결될 만한 고리가 없는데? 대체 하라간 님께서는 왜 티티이를 체포하라고 하셨

지?'

게브 9호는 속으로 이런 의구심을 품었다. 하지만 겉으로는 내색하지 않고 하라간의 명령을 충실하게 따랐다.

"그렇게 발버둥 치지 말고 순순히 따르는 것이 좋을 게요. 이미 앞에서 다 불었소."

"뭣?"

게브 9호의 말에 티티이의 까만 눈이 바르르 흔들렸다.

게브 9호처럼 노련한 환관이 그 모습을 놓칠 리 없었다.

'어라? 이 여자 확실히 뭔가 있나 보네? 앞에서 다 불었다는 말에 눈동자가 파르르 흔들렸어.'

이어서 게브 9호는 이런 생각을 했다.

'역시 하라간 님께선 위대하시구나! 우리 환관들이 이 잡듯이 왕궁을 뒤져도 이 여자를 찾아내지 못했거늘, 하라간 님께선 어떻게 알아내셨지?'

하라간의 능력에 감탄을 하는 것은 나중 일이고, 지금은 명령을 수행할 때였다. 게브 9호는 목청을 가다듬은 다음 티티이에게 한 번 더 경고했다.

"험험! 자, 순순히 우리를 따라오쇼. 이미 앞에서 다 불었으니 괜한 변명일랑 할 생각도 말고."

이번 목소리는 약간 더 크게 내었기에 홀 안의 시녀들이 모두 들을 수 있었다. 게브 9호는 곁눈질로 시녀들의 눈치를 살피고는 티티이를 포박해서 자리를 떴다.

"그럴…… 리가! 그럴…… 리가!"

환관들에게 양팔을 붙잡혀 질질 끌려가면서 티티이는 실성한 사람처럼 중얼거렸다. 아주 작은 소리였지만 게브 9호는 놓치지 않았다.

'역시 이 여자, 뭔가 있어.'

티티이가 게브의 환관들에게 잡혀간 후, 시녀들 가운데 한 명이 다람쥐처럼 조심스럽게 건물을 빠져나왔다.

시녀는 어딘가를 향해 빠르게 움직였다. 그러면서 힐끗힐끗 뒤돌아보며 혹시라도 추적자가 따라붙었는지 살피는 것을 잊지 않았다.

다행히 추적자는 없었다.

다만 하라간의 넓게 퍼진 감각이 시녀를 바짝 뒤쫓을 뿐이었다.

물론 시녀는 이 사실을 꿈에도 알지 못했다.

쾅!

"뭣? 티티이가 게브 놈들에게 붙잡혔다고!"

햇볕이 들지 않는 어두컴컴한 방.

나이가 지긋한 노부인이 주먹을 꽉 움켜쥐었다.

땀에 흠뻑 젖은 시녀 한 명이 그 앞에 머리를 조아리며 대책을 물었다.

"그러하옵니다. 마마님께서 조금 전에 환관 놈들에게 강제로 끌려갔사옵니다. 이 일을 어쩌면 좋사옵니까?"

"다른 아이들이라면 모를까, 티티이는 다치면 안 된다. 티티이는 그분께서 각별히 관심을 기울이시는 아이야."

"그러니 어쩌면 좋사옵니까?"

시녀가 발을 동동 굴렀다.

노부인이 암호랑이 같은 눈빛으로 캐물었다.

"어쩌긴 뭘 어째? 환관 놈들의 목덜미를 비틀어서라도 티티이를 빼 와야지. 내가 직접 게브의 총관을 만나 봐야겠다."

노부인이 허리를 두드리며 일어섰다. 그러다 무서운 눈으로 시녀를 돌아보았다.

"허! 그런데 이상하구나? 티티이가 왜 붙잡혀 갔지?"

"네?"

"티티이는 이번에 붙잡힌 메네스와 전혀 연결 고리가 없을 텐데?"

노부인의 눈이 가늘게 좁혀 들었다.

시녀는 두려움을 무릅쓰고 답했다.

"저기, 티티이 마마님을 붙잡아 간 환관이 이런 말을 했사옵니다. 앞에서 다 불었다고."

시녀의 말에 노부인이 눈썹을 찌푸렸다.

"뭐?"

"제 귀로 똑똑히 들었사옵니다. 앞에서 다 불었다고, 분명 그리 말했습니다."

"앞에서 다 불었다고? 누가? 무엇을?"

노부인이 어리둥절해 있을 때 나이 어린 꼬마 시녀 한 명이 헐레벌떡 방으로 들어왔다.

"무슨 일이냐?"

노부인이 엄한 목소리로 물었다.

막 뛰어온 꼬마 시녀는 주먹으로 가슴을 탕탕 친 다음, 황급히 말했다.

"기쁜 소식입니다."

"기쁜 소식?"

"그렇사옵니다. 게브에 붙잡혀 갔던 세 분 마마님, 엘리 님과 아부부 님, 메나 님이 지하 감옥에서 무사히 풀려나셨다고 하옵니다. 조금 전에 아무 탈 없이 멀쩡하게 풀려나셨다고……."

꼬마 시녀는 보고를 하던 중간에 서서히 말꼬리를 흐렸다. 이야기를 듣던 노부인의 얼굴이 점점 더 무섭게 일그러졌기 때문이었다.

콰앙!

노부인이 손바닥으로 탁자를 내리쳤다. 가볍게 휘두른 그 한 방에 시퍼런 낙뢰 여러 줄기가 뻗어 나와 두툼한 나무 탁자 전체를 잿더미로 만들었다. 그러고도 낙뢰의 힘이 해소되지 않아 방 안의 가구 대여섯 개를 더 태워 버렸다.

이 무시무시한 광경에 시녀들이 기함했다.

노부인은 어느새 시녀 앞으로 다가가 얼굴을 바싹 들이밀었다.

"티티이를 붙잡아 간 그 환관 놈이 뭐라고 했지? 분명 앞에서 다 불었다고 했겠다? 그러면서 티티이를 붙잡아 갔다지?"

노부인의 횃불 같은 눈이 티티이를 모시는 시녀를 잡아먹을 듯이 노려보았다.

시녀가 벌벌 떨었다.

"그, 그렇사옵니다. 제 말엔 한 치의 거짓도 없사옵니다. 제 목을 걸고 말씀드립니다."

노부인의 시선이 이번엔 꼬마 시녀에게 향했다.

"넌 조금 전 뭐라고 했지? 엘리와 아부부, 메나가 감옥에서 무탈하게 풀려났다고?"

꼬마 시녀가 겁먹은 눈으로 고개를 끄덕였다.

"그렇습니다. 분명히 알아보고 전해드리는 말씀이옵니다."

티티이가 게브의 환관들에게 끌려갔다. 공교롭게도 그때를 맞춰 게브에 붙잡혀 갔던 엘리와 아부부, 메나가 무탈하게 풀려났다. 한번 잡혀가면 반병신이 되어서 나온다는 지하 감옥에서 멀쩡히! 아무런 부상도 없이 너무나 멀쩡하게!

"으으읏! 설마 이것들이 배신을!"

노부인의 입술이 푸들푸들 경련을 일으켰다. 하얗게 센 노부인의 머리카락은 빠지직! 빠지직! 정전기를 방출하며 천장을 향해 솟구쳤다.

"아아아!"

그 무시무시한 모습에 시녀들이 겁을 잔뜩 집어먹었다.

제8화

여왕의 종

Chapter 1

하라간은 널찍한 침대에 드러누웠다. 그것도 그냥 누운 것이 아니라 반라 차림의 시녀 2명의 허벅지를 베고 이리 뒹굴 저리 뒹굴 하며 한껏 게으름을 피웠다. 이런 나태한 태도가 하라간의 아름다운 외모와 어우러져 무척 요염한 느낌을 자아내었다.

하지만 방탕해 보이는 겉모습은 어디까지나 연기일 뿐, 지금 하라간은 게으름을 부리는 중이 아니었다. 그의 확장된 감각은 노부인의 뒤를 쫓아 왕궁 깊숙한 곳으로 퍼져 나갔다.

그러면서도 하라간은 연기에 충실했다. 투명하다고 느낄

정도로 매끈한 하라간의 손이 시녀의 가슴속으로 파고들었다.

"아이잉! 하라간 님!"

시녀가 발정 난 암고양이 소리를 냈다.

"후후!"

하라간은 시녀의 가슴을 주무르며 슬며시 미소를 지었다.

손끝에 와 닿는 몽클한 감촉 때문에 웃은 것이 아니었다. 지금 노부인과 면담을 하는 대상자 때문에 웃음이 나왔다.

대나무 발이 드리워진 단아한 방 안.

머리를 빡빡 밀고 눈에 스모키 화장을 짙게 한 중년의 남자가 바른 자세로 앉아 차향을 음미 중이었다. 사내의 귀에는 메추리알 크기의 둥그런 귀걸이가 매달려서 살랑살랑 흔들렸다.

사내의 체격은 그리 크지 않았다. 몸이 비쩍 말라서인지 다소 왜소해 보이는 외모였다.

하나 아무도 이 사내를 왜소하다고 폄하하지 못했다.

게브 서열 1위!

환관들 가운데 무력 서열 1위!

왕궁 비밀 감찰 조직 게브를 지휘하는 총관이 바로 사내의 정체였다.

그 앞, 부리부리한 눈의 노부인이 탁자 하나를 사이에 두고 마주 앉았다.

“총관.”

노부인이 사내를 불렀다.

“네, 어머님.”

놀랍게도 게브의 총관은 노부인을 어머님이라고 호칭했다.

확장된 감각을 통해 그 모습을 지켜보면서 하라간은 빙그레 웃었다.

‘햐아! 이거 재밌네. 시녀들의 배후에 있는 할멈과 게브의 총관이 서로 어머니와 아들 사이였어? 햐아아!’

하라간이 지켜보는 가운데 노부인이 손을 뻗었다.

총관은 그 손을 피하지 않았다. 노부인의 손이 찻잔을 잡은 게브 총관의 손등을 덮었다. 모자 사이에 따뜻한 체온이 전달되었다.

게브의 총관은 아무런 말도 하지 않았다.

노부인이 다시 총관을 불렀다.

“총관.”

“말씀하십시오, 어머님.”

“내 어려운 부탁 하나만 하려고 이렇게 찾아왔네.”

"말씀하십시오."

총관은 노부인과 일정한 거리를 두려고 애쓰는 것 같았다.

노부인도 그걸 느꼈지만 아무렇지도 않게 말을 이었다.

"게브의 총관이라는 자리가 이런저런 사적인 부탁을 모두 거절해야 하는 위치임을 내 모르는 바는 아니네. 하지만 마음이 급해 어쩔 수 없다네."

"네."

"긴말 않겠네. 티티이를 풀어 주게."

노부인의 입에서 '티티이'라는 이름이 나왔다. 지금까지 고개를 살짝 숙여 노부인의 시선을 회피했던 게브의 총관이 비로소 고개를 들고 노부인의 눈을 마주 보았다.

노부인은 아들의 손등을 꼭 움켜잡았다.

"내 이렇게 부탁함세. 안 되겠는가?"

게브의 총관이 천천히 머리를 가로저었다.

"어머님, 티티이는 제가 잡은 것이 아닙니다. 하라간 님께서 손수 그녀를 잡아 오라 명하셨습니다. 이번 일은 제 권한 밖입니다."

"휴우우, 나도 알고 있다네. 하지만 취조를 해 보았더니 티티이는 죄가 없더라. 이렇게 덮어 주면 안 되겠는가? 대신 다른 아이들, 엘리, 아부부, 메나를 다시 붙잡아 가게.

그녀들을 취조하면 하라간 님께서 원하시는 이야기들을 많이 캐낼 수 있을 게야. 아니! 그 전에 내가 그 아이들더러 다시 자수를 하고 죄를 모두 고백하라고 권하겠네."

노부인은 엘리, 아부부, 메나를 먹이로 던져 주겠다는 말을 노골적으로 했다. 대신 티티이는 풀어 달라고 부탁했다.

게브의 총관이 눈을 찌푸렸다.

"어머님, 왜 이렇게까지 하십니까? 엘리, 아부부, 메나는 모두 어머님이 딸처럼 키우신 제자들 아닙니까? 그녀들을 맹수 우리에 던져 줄 만큼 티티이가 중요합니까?"

"중요하지. 중요하고말고. 그러니 티티이를 내주시게."

노부인이 고집을 부렸다.

게브의 총관이 고개를 좌우로 흔들었다.

"곤란합니다. 아니, 절대 풀어 줄 수 없습니다. 저는 게브의 총관이고, 게브는 오직 하라간 님의 명령만 듣습니다. 그리고 티티이는 하라간 님께서 친히 붙잡아 오라고 명하신 죄인입니다."

"티티이는 메네스와 아무런 관련도 없어!"

노부인이 버럭 역정을 내었다.

게브의 총관이 조용히 대꾸했다.

"그건 이제부터 취조해 보면 알 일입니다."

"내가 말하잖아. 네 어미인 내가! 너를 낳아서 키우고 가르친 내가! 이 내가!"

노부인이 자신의 가슴을 손바닥으로 탕탕 두드렸다. 노부인의 눈동자 안에서 언뜻언뜻 시퍼런 전기가 맴돌았다.

그래도 게브의 총관은 꿈쩍 안 했다.

"우리 게브는 오로지 하라간 님의 명령만 따릅니다."

화가 난 노부인이 자리를 박차고 일어섰다.

"허어! 하라간 님의 명령이 군나르 님보다 더 위에 있는가?"

"네?"

그 말에 게브의 총관이 깜짝 놀랐다. 이곳 왕국에서 감히 군나르의 이름을 직접 부르는 사람은 없었다. 다들 '위대하시고 또 위대하신 분'으로 표현할 뿐이다. 그런데 노부인은 군나르의 이름을 직접 입에 담았다.

"어머님! 어찌!"

게브의 총관이 눈을 찌푸렸다.

하지만 노부인은 물러서지 않았다.

"총관은 20년 전의 참사를 기억하지?"

노부인은 또다시 금기를 어겼다.

이곳 군나르 왕궁에서 20년 전 사건을 들먹이는 것은 금기 중의 금기였다. 그런 짓을 했다가는 군나르의 노여움을 살 것이다.

"어머님! 그만 자중하시지요."

노부인이 막 나가자 총관도 마주 목청을 높였다.

그래도 노부인은 눈썹 하나 까딱하지 않았다.

"닥치고 이 어미의 말을 들어 보게."

Chapter 2

아들을 윽박질러 주저앉힌 뒤, 노부인이 차근차근 말을 꺼냈다.

"총관은 분명 20년 전의 참사를 기억할 게야. 그 당시 군나르 님께서 얼마나 마음 아파하셨는지 보았나? 고귀한 혈통끼리 서로 칼을 겨누는 모습을 목격하고는 군나르 님께선 참으로 참담하셨을 것이네. 마음이 찢어지셨을 것이란 말이네. 총관은, 그때의 그 아픔을 한 번 더 재현하려는 것인가?"

"그게 무슨 말씀이십니까?"

총관이 물었다.

노부인의 입에서 충격적인 발언이 튀어나왔다.

"티티이는, 마이림 님이 친딸처럼 여기는 아이라네."

"네에?"

마이림이 거론되자 총관의 얼굴색이 변했다.

노부인은 다시 자리에 앉아 총관을 설득했다.

"이번에 시녀들이 크나큰 잘못을 저질렀다는 것은 내 잘 알고 있다네. 하지만 그 아이들이 하라간 님께 나쁜 마음을 품고 있는 건 아니야. 단지 극악한 역적 무리들에게 이용을 당했을 뿐이야. 머리가 나빠서 이용을 당한 것뿐이라고. 하지만 죄는 죄! 벌을 받을 짓을 했으면 마땅히 벌을 받아야겠지. 하지만 그 명단에서 티티이는 빼 주게. 그렇지 않으면 마이림 님께서 진노하실 것이고, 결국은 자네가 섬기는 하라간 님과 내가 섬기는 마이림 님이 서로 맞부딪칠 수밖에 없어. 자네도 같은 피가 흐르는 두 분이 서로 싸우기를 원하는 것은 아니겠지? 그런 일이 벌어진다면 군나르 님께서 얼마나 마음이 아프시겠는가? 그러니 군나르 님을 위해서! 하라간 님을 위해서! 그리고 마이림 님을 위해서 이번 일을 덮어 주게. 다른 시녀들은 다 잡아가도 좋으니 티티이는 빼 주게. 내 간곡히 부탁함세."

"으으음!"

게브의 총관이 고개를 숙이고 입술을 질겅질겅 씹었다.

노부인도 더는 몰아붙이지 않고 가만히 기다렸다.

방 안이 고요하게 가라앉았다. 대신 멀리 떨어진 곳에선 반대로 활기가 돌았다.

벌떡!

나른하게 누워 있던 하라간이 갑자기 침대를 박차고 일어났다.

시녀들이 화들짝 놀라 납죽 엎드렸다.

"하라간 님, 저희가 무슨 잘못을 했사옵니까?"

"죄가 있으면 벌을 받을 것이니 저희를 꾸짖어 주소서."

하라간이 히죽 웃었다.

"아니. 너희는 잘못한 게 없다. 그만 물러나거라."

시녀들을 물린 뒤, 하라간은 멀리 떨어진 노부인을 향해 독백을 했다.

"티티이를 풀어 달라고? 하하하! 당연히 풀어 줘야지. 내가 잡고 싶은 상대는 티티이 같은 피라미가 아니거든."

하라간이 노리는 대상은 티티이가 아니었다. 노부인도 아니었다. 그녀들보다 더 윗선, 즉 마이림이었다.

같은 시각.

남부 연합의 신성 왕국 홀리랜드(Holy Land: 신성한 땅).

이곳 홀리랜드를 다스리는 성녀 클로테스는 법왕궁 깊숙한 곳에 위치한 정원에서 여신의 사자를 영접 중이었다.

온 사방에 노란 꽃이 흐드러지게 피어난 정원 중심부.

성녀 클로테스는 공손히 무릎을 꿇고 양손을 가슴에 모

았다. 그런 클로테스의 눈앞에 여신의 사자가 강림해 있었다.

눈이 부신 금발 머리에 인간이라고는 믿어지지 않는 눈부신 외모!

순백의 법복!

등에 돋아나 활짝 펼쳐진 새하얀 날개!

놀랍게도 여신의 사자는 등에 돋친 날개를 천천히 펄럭이며 클로테스의 눈 위 1 미터 높이에 둥실 떠올라 있었다.

"오오오! 여신이시여!"

그 모습을 보고 클로테스가 감격의 눈물을 흘렸다. 지금 등장한 여신의 사자는 종교 교전에 묘사된 모습과 완벽하게 일치했다.

클로테스는 그 성스러운 모습을 직접 눈으로 보는 것만으로도 가슴이 벅차올랐다.

클로테스의 뇌에 언어가 전달되었다.

[여신의 종 클로테스여!]

클로테스가 미친 듯이 소리쳤다.

"말씀하소서! 말씀하소서!"

[마물의 침략을 받아 나날이 고통받는 너희 종들을 바라보며 여신께서는 너희에게 구원의 손길을 내밀기로 결정하셨다.]

"오오오오! 여신이시여! 나의 여신이시여!"

클로테스가 두 손을 가슴에 꼭 모았다. 그녀의 뇌에 다시 음성이 이어졌다.

[너희는 구원을 받을 준비가 되어 있는가?]

"되어 있습니다. 저희는 꼭 구원을 받을 것입니다."

[너희는 여신의 전사가 되어 마해(魔海: 악마의 바다)의 마물들과 맞서 싸울 준비가 되어 있는가?]

"되어 있습니다. 여신의 전사가 될 방법만 알려 주소서. 저희의 목숨을 바쳐서라도 사악한 마물들과 맞서 싸우겠습니다."

[그렇다면 너희는 마음을 활짝 열고 여신의 구원을 받아들여라.]

"어떻게 하면 됩니까? 저희가 어떻게 마음을 열면 됩니까? 저희는 어리석어 그 방법을 모릅니다."

클로테스가 간절히 청했다.

여신의 사자가 클로테스에게 손가락을 뻗었다.

"네?"

클로테스는 잠시 어리둥절했다. 하지만 곧 무언가를 깨닫고는 자신의 손가락을 뻗어 사자의 손가락에 접촉했다.

화아악—!

2개의 손가락이 접촉한 순간, 눈부신 빛무리가 클로테스

와 여신의 사자를 함께 휘감았다.

"오오오오오!"

그 빛 속에서 클로테스는 무한한 오르가즘을 느꼈다. 그녀의 눈꺼풀이 까뒤집어지고, 허리가 활시위처럼 둥글게 휘었다. 온몸이 열병에 걸린 듯이 뜨거웠다. 클로테스는 매끈한 두 팔을 뻗어 여신의 사자를 끌어안았다.

여신의 사자가 날개를 활짝 펴 주변을 감싸더니 그 속에서 두 팔로 클로테스의 허리를 와락 낚아챘다.

"오오오!"

클로테스가 사자의 목을 휘감았다.

여신의 사자가 클로테스의 몸을 마주 감았다. 사자의 입술이 클로테스의 입술에 포개졌다.

클로테스는 정열적으로 사자의 입술을 빨았다. 그 와중에 무언가가 클로테스의 입으로 넘어왔다. 작은 씨앗처럼 느껴진 그것은 클로테스의 침에 섞여서 목구멍으로 넘어갔다.

"아악!"

클로테스가 갑자기 비명을 질렀다. 배가 미친 듯이 아팠다. 뱃속에 무언가가 들어가 난동을 부리는 것 같았다.

"아아아악! 아악! 살려 줘!"

클로테스가 데굴데굴 바닥을 굴렀다.

잠시 후, 우드득! 우드드득! 소리와 함께 울룩불룩한 무언가가 클로테스의 위장을 뚫고 튀어나왔다. 클로테스의 뱃가죽을 찢고 튀어나온 하얀 뼈는 점점 더 길게 자라나 클로테스의 온몸을 휘감았다. 그 뼈가 스치고 지나간 자리마다 검푸른 핏줄이 흉측하게 돋아났다. 클로테스의 등에도 하얀 뼈 두 가닥이 길게 돋아나 각각 2 미터 길이로 넓게 펼쳐졌다. 그 뼈에서 깃털이 숭숭 자라 한 쌍의 날개를 이루었다.

이윽고 클로테스의 온몸은 하얀 뼈로 뒤덮였다. 얼굴도 뼈로 덮여 본래의 아름다운 모습을 가렸다.

"끄으윽!"

클로테스는 고통에 몸부림치며 고개를 들었다.

여신의 사자는 어느새 자취를 감추었다. 정원 그 어디에도 그의 모습이 보이지 않았다.

시간이 지나자 성녀 클로테스의 고통이 서서히 사그라졌다. 클로테스는 등에 돋친 날개를 천천히 움직여 보았다.

커다란 날개가 퍼덕거렸다. 클로테스의 몸이 허공으로 둥실 떠올랐다.

클로테스는 허공에 몸을 띄운 채 자신의 손을 내려다보았다.

"……."

스켈레톤 병사처럼 뼈만 남은 모습.

클로테스는 날개를 휘저어 정원 한복판에 위치한 분수대 위로 날아갔다. 그다음 물에 비친 자신의 모습을 위에서 내려다보았다.

변한 것은 손만이 아니었다. 클로테스의 몸 전체가 스켈레톤 병사처럼 뼈만 남았다. 내장은 사라지고, 뽀얀 피부도 자취를 감추었다.

등에 날개를 단 스켈레톤!

클로테스는 잠시 고개를 갸웃하다가 슬쩍 미소를 지었다. 처음엔 이 괴상한 모습이 어색했지만, 금세 익숙해졌다.

"이게 내 본모습이지. 나는 더 이상 하찮은 인간 나부랭이가 아니야. 여왕님의 진정한 종! 대륙 북부에 자리를 잡은 마해의 마물들을 해치우고 이 세계에 여왕님의 영생 왕국을 건설할 여전사 중의 여전사가 바로 나다. 세상에 퍼져 있는 벨커스의 추종자들이여! 모두 달려와 나를 경배하라. 너희가 벌인 강림 의식이 성공하여 이 세계에 여왕님의 종이 강림했도다!"

뼈만 남은 클로테스의 입에서 기괴하게 갈라지는 음성이 흘러나왔다. 정원에 활짝 핀 노란 꽃들이 단숨에 말라비틀어졌다.

"캬캬캬캬캬—!"

홀리랜드의 성녀 클로테스는 생기를 잃은 정원 한복판에서 크게 웃었다.

〈다음 권에 계속〉